TAKE
SHOBO

嘘つきたちの遊戯

息もできないほどの愛をください

かのこ

ILLUSTRATION
逆月酒乱

CONTENTS

イラスト／逆月酒乱

嘘つきたちの遊戯

Usotsuki tachi no Yuugi

息もできないほどの愛をください

1.

「Catharsisから参りました茜と申します。桜井様でいらっしゃいま、すか……」

「――ツジ？」

「……諒ちゃん？」

背後でバタンッとドアが閉まった。室内に取り残されたのは、揃って驚いた顔をしている私たちと、気まずい沈黙。

そこに立つ男性には見覚えがあった。この人を最後に見たのは確か十年前。高校の卒業式だ。制服はスーツに変わり面差しからは幼さが消えているけれど、間違いない。私はこの人を知っているし、この人も私を知っている。

懐かしい再会を果たすのに、これほどまずい場所も他にはないだろう。ここは私が在籍している店がよく利用するホテルの一室。待ち合わせ場所の７０７号室。

この衝撃を一言で表すとしたら……しくじった。それ以外に言いようがない。だって私の仕事は、ＳＭ専門のデリヘル嬢なのだから――。

「えーっと……」と口にして、私はあたりに視線を巡らせた。脱ぎ揃えられた革靴、壁に飾られた安っぽい花の絵、ベッドルームへ続くドア。狭いエントランスではすぐに見るものがなくなり、ちらりと正面に目を戻す。そこで棒立ちになっているのは、どう見ても小中高校と同級生だった因幡（いなば）諒だ。

できれば永遠に沈黙を貫きたいが、そうもいかないだろう。相手は曲がりなりにもお客様だ。

「あー……のさ、とりあえず私がこの仕事をしてるのは、地元のみんなには内緒で……お願い」

「……ああ」

「もちろん諒ちゃんがこういうお店を利用してることも……内緒ということで」

「というかツジ……不用心じゃないか？　地元から多少離れてるとはいったって、このあたりで働いてるやつも結構いるのに」

「そっ、それはお互いさまでしょ」

私が在籍している店は、地方都市の歓楽街にある。地元からは電車で一時間以上の距離があるし、オフィス街とは川を挟んで隔たれている。店は完全会員制で、登録には紹介と身分証の提示が必要だ。おまけにあえて敷居を高くするため、お高めの料金設定になっている。「店の質を下げたくないから」というオーナーの意向によるものだけれど、そもそも利益を追求する気はないらしく、利用客もけして多くはない。いうなれば路地裏でひっそりと訪れる客を待っているような、あなぐら的な店だ。

実店舗はないので、在籍する女の子たちの姿が見られるのはホームページの中でだけ。それも目の見切れた画像で、顔出しされたプロフィール画像は会員限定のページにしか載せられていない。さらにそこにある私の画像は、化粧と撮影技術のおかげで別人と見紛うほどの出来栄えだった。

これならそう簡単には知り合いにも遭遇しないだろう――と、そんな浅はかな考えでこの一年無事に過ごしてこられたのは、単に運がよかっただけらしい。

「……それより諒ちゃん、偽名使った？　私、知り合いかどうかチェックしてたのに」

今日、私を指名した人物――桜井諒という名前に覚えはなく、だからこそ私も安心しきっていたのだ。

それとなく苦情を挟むと、彼はいま思い出したとばかりに軽く言った。

「ああ、高校出た直後に親が離婚したんだよ。で、因幡から桜井に変わった」

「え、そうだったの？　ごめん……全然知らなくて」

「俺も面倒くさくて地元のやつにはほとんど言ってないから」

「そっか……。にしても……こんな再会って、ないね」

「俺もツジが茜になってるとは思わなかったよ」

「あー……はは、そうだよねえ」

乾いた笑い声を漏らしながら、同時に私は申し訳なくも感じていた。知人に出くわして参っているのは、きっとあちらも同じだろう。

「あのさ、諒ちゃん。私、店に頼んで女の子変えてもらうよ。さっきキャンセル出ちゃった子が一人待機してたから、今すぐ言えば――」

「……なんだ、職務放棄するつもり？」

最善策だと思って言ったのに、不服そうにされて面食らう。しかも彼は興ざめした様子でため息までこぼした。

「こっちは仕事やりくりして今日を楽しみにしてたっていうのに。知り合いに会ったぐらいで尻尾巻いて逃げるような子がいるんじゃあ、あの店もたいしたことないな」

「何、いきなり……それとこれとは関係ないでしょ。お店を悪く言わないで」

思わず真顔になる。私個人への非難ならまだしも、店への批判は聞き捨てならない。あの店もオーナーも、私にとって恩人みたいなものだというのに。

靴を履いたままでいる私の足元を見て、諒ちゃんが言う。

「でもツジ、逃げようとしてる」

「私は別に……。それより諒ちゃんがいやでしょ。知り合いとだなんて」

「俺も別にいやじゃないよ。これはこれで面白いんじゃない？」

「……え？」

「わるい、さっきのは試しただけ。媚びるだけの子とは遊ぶ気になれないからさ。でもツジ、ちゃんと怒ったし。俺の意思も尊重しようとしてくれただろ。だから、合格」

「……………えっらそうに」

私がめいっぱい顔をしかめると、諒ちゃんはにっと悪戯（いたずら）っぽく笑った。

――そうだ、彼はこんな感じの人だった。

成績は優秀。けれど優等生とは呼べない感じ。何事にもそつがなく、飄々（ひょうひょう）とした人。高校の時は他薦を受けて生徒会に入ったりもしていたけれど、精力的に活動していたかは疑わしい。それなのに人当たりのよさで教師からの評判もよく、同性の友人も多かった。おまけに端正な顔立ちをしていたものだから、当然のように異性からも人気があった。人望と衆目を集めるのも頷（うなず）ける、小気味いいほどできるやつ――それが私の知る諒ちゃんという人物だ。

高校時代は同じ中学出身者同士で集まることが多かったので、彼ともよく一緒にいたけれど、二人きりで遊んだことはないし、親友と呼べるほどの間柄でもなかった。そしてその関係に変化が訪れることなく迎えた高校三年の受験シーズン、彼はあっさり有名大学の合格を勝ち取って、卒業と同時に地元を出ていった。

その後彼がどうしていたかを、私はほとんど知らない。何年か前、大手企業に就職したという噂を小耳に挟んだ程度だ。

一方、私も一度は進学で地元を離れその地で就職もしたけれど、去年会社を辞めて地元に戻ってきた。今の仕事を始めたのはそれからだ。

二十七歳、独身、一人暮らし。恋人はいない。ついでに言えばご主人様も。抱えている性癖は、誰にも秘密――訂正。秘密だった。ついさっきまでは。

諒ちゃんがにこやかな笑みのまま、ベッドルームに続くドアを開け放つ。

「――というわけで。どうぞ、茜ちゃん」

わざとらしく呼ばれた源氏名が、つんと心を引っ張った。もしもここで立ち去れば、逃げたと思われてしまうのだろう。

余裕ありげに微笑む彼は、皺一つないスーツがよく似合う、いかにも有能な男の雰囲気を纏っていた。そんな人に背中を向けるのは癪だった。どうせたいした理由もなくこの仕事をしているのだろうと、思われたくはなかった。

「……失礼します」

オープントゥのパンプスを脱ぎながら、私は深く息を吸い込んだ。毒を食らわば皿まで――いっそ舐めてしまおう。これは仕事、仕事、仕事……。

後ろでドアが閉まる音がして振り返ると、満足そうに細められた目とぶつかった。

――あの目、絶対面白がってる。

その一見無邪気な笑みに、子どもの頃の面影を見たような気がした。砂場にみんなで落とし穴を掘っていた時も、夏休みの塾帰り、禁止されていた寄り道をして夜の公園で花火をした時も、彼の顔には今と同じ、悪戯を楽しんでいるような表情があった。

これまで十年も記憶のフィルムは途切れていたというのに、思い出と今とが繋がった途端、まるでつい昨日も彼と会っていたような不思議な錯覚に陥る。

「……ほんとにいいの、私で」

「ツジがいいなら俺は構わないよ。なんか興味あるし、毒を食らわば皿までだろ？」

思考を読まれたのかと返事に詰まる。ちなみにそのたとえ、私は毒？　それとも、皿？　けれど彼の言葉を借りるならば、私も興味がないとは言えなくもなかった。

諒ちゃんが――かつて級友だった男の子が、どういう男になっているか。

知り合いということ以外、しがらみもない相手だ。女友達の元彼でもなければ、壊れて困るような男女の友情を築いてきた相手でもない。これは需要と供給。愛がなくても肌は重ねられる。嘘にまみれたこの時間に、綺麗ごとは似合わない。

私は鞄からスマートフォンを出し、店に到着の連絡を入れた。

「お疲れさまです、茜です――」

私が通話を始めると、諒ちゃんはソファーに腰かけ煙草に火を点けた。煙草を吸うようになったんだ、と記憶とのギャップを感じかけたけれど、私が電話口に「はい、着きました」と告げると、彼はよろしいとでも言うように大仰に頷いた。芝居がかったその態度は、同級生たちとふざけ合っていた時とまるきり同じだ。

――こいつ、全然変わってない。

偉そうにするな！　と言っているつもりのしかめっ面をしてみせる。と、彼は懐から出した店の名刺をひらひらと振りかざし、電話をかけるジェスチャーで応戦してきた。クレームを入れるぞ、と言っているのだろう。

こちらの状況などつゆ知らず、電話口のスタッフが改めて予約内容を伝えてくる。桜井様のご予約は、九十分の基本コース。「――はい、分かりました」

私の応答に耳を傾けながら、諒ちゃんがまたわざとらしく二度頷いた。じと目で睨みつけても、彼はふっと笑うように煙を吐いただけだった。

たなびいてくる紫煙を眺めながら、私は再び心の中で呟いた。

――やっぱり、しくじったかもしれない。

「九十分の基本コースでいいんだよね？」

ソファーの横に鞄を置きながら尋ねると、諒ちゃんに名刺でぺちぺちと頭をはたかれた。言葉遣いに気をつけろというのだろう。

私は浴槽にお湯が流れ落ちる音と、今の心情にちっとも合わないジャズのＢＧＭを聞きながら、ソファーから伸びる彼の足元に膝をついて口調を改めた。

「……基本コース九十分で承っておりますが、そちらでよろしかったでしょうか」

「うん、いいよ」

鷹揚に頷かれ、こっそり鼻に皺を寄せた。しらじらしいほど丁寧な口調にしたというのに、嫌味がちっとも効いていない。

「それからオプショングッズのご指定はなし……で、本当にお間違いございませんか」

私が在籍している店――Catharsisのシステムは、とてもシンプルなものになっている。

いくつかの特殊プレイだけは別料金が発生するけれど、それ以外は利用時間に応じてのみ料金が変わる。女の子のNGなプレイを除いて、という但し書きがつくものの、時間内ならばどう過ごすも自由だ。そして基本的にプレイで使う道具はこちらが持参することになっているのだけれど、中には予約時に指定されないと用意してこないものがある。オプショングッズと呼ばれるそれを頼まない人はほぼいない。どうせ無料なのだからとほとんどみんなが指定する。それが今回の予約では、一つも指定されていなかった。

煙草の火を灰皿に押しつけて、諒ちゃんがさらりと答える。

「だって信頼関係もできてない相手にアレもコレもって欲張ったって、空回りするだけでつまんないよ、きっと」

「…………うん、確かにそうかもしれない」

「――うん？」

「失礼しました。確かにおっしゃる通りですね」

とってつけたように礼儀正しくしながら、密かに私は感心していた。ふざけているようで、意外ともっともなことを言うと思ったからだ。

金銭の受け渡しがある以上、お客様と私たちとのあいだにあるのは単なる利害関係だ。それでも何度も指名してくれる人とのあいだには、利害とは違う何かが生まれる。それを信頼と呼んでもいいかは分からないけれど、よく知る相手とのプレイは不安が少なくなるぶん、お互いに楽しめる。でも――それならどうして諒ちゃんはここへ来たのだろう。たとえ心が通った気になれたとしても、やっぱりそれは一時の錯覚でしかないのに——と、口にしかけてやめた。誰にでも人には言えない事情がある。きっと彼も、何か理由があってここにいるのだろう。

「……ずいぶんと遊び慣れていらっしゃるみたいですね」

場を取りなすつもりで軽口を叩き、ついでに満面の笑みで見上げると、両頰を片手でむぎゅっと摑まれた。唇が尖がって、さぞかし不細工な顔になっていることだろう。

「慣れてる、ねえ。どの口がそんなことを言うんだろうなあ」

「しゅみまふぇん、——っ」

皮肉っぽい笑顔が眼前に迫ったかと思ったら、次の瞬間唇を塞がれていた。

お互い目を開けたままでする、情緒もない薄いキス。それなのに心臓は、呆気なくどくんと跳ねた。

唇を離すと、諒ちゃんは私の頭にぽんと手をのせた。大きくて重たい男の人の手。初めて会う人を見るようにその顔を見上げていると、彼は何事もなかったかのように口を開いた。

「風呂、もう入ってもいいんじゃない？」

「あ……そうですね。さすが、このあとの流れもよくご存じのようで」

「……これは躾けがいがありそうだなあ」

小言めかした冗談に、うまい切り返しが思いつかなかった。あはは、と空笑いでしのいで顔を伏せる。まずい――なんだか緊張してくる。

「で、では……ご主人様。お洋服、こちらで脱がせていただきますね」

私はお決まりの台詞を口にして、彼のジャケットに手をかけた。ボタンを外し、腕から抜き取る。ハンガーに掛け、次はシャツ。

そのあいだ、彼は一言も喋らずにいた。あまりにも反応がないと思って顔を見上げれば、手に隠された口元から殺しきれていない笑みが覗いていた。

「くくっ……あー、みんなが知ったらなんて言うかなあ……」

「……ちょっとご主人様？」

「ははっ、冗談だよ。こんな面白いこと人に教えるわけないだろ」

私の抗議の眼差しには構わず、諒ちゃんはくすくすと笑い続けた。彼が秘密を守ってくれるか少し心配ではあるけれど――たぶん大丈夫だろう。軽薄そうに見えて、この人の口は堅い。高校生の頃もそうだった。

当時、私は諒ちゃんの友達に片想いをしていたことがあった。その人とは特別親しかったわけでもなく、諒ちゃんを交えて話したことなどほとんどなかったというのに、ある時彼は私に「あいつが好きなの」と訊いてきた。

きっと告白もできずにいることを馬鹿にされ、みんなに言いふらされるに違いない。そうおろおろしていた私に、彼はたった一言「頑張れ」とだけ言った。

あまりに混じりけのない反応をされて驚いたからか、あの時のことは鮮明に覚えている。そこから彼が変わっていないという保証はないけれど、信用してもいいかという気になるのは、その記憶が残っているためだろう。

まだ肩を震わせている彼からワイシャツとスラックスを脱がし、ハンガーに掛けてジャケットの隣に吊るした。

肌着のシャツとボクサーパンツを残したところで、洗面室に移動する。そしてシャツの裾に手を伸ばそうとした時、ふいに手で制された。

「こっちはもういいよ。それより茜の服、脱がしてあげようか」

語尾に音符がついていそうなぐらい、その声は楽しげなものだった。あえて源氏名を使ってきたのは、プレイに集中しろということかもしれない。

いま目の前にいるのは、幼馴染(おさななじ)みではなくお客様。俯(うつむ)かせた頬をきゅっと抓(つね)り、顔を上げる。

「ありがとうございます。脱がしていただけるなんて嬉しいです」

「へえ……茜は素直なんだな」

言外に茶化されたのが分かり、唇の裏側を噛(か)み締めた。彼の物言いからして、意識的にモードを切り替えたのも見抜かれていそうだ。普段の私から、Mの私へ。しかもそのMな私こそが素なのだから、なおのこと恥ずかしい。

黙り込んでいるうちに春物のセーターを脱がされ、胸元にレースのついたキャミソール姿になった。

その瞬間、ほんのわずかにだけ諒ちゃんの目が剝き出しの肩に止まったような気がしたけれど、彼は何も口にしないままフレアスカートのホックを外した。

ぱさっと輪の形でスカートが床に落ち、視界に桜色のレースに飾られた白いショーツと自分の生足が現れた。続けてキャミソールの裾から手を差し込まれると、寒くもないのにぶるりと震えが起きた。

あてどなく視線を動かした先で、鏡に映る自分と目が合う。

——私、何してるんだろう。

今日はいつにも増して現実味がない。なんで諒ちゃんとこんなことしてるんだっけ、と自問してみたけれど、頭はもう何も答えてはくれなかった。

ふと気がつくと、鏡の中にいる諒ちゃんが私のことを見ていた。素肌を舐める、品定めするような男の視線。キャミソールを脱がせた手は乱れた私の髪を梳かし、そのまますりと落ちて胸のふくらみを包んだ。

「……綺麗な体。真っ白で、すべすべ。昔もそうだったけど……相変わらずギャップがあるな。黙ってたら清楚(せいそ)であどけない雰囲気があるのに——」

「……のに？」

「喋って素が出ると、ちょっと勝気というか、生意気な感じになる」

「そーですか」

ぶすっとして答えると、彼はどこか嬉しそうに言った。

「まさかこんなことできる相手とは思ってなかった。こういうのが僥倖ってやつ？」

「そんな大袈裟な……」

今日の再会はいわば不慮の事故で、喜ばしいことなど何もないはずだ。不思議に思っていると、唐突に指示が飛んでくる。

「この先は自分で脱いで」

不意を打たれ、返事が遅れる。

「………はい、分かりました」

「あとやっぱり、こっちも脱がしてもらおうかな」

興が乗ってきたように言ったあと、彼は無言の催促だけを残して私から手を離した。

特別難しいことを言われたわけでもないのに、強烈な羞恥で体がぴりぴりとした。プライベートを知る相手だからだろうか。そこにはひどい緊張も混ざっていて、小刻みに指先が震える。

私はこわばる指先を背中に回し、ブラジャーのホックを外した。胸を腕で押さえながら、緩んだ肩紐も外す。そして残った片手でショーツを脱ごうとした時、顎先をぐいっと摑まれた。

「……隠せる立場か、お前は」

「ん……っ、……申し訳……ございません……」

ぞわっと全身に鳥肌が立った。嫌悪感からではなく、体の根底にあるスイッチに触れら

れたから。諒ちゃんの、隠されていた一面が見えたから。

それまでとは正反対の、別人みたいな口調。反抗を許さない冷ややかな低音。今時には、プレイを盛り上げるためにわざと恥ずかしがってみせることもあるけれど、今ばかりは本気で隠したいと思っていた。だからだろうか。いつになく心がざわめいている。金銭で成り立っていようが、今だけのものだろうが、関係ない。言いなりになることが、私は好きなのだから。

誰かに買われたこの時間、私はツジガミカエデを捨ててアカネという奴隷になる。ご主人様に跪き、主のためだけの私になる。そんなことを好む自分を、私自身どうしようもないやつだと見下げ果てている。けれど気づいた時には性癖はすでにそんな形になっていて、治す方法も分からないのだから、仕方がないものとして諦めるしかできずにいる。

震えの波をやり過ごし、乳房から腕を離してショーツを脱ぎ捨てた。それから諒ちゃんのシャツを脱がして床に膝をつき、「失礼します」と小さく言って彼の下着に手をかけた。現れたこわばりは、わずかに体積を増していた。私はできるだけ冷静を装い、

「お口で……ご奉仕、しますか……?」

「いや、今はいいよ。それより先に風呂に入ろう」

「……はい」と私が答えると、諒ちゃんはくすりと笑ってバスルームに足を向けた。

「なんか、変に興奮するなあ」

さっき垣間見た裏の一面は、いったん奥に仕舞われた様子だった。それでも私の心臓

は、まだどくどくと震え続けていた。

前を行く体に、男の子だった頃の青い筋っぽさはなかった。腕も、背中も、しなやかな男のそれになっている。頼もしくさえ感じる後ろ姿にわけもなく理性を乱されながら、私はもう一度ぎゅっと頬を抓った。

指先が痺（しび）れるほどの緊張は、湯舟につかってもまだ消えずにいた。泡立てたスポンジで彼の身体を洗っている最中も、まともに喋ることはできなかった。今もまた彼の立て膝のあいだに小さく体を収めたまま、後ろを振り向けずにいる。借りてきた猫なんて言葉を人生で初めて使うとしたら、きっと今しかないだろう。

「そんなに緊張する？」

何か喋らなきゃと焦り始めた頃、後ろからゆったりとした声が響いてきた。体が密着しているわけでもないけれど、髪を上げたうなじに吐息がかかったような気がして声も体もますます固くなった。

「そう、ですね。緊張……してるかもしれないです」

「だったら、風呂出たあとは酒飲みながら昔話でもする？」

驚くほどのんきな提案に振り返る。けれどそこには少しもふざけた様子のない、諒ちゃんの真顔があった。笑顔の人というイメージがあったせいか、さっきの裏の一面といい今の真面目な表情といい、意外さに戸惑いを覚える。

「それは……さすがに申し訳ないというか……」

「このまま何もしなかったからって、誰かに言いふらしたりはしないよ。ツジを脅そうなんて考えてもないし」

「そういう心配はしてない、ですけど」

「まあ……いきなり幼馴染みが現れたんじゃ緊張もするか」

分かっているように言われると、一気に肩から力が抜けた。そういえばさっきあだ名を呼ばれた。もしかしたら今は、幼馴染みの会話をしても許されるのかもしれない。

「……うん。友達に性癖を知られたのって、これが初めてだから」

思いきって口にすると、さして間を置かず返事があった。

「今まで誰にも打ち明けたことがないってこと？」

少しだけ考え、こくりと頷く。つまらない嘘をついたせいで、心に小さなささくれが生まれた。

私のマゾヒストの芽は、その単語すら知らないうちから私の中に生えていたように思う。牢に繋がれたお姫様や、ひどい折檻を受ける遊女。囚われの身が羨ましいだなんて、人に言えるわけがない。しかも親友たちからは、奥手だと思われている節がある。だからたとえ性癖を告白したとしても、下手な冗談として流されるか、最悪軽蔑されるのがオチだろう。あの人がそうだったように。

「……諒ちゃんは誰かに打ち明けたことがある？」

訊くと彼は「んー」と間延びした声を上げ、ぱしゃっとお湯で顔を拭った。

「必要があれば言うよ。そんな我慢強くないし。――あ、そういえば大樹にバレてるよ」

「大樹って……嶋本くん？」

「そ、嶋本大樹」

嶋本くんといえば、諒ちゃんと同じく高校まで一緒だった地元の同級生だ。がっしりした体格と温厚な人柄で、周りからは兄のように慕われていた人物。

「うわあ、懐かしい。今でもまだ仲良くしてるんだ」

「先週も飲みに行ったよ。帰還祝いだって」

「帰還？」

「この四月に転勤になってこっちに戻ってきたから」

「そっか、それでこっちに――って、あれ？　バレてるってことは、諒ちゃんの性癖を嶋本くんは知ってるってこと？」

「ん？　ああ、俺のも知られてる。というか、大樹もSだから」

「えっ⁉　……それは意外。すっごく優しいイメージなのに」

「そうかあ？　ああいう温厚そうなやつほど、根はえげつなかったりすると思うけど」

大人になった姿でさえ想像が難しいのに、サディスティックな嶋本くんとなればなおさらその姿は思い浮かばない。浮かんでくるのはむしろ、純粋な懐かしさだ。

「諒ちゃんと嶋本くん、小学校の頃から仲良しだったもんね」

「なんか馬が合うんだよな。名字が変わったのも、俺から教えたのは大樹くらい。あいつも営業だから仕事の話も通じるし、ほんとある意味貴重な友人だな」

「二人とも営業なんだ。確かに嶋本くんには向いてそうだね。愛想いいし、見るからに頼りがいがありそうだし」

「……おい、俺は？」

「諒ちゃん？　諒ちゃんはー……愛想はともかく、それ以外はちょっと……」

言いながら自然と笑いがこぼれた。そういえば、昔も彼とはよくこんなふうにふざけ合ってたっけ。休憩時間の渡り廊下。放課後のコンビニ。仲のいい同級生たちも一緒になって、毎日飽きもせずくだらない話題で盛り上がっていた。

けれどどんなにその頃を思い返してみても、彼からそれらしい匂いを感じた覚えは一度もなかった。それどころか恋愛に困っている様子もなかったし、彼女が途切れるということもなかったはずだ。確かにその誰とも長続きはしていないようだったけれど、それは単に彼が面食いだからだとばかり思っていた。

でも、それは私が知らなかっただけで、案外諒ちゃんもままならない思いを抱えていたのかもしれない――と、想像を巡らせているとコツンと頭を小突かれた。

「……そういう分かりやすくて単純なところ、変わってないんだな」

懐かしむように言って、彼はからかうような微笑みを浮かべた。

「少しは緊張ほぐれた？」

言われてみれば、胸に居座っていたはずの緊張が消えていた。つまり、うまくのせられたということか。あっさり操縦された自分には呆れるしかないけれど、不思議とそれが、いやじゃない。

「……ごめん。ちゃんとできてなかったね」

「大丈夫。今からちゃんとしてもらうから」

思わせぶりなその一言にも、いやとは少しも思えなかった。

そっと伸びてきた彼の指が、額に貼りついた私の前髪を掻き分ける。

「じゃあ、風呂出たらちょっとやらしーお遊びでもしよっか」

わざわざ私の緊張をほぐすために時間を使い、そんな確認までしてくるなんて。

――意思を尊重してくれてるのはどっちよ。

堅苦しくなりそうな台詞は飲み込んで、私は誘惑に頷いた。


「道具って、どんなの持ってきてる？」

お風呂を出て部屋に戻ると、バスローブを着た背中が訊いてきた。

「えっと……」と返しながら持参したボストンバッグを開けた時、ふつりとＢＧＭが途切れた。どうやら諒ちゃんが消したらしい。四方から無音に押し迫られ、少し息が苦しくなった。

私は口を引き結んだまま、ガラステーブルの上にバッグの中身を並べていった。ローター、バイブ、アナルバイブにアナルプラグ。手枷、足枷、ボールギャグとアイマスク。

それから首輪。あとはローションとおもちゃ用のコンドーム。

　私が顔を赤らめているのを知ってか知らずか、隣に立つ諒ちゃんは涼しい顔でテーブルを見下ろしていた。

「結構いろいろあるんだな。あ、そうだ。一応セーフワード決めとこっか」

　セーフワードというのは、プレイを中断するための合言葉だ。どんな場面でもセーフワードが出された瞬間、プレイを中断するのがお約束となっている。ストップなんて簡潔な言葉でも構わないけれど、どうせならもっと、現実に立ち返れる言葉がいい。

「〝諒ちゃん〟……は、どうでしょう。喋れないような時は……三回続けて言います」

「なるほど。だったらこっちも〝ツジ〟ね」

　私が頷くと、すぐに諒ちゃんの気配が変わった。

　彼から放たれた静寂が、ひたひたとこちらに忍び寄ってくる。ベッドに腰かけた彼はもう、さっきまで浮かべていた笑みを消していた。

「……我慢と理性、捨ててもいい？」

　引き絞られる弓のように、神経の弦がきりきりと張り詰めていくのを感じた。きっとこの緊張は、このまま最後まで緩まない。今のうちに深く息をする。吸って、吸って、止めて――バスローブを脱ぎ、私は彼の足元に跪いた。

「ご主人様、本日は……ご調教、よろしくお願いいたします……」

　冷たい床につくほど深く下げた頭に、見慣れた映像が流れ始めた。プレイのたびに思い浮かべるイメージ。茜が、錆びついた檻の中に辻上楓を押し込める。がしゃんと鉄格子の扉を閉め、鍵までかける。そうすれば我を忘れ、現実から遠く離れていられる気がするから。

たとえそれが一時の錯覚でも、仮初めでもなんでもいい。ご主人様の前でなら、自分のすべてを曝け出せる。

そっと顔を上げると、諒ちゃんがかすかに口の端を上げた。その鋭さを宿した瞳から目を逸らすことは、もう許されない。被虐の予感が、ざぶんざぶんと押し寄せてくる。はしたない期待をいなすように息をつくと、彼は差し向けた手の甲で私の頬をするりと撫でた。

「最初だから一つは選ばせてやる。あの中から、お前が一番好きなものを持ってこい」

一変して低くなった声。諒ちゃんの主の時の声。緊張とはまた別の動悸に襲われながら、私は「はい」と答えて顎先に指されたテーブルに向かった。

卑しい道具を順になぞり、最後の一つで目が止まる。リードがついた黒革の首輪。私がそうっと首輪を差し出すと、彼は受け取ったそれを眺めながら言った。

「……これが一番好きなのか」

「はい……。首輪が……一番好きです」

屈辱と羞恥に乾いた唇を、そっと舌先で湿らせる。

彼の指先にかけられた首輪からは、リードが垂れ下がっていた。銀色のチェーンに、首輪と同じ黒い革の持ち手がついている。どちらも見た目は犬用のものとほぼ変わらない。

構造はごくシンプル。装飾といえば渋い赤色のステッチに縁取られているくらいで、リベットもついていない。たとえ人目に触れたとしても、犬に使うにしては高級そうだと思われるだけだろう。

けれどよく見れば違和感を覚えるはずだ。

首輪は尾錠の代わりに特殊な金具で輪が繋がれ、南京錠で鍵をかけられるようになっている。首輪をつけられた生き物が、けしてそれを外せないように。その肉体の所有権を、鍵を持つ相手へ完全に受け渡すように。そんな意図を持つ金具は、犬の首輪にはない。

「ご主人様にこれを……首輪を、つけていただきたいです」

私が言うと、諒ちゃんはわずかにだけ頬を緩めた。冷徹な眼差しの中に、ひとすじのぬくもりが流れたのを感じる。私がいま恥をかなぐり捨てて甘えたことを、汲み取ってくれたのだろう。

「それがどういう意味かは分かってるよな?」

「……ご主人様に……すべて従わせていただくという、証です」

同時にそれは、支配してもらえているという証でもあった。野良犬が首輪をしていても不自然なように、主がいないのに首輪だけつけていても虚しいだけだ。支配と、服従。対になる想いがなければ成り立たない。いうなれば首輪は、愛を誓い合う指輪みたいなもの。

――今だけでいいから、私のすべてを愛して欲しい。

「すべて、ね。ああ……この首輪、名前が書いてあるんだな」

言いながら諒ちゃんは首輪の裏側を指でなぞった。そこには〝アカネ〟の三文字が刻印されている。同じ三文字でも〝カエデ〟じゃない。そのことにいつも、ほんの少し気持ちが揺れる。

「茜」と私を呼び、彼が続ける。「髪を上げてろ。つけてやる」

「……はい」

答える声が上擦った。

後ろ手で髪をまとめ顎を上げると、使い込まれてしっとりとした革が柔らかく首を一周した。ベルト留めに端がくぐらされると、くっと一度締めつけが増した。調節穴に施されたハトメと金具とがかちりと合わされたあとは、もう一つあるベルト留めに再び端が通された。

安全のためこの場で南京錠が使われることはないけれど、私の意思ではもうこの首輪を外すことはできない。体温で温まった革が、じんわりと肌に馴染んでいく。まるでマフラーをしたみたい。寒空の下で人心地がついたようにほうっと息を吐いていると、頭上からぼそりと声がした。

「……似合うな」

「え？　……あっ」

首輪から垂れていたリードの持ち手を手繰り寄せられ、声が漏れる。一メートルほどのチェーンの吊り橋を辿っていくと、熱っぽさを隠し持つ冷たい目とぶつかった。

「お前は誰のものだ」

唐突に訊かれても、答えに迷うことはない。私には首輪がつけられていて、そのリードは彼が握っているのだから。

「私は……ご主人様の、もの、です」

「言われた通り従えるな？」

「はい……なんなりとおっしゃってください」

ぎこちなく、けれど深く頷く。一つ一つの言葉が、とろけ始めた脳に浸みていくようだった。これは買われた時間で興じるただのお芝居だと、全部嘘だと、分かっていてもぞくぞくと背筋が震える。

彼は導くようにリードを引きながらベッドに上がると、濃い藍色のベッドスローに腰を落とし、目の前に広がる真っ白なシーツを視線で示した。

「そこで四つん這いになれ」

「……は、い」

暴れだしそうな恥じらいを押し込めて、私はベッドの中央で四つん這いになった。リードは背中からお尻へと続き、その先にはあぐらで座る彼がいる。私はすでに全裸なのだから、当然下半身も彼の視界に収められているはずだ。秘部も、後ろのすぼまりも、小刻みに脚が震えてしまっているところも、全部。

隠せないのは分かっている。それでも自然と背は丸まり、膝頭の間隔が狭くなった。

「もしかして恥ずかしいの」と、こともなげに諒ちゃんが訊いてくる。

「は……い、恥ずかしい、です」

「まあそうだよな。まんこどころか尻の穴まで見えてるんだから」

「っ……！」

見下すように言われ、反射的に腰を落とした。火のついた顔を隠したくて蹲ると、くんっとリードを引かれた。

「……隠せる立場かって、さっきも言ったよな。それとも言われなきゃ分からない？　そのまま尻を上げて、全部見せてろ」

「っあ、……申し訳、ありません……っ」

私はおずおずと膝を広げ、両肘で上半身を支えながらお尻を上げた。やっとの思いで四つん這いの格好に戻ると、諒ちゃんの声は褒めるような色味を帯びた。

「いい子だ。素直で可愛いよ、すごく」

「……あ、りがとう、ございます……」

言いなりになっていると思うと下腹が疼いた。頭を撫でるように褒められたせいで、胸が甘痒い。その狭間で平衡感覚を失ったみたいにふらつきながら、私は腰が落ちてしまわないようシーツにしがみついた。

これから何をされるんだろう。そうっと首をひねって見ると、彼は立てた片膝に頬杖をつきながら、何をするでもなくこちらを見つめていた。

「どんどん目が変わっていくな。首輪されただけでそんなに感じる？」

「……はい、ドキドキします……」

「なんで言い方を変えるんだ。意味は同じだろ。お前は首輪をされて、興奮して、感じてるんだよ」

　ぐっと返事に詰まった瞬間、再びリードを引かれた。

「……違った？」

「んぅ……！　いえ、そうです……っ、わたし、首輪をされて興奮、してます……感じてます……っ」

　ああ、そうか。私はいま躾けられてるんだ。くどいほどの反復の中で、忠誠を試されている。そう理解した途端、子宮を握り締められたような感覚があった。

「なあ、さっきからヒクつきっぱなしなの自分でも分かってる？」

　どこが、とはっきり言われなくても分かりきっていた。視線に貫かれているところが、脚のつけ根にある綻びが、羞恥にひくひくと身悶(みもだ)えている。ふっ、ふっ、とまるで迫り来る何かに怯(おび)えているような、細切れの吐息交じりに訴える。

「はっ、恥ずかしい、です……っ」

「……そう言いながら、なんか溢れてきたけど」

「や、ぁ……！」

　その指摘が少しも誇張されてはいないと、誰より自分が知っていた。

体をよじった拍子に、泥濘から絞られるようにして蜜が滴った。無遠慮な視線にさらされて泣きたいくらい恥ずかしいのに、奥処にはじくんじくんと痛むほどの切なさが宿っている。

「まだ指一本触れてないのに愛液垂れ流すなんて——」

せせら笑うような声が聞こえてきたかと思うと、いきなり体に指が潜った。

「——変態」

「っあ、あ、ア……ッ！」

どんなに違うと否定したくても、その指は確かな証拠を探り当てていた。

体の中から、ぬちぬちと濡れた肉が割り開かれていくような音がした。ゆっくり、ゆっくり、這うような速度で進む指はたぶん一本だけ。激しくはなく、むしろ優しいくらいの動きだというのに、半開きの唇からはぽろぽろと喘ぎがこぼれた。

指先は蜜路の真ん中あたりにあって、その先にまだ隙間が残っているのがもどかしかった。早く奥まで来て欲しい。その欲深さが指を締めつけたようで、諒ちゃんが再び呆れたように笑った。

「なに一人で興奮してんの」

「あっ……頭が……っ、ご主人様の声で、勝手に……！」

「人のせいにするなよ。お前が淫乱なだけだろ」

「だけど……っ、ほ、本当に……っ」

言い訳に聞こえるかもしれないけれど、首輪をつけられた時からすでに体は疼きだしていた。従い、褒められ、視線に穿たれて、今はもう与えられる快楽のことしか頭にない。

遅すぎるほどだった侵攻は一転、口ごたえに仕置きを与えるかのように急に深くなった。もう片方の彼の手は私の尻たぶを摑み、奥までよくよく見えるよう谷を押し広げる。同時に埋められた指で恥骨の裏あたりを搔かれると、私からはぐじゅぐじゅと泡立つような音がし始めた。

「や……ッ、ああ……っ、そ、こは……ッ！」

跳ね上がった私の尻を押さえつけ、諒ちゃんはさらにそこへ指を押し当てた。柔い粘膜を窪ませて、擦るように弄られる。強制的に尿意を引き起こされるような重苦しい快感に、私は悲鳴じみた声を上げた。

「ご、しゅじんさま……ッ！　そこ……出ちゃ……い、ます……ッ！」

「出るって、何が？」

とぼけたように訊き返される。分かっているくせに。

返答できずにいると、叱るようにリードを引かれる。

「聞こえなかった？　質問にはちゃんと答えろ」

「ンンッ！　……そ、こ……アッ、……お、おしお……出ちゃい、ます……ッ」

「さっきといい今といい、丁寧に言ったところで恥ずかしいことには変わりないだろ」

「で、でも……‼」

「出るならば出せばいい」

口調だけは淡々と、けれど指は執拗に粘膜を嬲(なぶ)り続けた。けして激しくはせず、何度も何度もこそげるように。

「そ、んなの――ッ、ふあ、アアッッ……!!」

恥ずかしすぎる。そう言う前に腑抜けた声が溢れた。絶頂とは少し違う、後ろめたさ混じりの解放感。

「もう出た。聞こえるだろ、音」

「んぅぅぅッ……!!」

聞こえる。私の喘ぎ声と、何かがびちゃびちゃと飛び散る音。それに諒ちゃんの笑っているような声も。まるで面白いおもちゃを見つけた時のような愉しそうなその声に、またぞくぞくと身悶える。

四つん這いの脚は痙攣(けいれん)したように震え、いつしかベッドにつくほど腰が落ちていた。

「下げるな」

「は、はい……ッ、ふぅっ……、は、ふ……ッ」

そう答えはしたものの、体はまるで言うことを聞いてはくれなかった。ただベッドに沈んでしまわないよう、シーツを摑むことしかできない。せめて指を止めてくれたら。けれどたとえ止めてもらえたとしても、すでに収まりがつかないくらい昇り詰めてしまっている。

かろうじて絶頂を耐えていると、声から嗅ぎ取られたらしい。

「いきそうなのか」

「は、はい……っ。い、いっても、よろしい……ですか……ッ？」

「少しは我慢しろよ」

「で、でも――ンッ‼」

「でも、じゃない。決めるのはこっちだ」

またリードを引かれる。首輪が軽く喉を締めつけ、息苦しさが服従の悦びを連れてくる。この反復は、体に染みついてしまう気がする。紙にできた折り目が取れなくなるように、一度でも癖がついてしまったら最後、二度と消えなくなる予感がする。

我慢しろという言いつけに従うために、私は体から陶酔を追い出そうとした。けれどそんな私を嘲笑うかのように、指は変わらず下腹の中を蠢いた。

がくがくと膝を戦慄かせてばかりでちっともお尻を上げられずにいる私に、彼が言う。

「また腰が落ちてる」

「も、もうし、わけ、ありませ……ッ……！」

「――お前、弱すぎ」

くすっ、と聞こえた忍び笑いは、たぶん素の諒ちゃんから漏らされたものだった。

耳を塞ぎたくなっていると、ふいに指が去り指示を出された。

「仰向けになって自分で膝を抱えろ」

彼はいったんベッドを下りると、テーブルに向かってまたすぐに戻ってきた。その手には、私が脱ぎ捨てたバスローブとバイブがあった。

「……はい……」と小さく答え体を仰向けにすると、諒ちゃんはバスローブを巻きつけた枕を私の腰の下に据えた。なんのためにという謎も、たちまち解けて顔が熱くなる。枕はお尻を上げさせておくため。バスローブは枕を汚さないため。

枕は嵩のある羽根枕で、後頭部の下にも枕をあてがわれたのち膝を抱えると、顎を引いたままこれでもかと自分の下半身を見ることになった。脚を閉じたいのを耐えて膝を広げれば、おそらく彼の思惑通りに恥辱の涙がにじんだ。

「これ、で……よろしいでしょうか……？」

ぼやけた視界に映るのは、シャンデリアみたいな照明と宙を掻く私のつま先。それからまっすぐこちらを見つめる、諒ちゃんの顔。

「偉いな。言われなくてもどうすればいいかちゃんと分かって。そのまま、手は絶対に離すなよ」

「………はい」と絞り出した喉は、嗚咽(おえつ)がつかえたみたいに痛かった。瞼(まぶた)を閉ざしてしまいたいけれど、そうすればきっと咎(とが)められるだろう。涙ぐみ、それでも顎を持ち上げていると、コンドームを被せたバイブを手に諒ちゃんが言った。

「今度は我慢しなくていい。いくなら、好きなだけいけ」

「は――ッ、ああっ……！」

返事を終えるより先に、男性器を模した性具が私に埋まり始めた。腫れぼったくなっているのか少し窮屈だけれど、私の体は誘うようにひくつきながら冷たいくびれを飲み込んでいく。

「ほら……さっき奥まで欲しがってたよな」

「ンあッ……！」

「いい声。じゃあ、ここだとどうなる？」

「そこ、は――ッ‼」

ふいに挿入が浅くなり、さっき知られたばかりのＧスポットを突き上げられた。そのまま無慈悲な角度でえぐられて、呆気なく体液が迸る。

「――ッあぁぁっ……‼」

「また出た、な」

私の飛沫はシーツを濡らし、くすくすと笑う諒ちゃんの手をも汚していた。

限界はもう目前にまで迫っていた。言いつけがあろうがなかろうが、我慢なんてできそうにない。むちゃくちゃに頭を振りながら訴える。

「い、いき……ます……っ！　わたし、も……う……っ‼」

「いけ」

「ッ……んぅぅ――‼」

諒ちゃんの許しで、命令で、突き落とされるように達した――けれどそれでおしまいとはならず、彼は作られたこわばりで私を責め続けた。

「ぁあああッ……！」

再び蜜を吹きこぼした私に、彼が笑いかけてくる。

「また溢れてきた。漏らしすぎだろ。これでスイッチ入れたらどうなる？」

「や……！　アッッ‼」

言うが早いかカチッと音がして、体の内側でバイブが震え始めた。その動きは単調でも、高みを浮遊していた体はすぐ頂に連れ戻された。二度目の絶頂は、腹の裏側を小刻みに擦られた時に。三度目は、子宮口を突かれた瞬間に。

「行儀が悪いな。いく時はちゃんと言えよ」

たしなめるように言われても、絶えず波に飲まれているせいで自分でもその切れ目が分からなかった。

「ごめん、なさ……っ、でももう……っ、ずっと……！」

「ずっといってるってこと？　それは違うんじゃない？　いきっぱなしっていうのは……こういうのだと思うけど」

「え、あ……、ま、待っ――‼」

いやな予感がして首を振った時にはすでに、諒ちゃんの指先は私の秘部に触れていた。熱っぽい目で微笑みながら、彼は探り当てた花芯をギュッと摘まんだ。

私は声にならない悲鳴を上げた。全身の筋肉が硬直し、五感がすべて快楽に置き換わったみたいだった。芽吹いたしこりを爪弾かれるたび、視界一面に火花が弾け散る。ばね仕掛けの人形のように、体が引き攣れまた果てる。たぶんもう喚いているだけ。

意識が飛びそうになる寸前、がくんっと衝撃が走った。

「――離すな、と言っただろ」

「はっ、あ……、も……もう……しわけ……っ」

何を見咎められたのか理解するのに時間がかかった。ほとんど反射的に謝りながら下を見ると、抱えていたはずの右脚がベッドに落ちていた。

私は消え入りそうな声でもう一度、申し訳ありません、と謝った。些細な失敗だとしても、粗相には違いない。たとえその失敗が不可抗力によるものだとしても、意図的に仕掛けられた罠のせいだとしても、主の命令は――絶対。

「……罰だな」

諒ちゃんが歌うように言った。私の耳はその場違いな声音から、お前も嬉しいだろうという一言を聞き取っていた。

彼から伝わってくる嘲りと興奮。共振したようにぶるっと全身が震えた。

「もう一度、四つん這いになれ」

「は……はい……」

私に刺さったままのバイブが、馬鹿みたいに動き続けていた。のろのろとした動きで四つん這いの体勢に戻ると、そそのかすように諒ちゃんが囁いた。

「行儀は悪い、言いつけは守れない、そんな奴隷には何が必要だと思う」

「はっ……、はっ……、ば……罰、を……っ」

期待をのせてどんどん声が上擦っていく。腰に落とされた手は誘いかけるように下に滑り、お尻の曲線をゆるゆるとなぞった。

「ごしゅじん、さま……。どうか、駄目な奴隷に……罰、を……ください……っ」

なんで？　といつも思う。どうして私はそんなことを望んでしまうんだろう。

諒ちゃんはほんの一瞬満足そうに微笑むと、大きく振りかざした手を私のお尻めがけて振り下ろした。

「ンゥッ……!!」

バシッ！　と乾いた音とともに、ビリビリとした痛みが広がった。子どもの頃味わったものと似ているようで、まったく違う意味を持つ痛み。

腰が引けたところをまた叩かれる。痛みは次第に皮膚の下へ、肉の中に、骨に届くほど奥まで浸透していく。体は逃げようとするけれど、逃げ場なんてどこにもない。顔をなすりつけている枕はもう、涙と涎（よだれ）でぐちゃぐちゃになっていた。

救いを求めるように見ると、諒ちゃんはあやすように私の頭を撫で、また容赦なく手を振り下ろした。

「……い、アッ、……ン、ぅっ……あ、ぁぁぁぁ……っ」

繰り返し皮膚を打つ音が響いた。動き続けるバイブの音と、私の潤みきった声も。

やがて酸欠になった脳が誤作動を起こし始める。突き抜けるような痛みとバイブからの快感が、混じり合い一つになっていく。気持ちがいいのは奥をこね回されているからか、それともお尻を叩かれているからか、だんだん理由が分からなくなってくる。

そのうち打ちつける手が止まり、体を仰向けに返された。

罰のお礼をしなくてはと思うのに、頭が働かない。ただ夜の海を漂っているような、ふわふわとした浮遊感だけがあった。乱れた髪に隠れた視界は暗く、そっと前髪を払われると星が瞬いたように目がちかちかした。

「まだ頑張れるな？」

「……はい」と声に出しかくんと頭を縦に振ると、心なしか緩い力でリードを引かれた。よろめきながらベッドに身を起こすと、諒ちゃんはバスローブを巻きつけた枕に私を跨(またが)らせた。

「これに腰を押しつけて、自分で動け」

言われた通り枕にバイブの柄を着地させると、ぐっと内臓を押し上げられるような感覚があった。少しずつ体重をかけ奥まで迎え入れる。伸びをする猫みたいに肩を落として目を上げると、傍らに座る諒ちゃんと視線がぶつかった。

彼は息一つ乱さず、バスローブは少しも着崩れていなかった。そのことに、なぜか一抹の寂しさを覚える。与えられてばかりじゃなく、私も彼に何かを返したい。

「ご、しゅじ……さま、……ご奉、仕……させて、いただけませんか……っ」

するとか諒ちゃんは私の唇を指で開かせて、奥から舌を摘まみ出した。

「それはフェラしたいって意味？」

「は、ふっ……、ふっ……、ふぁひ……っ」

「情けない声」

鼻で笑われ、はらはらと涙が落ちた。情けないのは知っている。こんなにも淫らな格好をしながら、それでも腰を振りよがっているのだから。

「そうだな……、責任とってもらうか」

そう言って諒ちゃんはバスローブの紐を解いた。首根っこを摑んで引き寄せられると、屹立したこわばりが眼前に迫った。

喉が勝手にごくりと鳴った。本能が疼くってきっとこういうことだと思った。欲しい欲しいと乞うように、体が靡肉に埋まったままの偽物を締めつけた。

夜露の浮く先端にそっと舌を伸ばすと、それを合図にしたみたいに頭を押さえつけられた。切っ先が唇を割り、舌に潮の味が触れる。

「んっ……！　んぅうう……!!」

「腰、止めるなよ」

同時に胸にも触れられて、私は身悶えながら張り詰めた塊を頬張った。

うんと甘い飴を舐めるように、ようやく餌にありつけた獣みたいに。頬をすぼめ、熱い陽根に舌を這わせる。くびれに吸いついたあとは、舌で筋張ったところをくすぐった。唾

液を潤滑油にして両手で擦り、また口に含んで——どれだけそうしていたのか分からないけれど、諒ちゃんの吐息がかすれるほど私の心も欲情にまみれていった。

もっと息を乱して欲しかった。喘いで、気持ちよくなってもらいたい。

言いつけ通り腰を枕に押しつけていると、前触れもなくぎゅっと乳首を抓られた。

「もっと奥まで咥えろ」

「ン、っふ、あ、ぷ……ン、ンン……ッ……‼」

喉の突き当りまで肉塊に塞がれ、呼吸もままならない。それでも命令に従えば、彼は気持ちよくなってくれる。悦びと恍惚のうねりが重なり、大波となって近づいてくる。

波打ち際に立ち続けていた体が、終わりを求めて叫びだす。

——ご主人様、あの言葉をください。

「……出すぞ」

「わっ……わたし、も……！　いって、よろしいですか……ッ？」

「ああ……いけ」

「は、い……ッ、……あ……ッ！　んぅッ——‼」

口内に苦い液体が迸ると同時に、白波立つ絶頂に攫われた。水中に身を投じる時みたいに、ぎゅっときつく瞼を閉ざす。

体がちぎれそうなほどの快感は、私を遠くどこまでも押し流していった。そうして息もできないほどの濁流に飲まれながら、頭の片隅でうっすらと願う。

このまま何もかも波間に消えてしまえばいいのに――。

頭を撫でる優しい感触に目を開けると、電源の切られたバイブがベッドに転がっていた。どうやら意識が白んでいるうちに抜き去られたらしい。

私は朦朧としたまま唇をすぼめ、ゆっくりと頭を上げていった。吐き出されたものをこぼしてしまわないよう、慎重に先端から唇を離す。そしてそのまま何を思ったのか、私は口内の苦みを飲み下そうとしていた。

「あ、こら、ツジ」

「んう……？」

顎を掴まれ、間抜けな声を上げる。あれ、今、名前を呼ばれた？

「飲ませるなって店から言われてんのに、お前からしちゃ駄目だろ。お遊び終了。はい、ここに出して」

そう言って諒ちゃんは、枕元のティッシュケースから数枚を引き抜いて私に差し出した。目を醒まさせるように頭を撫でられ、ようやく我に返る。そうだ、飲精行為は禁止。

受け取ったティッシュを手に後ろを向き、口の中のものを出す。

「…………そーでした」

「まったく。ほんとに弱すぎ」

「……つい」

いくらネジが飛んでいたとはいえ、さすがにこれは飛びすぎだ。それでも禁止事項を忘れたことなんて、これまで一度もなかったのに。

言い訳めいたことを考えながら、私は皺くちゃになったシーツに両手をつき頭を下げた。せめて最後くらいは体裁を保っておかないと、格好がつかない。

「……あの……ご主人様。ご調教、ありがとうございました」

本当は床に下りるべきだとは思うけれど、体がうまく動かない。当のご主人様があっけらかんと終了を宣言したことに、少し甘えさせてもらおう。

実際、諒ちゃんの中でプレイは完全に終わっているらしく、私のひしゃげた土下座に何か言うこともなく、むしろふざけ半分のかしこまった様子でぺこりと頭を下げた。

「こちらこそ。楽しませていただきました」

「……ほんとに楽しめた？」

なんだか私ばかりがいい思いをした気がして尋ねると、バスローブの紐を結んでいた諒ちゃんがはたと動きを止めた。

「何、もの足りなかった？　まだいきたいなら――」

「ううん！　それはもうじゅうぶ……じゃなくて。諒ちゃんが楽しめたかどうかが気になっただけ」

するとは諒ちゃんはふっと笑って、いきなり私をぎゅうっと抱き締めた。

「それならなんの心配もいらないよ。すっげーぞくぞくしたから。ツジが可愛すぎて」

「そ、そっか……。ご満足いただけたなら何よりです……」

涙と涎、ついでに洟も垂らしながら喚き散らしていたあれの、いったいどこが可愛いというのだろう。さっぱり分からないけれど、諒ちゃんはご満悦そうに続ける。

「やっぱりさ、こーいうのを僥倖っていうんだよ」

「……だから大袈裟だって」

「そう？　ここが使いどころだと思ったんだけど」

体を離すと、彼は笑いながらぽんと私の頭に手を置いた。すでに何度目ともしれない柔らかな感触が、妙にくすぐったく感じた。挨拶がてら交わされるような抱擁とリップサービスも、大袈裟だとは思ってもけして悪い気はしない。

つけたままになっていた私の首輪を外したあと、諒ちゃんはテーブルにあったスマートフォンを取って、「お、結構時間なくなったな」とこちらに向き直った。

「ツジ、シャワー浴びてきていいよ。俺はツジが帰ったあとに入るから。化粧も髪も、そのままじゃ外歩きにくいだろ」

「え？」と頭に手をやると、手櫛も通らないほど髪が乱れていた。

「うわ、ほんとだ。ぼっさぼさ……」

「あと——はいこれ。風呂入る前に。こういうお子様なの好きだっただろ？」

そう言って彼は、冷蔵庫から取り出したオレンジジュースを渡してくる。

「あ、うん……。好き……だけど……」

受け取ったペットボトルのラベルには、可愛らしいキャラクターが描かれていた。確かに甘いものは大好物で、喉もカラカラではあるけれど。

「なんか諒ちゃん……別人みたいだね」

プレイの前、最中、そして事後。今の彼に、さっきまでのひりついた雰囲気は微塵もない。そのあまりに鮮やかな変貌ぶりに呆気に取られていると、彼もまた穴が開きそうなほどまじまじと私の顔を見た。

「その言葉、そっくりそのままお前にも返すよ」

「まあ……それもそっか……」

言われてみればそうだ。普段表に出せない姿を出すための時間なのだから、別人みたいになるほうが正しい。

きんきんに冷えたジュースを数口飲んだあとは、さっとシャワーを浴びて着てきた服に着替えた。化粧を直しながら残り時間を見ると、まだ十分近くあった。もしかしたら諒ちゃんは、身支度をととのえるための時間を最後に残しておいてくれたのかもしれない。

ベッドルームに戻り、荷物をまとめてエントランスに向かう。そして靴を履きドアを開けたところで、見送りにきてくれていた諒ちゃんが言った。

「そうだ。ツジ、伝言頼まれてくれる？　秋津さんに、ありがとうございましたって」

「オーナーに？」

「うん。初回だったし、予約する時ちょっと相談に乗ってもらったから」

「ふうん？　分かった。伝えておくね」

「あと、もう一つ。また茜を予約させてもらいます、って、伝えておいてくれる？」

「……え？」

　思いがけない一言に目を見張る。まさか次があるとは——ましてや諒ちゃんがそれを要求してくるなんて、思ってもみなかった。

　返事ができずにいると、小首を傾げるようにして彼が訊いてくる。

「おや、駄目でしたか」

「えっと……」

　確かに予想外ではあるけれど……いや、じゃない。

　断るでも頷くでもなく、ただ目を泳がせた私を見て、諒ちゃんがぷっと吹き出した。

「ははっ！　分かりやすいやつだな、ほんとに。もう時間も遅いし気をつけて帰れよ」

「あ……うん」

　ひらひらと振られていた手が、ぱたんと閉じられたドアの向こうに消えた。

　無人の廊下を歩いていると、どこからかクラシック調の音楽が聞こえた。優しいピアノの旋律と、そよ風みたいなフルートの音色。健やかな朝を連想したせいで、まるでさっきまでのことが夢みたいに思えた。

　体にはまだ、生々しいほど余韻が残っているというのに。絶頂に振り回された下半身は重く、抓られた乳首も打たれた尻もちりちりと痛い。喉は塞がれた苦しさをはっきりと覚えているし、耳には低く冷たい彼の声がこびりついたままになっている。

思い出した途端おもはゆさを感じそうになり、私は振り切るようにして足を急がせた。それでも首輪のあった場所がやけに涼しくて、降下するエレベーターの中、両手で首筋を温め続けた。

ホテルからタクシーでワンメーター。歓楽街を抜けてすぐの場所に、Catharsisの事務所兼待機所はある。事務所と言ってもマンションの一室が使われているので、外観は少し古びているだけの普通のマンションだ。ただ夜の街に近いだけあって、集合ポストのネームプレートに個人名はほとんど見当たらない。並んでいるのはシールに印字された企業名に、厚紙に手書きされた店名と、まさに雑居といった雰囲気を醸している。

エントランスのインターフォンでオートロックのドアを開けてもらい、五階に上がって廊下突き当たりにある事務所のドアを開ける。

玄関に上がってそのままリビングに入ると、すぐソファーのほうから「おかえりー」と声をかけられた。予約がキャンセルになったあと今も待機中らしく、同僚の香澄さんが本を読みながらくつろいでいる。

「ただいま戻りました」

返事をしながらソファーの脇に鞄を下ろしていると、今度は室内にいたもう一人が、ダイニングテーブルに広げていた書類から目を上げて迎えてくれる。

「お疲れさま、茜ちゃん。今日はもうおしまいでしょう？　美味しいハーブティーがあるから、よかったら帰る前に飲んでいって」

そう言って同性でも見惚れるような微笑を浮かべたのは、オーナーの奥さん――美佳（みか）さんだ。

「いただきます。じゃあ、先にオーナーに戻ったことを報告してきますね」

早速キッチンに立とうとしている美佳さんに言うと、彼女は「あの人なら部屋よ」と、ピンクベージュに彩られた指先で事務室のある廊下のほうを指した。

間取り２ＬＤＫのこの事務所は、リビングとダイニングを在籍する女性が待機するスペースに、残り二部屋は倉庫と事務室兼応接室として使われている。

いったんリビングを出たあとバスルーム向かいのドアをノックすると、中から「はい」と男性の声がした。

「失礼します、茜です。ただいま戻りました」

「ああ、おかえり」

私が部屋に入ると、パソコンのディスプレイの向こうから眼鏡をかけた顔が覗いた。こぢんまりとした店とあって、ここでは接客も事務もオーナー自らがこなしている。今日は金曜日なのでバイトのスタッフもいる日だけれど、どうやら少し立て込んでいたらしい。

座るよう促された応接用のソファーに腰を下ろすと、マグカップを手にしたオーナーがデスクチェアを転がしながら近づいてきた。

「ごめんね、お待たせ」

そう言ってくしゃっと人懐こそうな笑みを見せたのが、ここCatharsisのオーナー、秋津さんだ。年齢は確か三十代後半だったはずだけれど、笑顔にはどこかあどけなさがあって、見ようによっては大学生ぐらいにも見える。それでも真顔の時には、精悍な面差しと眼鏡とが相まって年齢以上に渋く見える、どこか年齢不詳なところのある人だ。

オーナーはマグカップのコーヒーを一口だけ飲み、穏やかに私に訊いてくる。

「それでどうだった？　桜井様は新規だったよね。問題はなかったかい？」

「あ、はい……。えっと……」

その質問は新規のお客様があったあと必ずされるものだった。訊かれるのは分かっていたけれど、答えを切り出すまでにやや時間がかかった。

「まさか何かあった？」

オーナーの表情が翳る。私は秋津夫妻のことを、雇用主だからという理由以上に慕っている。二人を煩わせたくはないけれど、かといって報告を偽るわけにもいかない。

「あの、それが……地元の幼馴染みでした」

「幼馴染み？　ただの友達とか、ちょっとした知り合いとかでもなく？」

「小中高とずっと一緒でしたし、わりと親しくしていたので。でもあちらの名字が変わったことは知らなくて、予約の時点で気づけませんでした」

「……そうか。幼馴染み……」

オーナーは眼鏡を押し上げると、思案顔で椅子の背にもたれた。珍しく反応が鈍いのは、在籍者の身元が利用客に知られるのは店としても避けたい厄介ごとの一つだからだろう。

「問題になりそうなら……口外しないよう話をつけるけど、どうする？」

そう言われても、いまいちピンとこなかった。トラブルになりそうかどうかを尋ねられているのだろうけれど、いくら考えてみても、諒ちゃんとその単語が結びつかない。

「バレたこと自体が問題で、あとはもう気にしてもしょうがないというか……」

「信用できる相手ってことかな？」

「……たぶん、大丈夫だと思います」

「そうだね。何度か話した限り、彼は信用できると僕も思うけど」

「オーナーがそうおっしゃるなら安心します。人を見る目には自信がないので。それに諒ちゃ——じゃなくて、因幡——でもなくって、えーっと、桜井様がオーナーに、ありがとうございました、と」

「ご満足いただけたということかな」

「……おそらく。あと……また予約させてもらいます、だそうで」

「〝茜〟を？」

「はあ……まあ……」

私がそっぽを向きながらあいづちを打つと、オーナーは神妙だった面持ちを笑顔に変えた。

「もしいやなら僕から断ってもいいんだよ。旧友なんて、ただでさえイレギュラーなんだから」

「……大歓迎ではないですけど、死ぬほどいやというわけでも」

「じゃあ万が一また桜井様から〝茜〟を指名されたら、お受けしてもいいのかな」

断固拒否するだけの明確な理由は、やはり思いつかなかった。

「……はい、大丈夫です」

私が答えると、オーナーはやけに嬉しそうにまた顔を綻ばせた。

リビングに戻ると、ちょうど美佳さんが淡い琥珀色に色づいたガラスポットを運んでいるところだった。テーブルには揃いのカップが用意され、中央の菓子かごには個包装された焼き菓子やチョコレートが盛られている。

カップにハーブティーが注がれると、ほわんと瑞々しい香りが立ち上った。カモミールの清涼な香り。一口飲めば、もつれた思考がゆるゆると解けていくようだった。

たぶん諒ちゃんは、今夜のことを誰にも口外しないだろうと思った。同意の上で秘密を共有したのだから、悪い展開になるとも考えにくい。また予約すると言っていたのは単なる社交辞令の可能性もあるし、からかわれただけかもしれない。だとすれば今日の出来事は、一夜の情事として割り切るのがきっと正解だろう。だいたい十年も会わずにいた相手なのだから、普通に過ごしていれば二度と偶然は起こらないはずだ。ましてや互いの私生活が交差することなどまずあり得ない——そう思っていたのに。

それから一週間と経たずして、私は親友の口から彼の名前を聞いた。

「そういえば私、このあいだ会社帰りに駅で諒ちゃんに会ったんだよね」

驚きのあまり、口に含んでいた白身魚のソテーを吹き出しそうになった。なんとか喉に通したけれど、オリーブオイルの風味もハーブの香りも一瞬にして感じられなくなった。

私は今日、女友達二人と買い物がてら街に来ている。地元から電車で三十分ほどの場所にある、カフェレストランのテラス席で昼食をとっているところだった。

諒ちゃんに会ったと言ったのは、向かいに座る東のぞみだった。私がのんちゃんと呼ぶ彼女の隣には、ミズキこと水城佳奈が座っている。

二人とも、小学生の頃からの親友だ。高校卒業後、疎遠になった時期もあったけれど、今でも数ヶ月に一度はこうして顔を合わせている。

彼女たちもまた諒ちゃんとは幼馴染みなのだから、彼の名前が出てきたとしても不思議はない。でも少なくともここ数年は、その名前が話題に上がることもなかった。

——それがどうして今になって。

しゃくしゃくとサラダを頬張っていたミズキが、記憶と照合するように宙を見る。

「諒ちゃんって、因幡諒？」

「そう、改札出たところでばったり。まさか地元にいるとは思ってなかったから、一瞬見間違いかと思ったよ」

「そういえば転勤でこっちに戻ってくるかもって話、どっかで聞いた覚えがあるわ」

「なんだ、知ってたなら教えてよ。諒ちゃんも一言くらい連絡くれればいいのにね。水臭いじゃないいって文句言ってやったわ」

「引っ越したばっかりでそんな余裕もなかったんじゃないの」

「そうかもしれないけどさあ」

テーブルの向こうで交わされる会話に、私は頷くしかできずにいた。おっとりとしているわりにのんちゃんの勘は鋭い。クールな見た目通りにミズキもだ。下手なことを言えば怪しまれかねない。へえ、ふうん、そうなんだ、と生返事をローテーションさせながら、ガムシロップを二つ入れたアイスティーを渇いた喉に流し込む。

すっかり手が止まっているのんちゃんに対し、ミズキはさして興味もなさそうな様子でフォークにくるくるとパスタを巻きつけている。

「どうせ連絡先は訊いたんでしょ？　また改めてのんから連絡すればいいじゃない」

「それはもちろん。でも休みの日も会社に行くことが多いらしくて、タイミングがね」

「そんなに忙しくしてるんだ。営業だっけ？」

「法人営業だって。それも大手の。相変わらず、憎たらしいくらいデキるやつみたい」

そう言ってのんちゃんは、私でも知る建設会社の名前をつけ加えた。

私の意思とは無関係に、どんどん諒ちゃんの情報が上書きされていく。一緒にふざけ合っていた男の子が、今では立派に社会人をしているらしい。しかもその彼はサディストの一面を隠し持っている。過去と現在、そして表と裏との差分が大きすぎて、情報を処理するのにエラーが起きそうだ。

ちびちびと口をつけているうちに飲み干してしまったらしく、汗をかいたグラスの中で氷がからんと崩れた。

仕方なく再び食事に手をつけていると、ミズキがしかめっ面でフォークを置いた。

「……そんなこと言って、まさか惚れたんじゃないでしょうね」

スズキの身にフォークを刺したところで、ぴたりと手が止まった。上目でそっとうかがうと、ぶすっと頬をふくらませたのんちゃんが見えた。

「やめてよ、そういうあけすけな言い方」

「だってあんた、ああいうのがタイプじゃない。人好きのする、からっとした男」

「そうだけどさあ。でもだからって、それだけで好きになったりしないよ。ねえ?」といきなりのんちゃんから水を向けられて、白身とケッパーをごくんっと丸呑みした。

「えっ⁉　なんの話？」

「もう、聞いてなかったの？　諒ちゃんの話よ。まあ楓は諒ちゃんのことなんて興味ないかもしれないけどさ」

「いや、別に、そんなことないよ」

ひとまず声は裏返らずに済んだ。けれど曖昧に答えた私を見て何か勘違いをしたようで、のんちゃんがにんまりと訳知り顔をする。

「楓は昔から諒ちゃんのことは眼中になかったもんね。永野(ながの)くんに夢中で」

それはかつて私が片想いをしていた人の名前だった。高校の同級生で、諒ちゃんの友達でもあった人。

確かにあの頃の私は、永野くんばかりを追いかけていた。けれど薄情なもので、今となってはどうしてそこまで夢中になっていたのかもよく覚えていない。はっきり記憶に残っているのは、告白してあえなく振られたことぐらいだ。

うまくいきっこないのに彼を呼び出して、「付き合ってください」と告げて——当時を思い出し、苦笑いが漏れる。

「あったね、そんなことも。でも諒ちゃんが眼中になかったなんて、そんな大それたこと言えないよ。むしろこっちのほうがその他大勢の一人でしょ」

「そうかな。向こうは案外、楓のこと気に入ってたと思うけど。だってあの時も——」と言いかけて、ミズキは口を噤んだ。

なんだろう。私が首をひねると、彼女は「もう時効かな」と再び話し始める。

「楓が永野に告白しようとしてた時ね、本当は永野、すっぽかすつもりだったらしいよ。それを諒ちゃんが、話ぐらい聞いてやれよって説得してくれたんだって」

「え……」

『話したいことがあるので、放課後教室で待っててもらえませんか』

永野くんに送ったメッセージは、確かそんな文面だったと思う。他のクラスメイトたちがいなくなるまでにかなり時間がかかって、もしかしたら待っていてもらえないんじゃないかと、ひどくやきもきしたのを覚えている。

結局、告白はものの一分で玉砕したけれど、それさえいい思い出になっているのは自分できちんと片想いにけりをつけられたからだ。

その裏にまさか、諒ちゃんの後押しがあっただなんて。

「……全然知らなかった」

「口止めされてたからね。かっこつけたのが照れ臭かったんじゃない？　直接こっぴどく振られるのがいいことかどうかは、分かんないけど」

「ちゃんと振られたほうが先に進みやすい場合もあるでしょ。ほら、楓なんて特に。変に美化しちゃって、いつまでもほんのり好きなままでいそうじゃない？」

のんちゃんがからかうように言うと、ミズキも「確かに」と頷いた。どうやらその一件を知らずにいたのは、私だけだったらしい。

ひとり驚きを隠せずにいると、急にのんちゃんが「あー、懐かしいなー」と声を上げた。そしていいことを思いついたとばかりに目を輝かせた。

「ねえ、今度みんなで集まらない？　高校の時に仲良かったメンバーに声かけてさ」

そう言ってのんちゃんは、運ばれてきていたランチコースのショートケーキをぱくつき始めた。そのご機嫌そうな様子を見て、ミズキがふと疑るように言う。

「下心は？」

「……ない、とはいえない」

のんちゃんの一言で、私のあいづちはぎこちなくなった。じつは一足お先に再会しましたとは――やはり言えない。

頬杖をついたミズキが、見飽きた光景を眺めるように言う。

「もういい歳なんだから、ちょっとは落ち着きなよ。その惚れっぽい性格のせいで何回痛い目見たと思ってんの」

「いいじゃない、期待するくらい。私の職場、同性ばっかりで出会いがないんだから」

「もー……楓もなんか言ってやってよ……」

急に飛んできた会話のボールを、落とさないよう急いで打ち返す。

「だけどほら、惚れっぽいってことは相手のいいところを見つけるのがうまいってことだと思うし……痛い目見てもまた恋ができるのは、別に悪いことじゃないと思うけどな」

「さすが楓、分かってくれてる。でもそれを言うなら楓こそ、そろそろ過ぎたことは忘れて次に進んでみたら？」

のんちゃんのフォローに回ったつもりが、いつの間にか会話の矛先は私に向いていた。テーブルを挟んだ先に、心配顔が二つ並んでいる。

――あれから、もう一年。

「そうだねえ……。なんとかしなきゃとは思ってるんだけど」

「そんなこと言って、恋愛どころか男の話すらこの一年出てこないじゃない。だいたい楓、実家にも全然帰ってないでしょ」

一人暮らしのアパートから実家までは、電車を使って一時間半。ここからならば三十分。あと少し足を伸ばせば帰ることのできる実家に、私はほとんど帰らない。

「どうも気が進まないんだよね。歓迎されるわけでもないし」

「おじさんたち、まだ怒ってるの？」

「うーん、最近はそうでもないかな。小言は相変わらずだけど」

「……あんたのとこ、厳しいもんね」

それまで聞き手に回っていたミズキが、ぽそりと呟いた。

うちの両親は共働きで、私はいわゆる一人っ子だ。父はとても厳しく、子ども相手にも甘やかすということをしない人だった。起床時間、成績、箸の上げ下ろしから洗面台に残った水滴に至るまで。どんな些細なことでも、粗相があるたび私はひどく叱られた。何度もお尻を叩かれ、「反省しろ」と季節を問わず家の外に締め出された。そこに母が止めに入ってくれたことは、一度としてなかった。家に仕事を持ち帰るような忙しい人だったから、仲裁する余裕もなかったのだろう。

いくら泣いても許してもらえなかったんだよね——と、よくある話のつもりで私が子ども時代を語った時、高校生のミズキは今と同じ痛ましそうな顔で、「そうなんだ」と呟いた。よその家と自分の家との違いを知ったのは、その時が初めてだ。

おかげで私はこの歳になっても父が苦手で、母にはどう甘えればいいかが分からない。一年前、苦しかったあの時に正論でとどめを刺されてからは、もっと。

私がへらっと笑って話を切り上げようとすると、のんちゃんがさりげなく話の舵を切ってくれた。

「ま、下心はともかく、みんなで会いたいのは本当。私は土日でも夜なら平気だから、仕事が落ち着いてる時に集まろうよ。楓のところは？　いま忙しい？」

「あ、ううん、それほどじゃないけど」

じくりと良心が痛む。私は周囲に、事務職として働いていると嘘をついている。

ミルクレープの角をフォークで削り取っていると、テーブルに置いていたスマートフォンが短く震えた。一言断り、届いたメッセージを見る。送信者名は、秋津さん。

『お疲れさま。予約が入ったよ。明日の十三時、前回と同じ九十分で――』

そこに書かれていた名前を見て、やっぱり、と思った。

のんちゃんの口からその名を聞いた時から、なんとなく予感があった。こういう出来事は、なぜだか続けざまに起こるものだから。

カーソルを点滅させている画面に、文字を入力する。

『お疲れさまです。了解しました』

するとほとんど間を置かず、『大丈夫かい？』と返事があった。『もちろん』と一度は入力したけれど、強がりに思われる気がして消去した。『全然問題ありません』も、『平気です』もなんだか違う。時間がかかるほど勘ぐられる気がして『はい』とだけ送ったけれど、それを見て微笑むオーナーの顔が目に浮かぶようだった。

『じゃあ、お受けするよ』

わざわざこんな確認をしなくとも、オーナーにはもう見抜かれているのだろう。私がその予約にどう折り合いをつければいいか分からず戸惑っていることも、かといって不快に思っているわけではないことも。

テーブルの向こうでは、のんちゃんとミズキがどうすれば運命の恋に巡り合えるのかと熱い議論を交わし始めていた。会社の同僚、取引先、合コン、もしくは王道の再会。ショートケーキを飾るホイップクリームをフォークで掬い、のんちゃんがほうっとため息をこぼす。

「にしても諒ちゃん……かっこよくなってたなー」

スマートフォンを鞄に押し込みながら、私は心の中でひたすら謝った。

ごめん。二人とも本当にごめん。仕事を偽っててごめん。秘密があってごめん。もう何もかも、ごめんなさい。

明日の十三時。時間は九十分――諒ちゃんからの予約が入った。

2.

その日、雨の中向かった９０１号室は、ゴシック調のインテリアで統一されていた。

深紅の壁紙に描かれているのは、黒い幾何学模様。天蓋は下ろされ、ベッドは薄いヴェールに囲まれている。まるで結界みたいだけれど、守られているというより閉じ込められているみたいに思えて、少し怖い。

足元で薄靄が割れ、黒い人影が現れる。灯りを小さく落とされているので、表情までは見えない。思わず後ずさりしようとすると、関節と皮膚とが悲鳴を上げた。麻縄で緊縛された今の私には、どんなに足掻(あが)こうとしてもモゾモゾとのたうつことしかできない。

後ろ手で縛られた両腕は、背中の下でじんじんと痺れていた。脚は折り畳んだまま幾重にも縛られ、ぴったり閉じることもできない。おまけに体には、あちこちボディークリップまで留められている。金属製のクリップが齧(かじ)りついているのは、内腿(もも)や二の腕あたりの柔らかい場所。それから乳首に、茂みの奥のクリトリス。

私が身震いをするたび、きらきらと銀色の光が反射した。痛い。痛いだけじゃない。でも痛い。でも――痛いだけじゃ、ない。

苦痛と快楽とがめまぐるしく入れ替わる。この状態で放置されて、どれだけ時間が経ったただろう。

ぎし、ぎし、とベッドを軋ませながら、人影がにじり寄ってくる。その人は私の傍らまでくると、獣じみた双眸でこちらを見下ろした。

「……ご、ご主人、さま……！　もう、お許しくださ――んゥッ！」

たまらず私が助けを求めると、返事代わりに秘芽を挟むクリップを弾かれた。鋭い痛みが突き抜けて、咽ぶような呼吸になる。脂汗でぬめる胸を激しく上下させると、彼は相好を崩した。

「……許して欲しいの？　そうだよな、痛いもんなあ。それにしても、茜は可愛い声で泣くよな――」

「いッ……！　アッ‼　アッ……‼」

カツッ、カツッ、と硬い音が響き渡るたび、セーフワードが喉元まで出かかった。

なんとなくいやな予感がした。私の全身のクリップを愉快そうに爪弾きながら、なぜか見下ろしてくる目が苛立ったようにぎらついていた。

不安に竦む胸を、太い指がもみくちゃにする。

「可哀そうになあ。こんな目に遭わされてるのに……逃げられないなんて」

無力さを哀れみ、蔑まれている。でも、どうして？　この人は、何をそんなに苛ついているのだろう。

疑問に思ったその時、赤見さんが言った。

「たとえ犯されたとしても——なあ、茜」

「えっ……？」

彼は私の顔色が変わるさまを堪能するかのように、ゆっくりとバスローブを脱いでいった。その意味するところを理解して、すぐさま制止の声を上げる。

「お……お待ちください！　それは……！」

私は体をばたつかせてうつ伏せになろうとした。けれど縛られて重心までおかしくなっている体は、腕一本でたやすく仰向けに戻された。

「逃げられるわけないだろ？　縛られてるのに」

「いけません、本当に……！　お、お願いします、ストップしてください……！」

「こんな仕事しておいて最後までするのは駄目だなんて、矛盾してると思わない？」

「そ、れは……っ」

「ほら、もっといやがってみせろよ」

必死の抵抗が、かえって彼の嗜虐心に火を点けてしまったらしい。普段の彼は、ちょっとプライドの高いところがある程度のごく普通の会社員だけれど、いざプレイが始まると、相手を痛めつけるような加虐を好む。それを知っていたのに、泣き顔でいやがったのは間違いだった。

腰を摑まれ、置物の位置をずらすように引き寄せられた。そのうえ秘唇に硬くなったものを擦りつけられる——駄目だ。むやみに抵抗しちゃいけない。焦るな、怯むな、淡々と、事務的に。涙を啜り上げるように深呼吸をし、一息に告げた。

「赤見様。申し訳ありませんが、本番強要は誓約違反です。お受けすることはできません。どうか、おやめください」

赤見さんの動きが止まった。

会員登録の時交わされる誓約書に、法的な拘束力なんてものはない。それに今の私が凄んだところで、怖くもなんともないだろう。赤見さんの嘲弄的な皮肉を、もっともだと思う自分もいる。けれどこのままだと、使い捨てるように犯されておしまいだ。その挙句、オーナーや店にも迷惑をかけかねない。

きつく見据えたままでいると、赤見さんからすっと熱が引いていくのが見て取れた。

「……すまない。強要は……うん、確かによくないよな」

腰にあった手が離れる。よかった——そうホッとしたのもつかの間、赤見さんは私の頭を鷲摑みにして口角を吊り上げた。

「そうだよな。自分から欲しがるくらい、もっと責めてやらなきゃ駄目だよな」

「……え？」

「でも今日はもう時間もないし、また今度、な」

ぞくりと悪寒がした。今日のところはとりあえず、興を削がれたから。影の差す笑顔からは、そんな台詞が聞こえてくるようだった。

鳥肌の立つ体をうつ伏せにされ、肉塊で口を塞がれた。がくがくと頭を揺さぶられ、口淫を強いられながら、それでも私は歯が当たってしまわないよう口を開き続けた。

もし落ち度があれば、次こそ見逃してもらえないかもしれない。だって、これはビジネスなのだから。失敗には制裁があって当然だ。もちろん、愛なんてものはどこにも存在しない。それを分かっていながら、それでも私は勘違いがしたくてここにいる。求められれば錯覚できる。自分は誰かにとって必要な人間かもしれないと、この時だけは思っていられる。

だからこれは望み通りのアクシデントで、都合よくぬくもりを求めた代償で、涙が出そうなのは喉奥を突かれているせいだ。

小さな呻(うめ)きとともに、顔に生ぬるい液体が浴びせられた。濁りを吐き出した赤見さんは、まるで憑き物が落ちたかのようにさっぱりした表情で私の縄をほどいていった。

「ごめんな、ひどいことして。じつは俺、婚約者がいるんだけど……こういうのまるっきり駄目でさ。つい最近も拒否られてイライラしてたんだ」

「そうでしたか……」

「仕事のストレスも溜(た)まってたけど、茜のおかげですっきりしたよ。本気で怖がらせちゃったけど、未遂だからセーフだよな――って、もうこんな時間か。風呂は入れなくても平気だよな。どうせ待機所まで近いんだろ？」

「はい……大丈夫です。タクシーですぐなので」

「ならよかった。ところで……茜。ご挨拶、忘れてない？」

私はすぐさまベッドから下り、三つ指をついて頭を垂れた。

「……ご主人様、本日はご調教、ありがとうございました」

床にぽたんと雫が落ちた。フロアタイルは黒と白の大理石模様で、頬を伝い落ちたそれがなんだったかは私にもよく分からなかった。

ホテルから出ると、まだ雨が降っていた。風に舞うほど細かな雨粒が、ぬるい空から落ちてきている。通りでタクシーを拾い、短い距離なのを詫びたあと行き先を告げる。すると運転手は「ああ、あのあたり」と心得たふうの返事をして、ルームミラー越しにちらりと視線を寄越した。

ホテルの近くから乗り込んで、歩いても行ける距離で降りる客。何をしている女かぐらい、すぐに察しもつくだろう。

シートに深く体を沈め、動きだした車窓の夜景に目を向ける。

この仕事をすると決めたのは、他でもない私自身だ。何があろうと文句は言えないし、言おうとも思っていない。けれど今日みたいなことがあった日は、言いしれない虚しさに襲われる。

胸には、赤見さんの言葉がいくつも突き刺さったままになっている。無理に引き抜こうとすると、まるで肉がちぎれるような痛みがあった。

——婚約者、か。

あの人の姿が脳裏をよぎりそうになり、すぐ記憶に蓋をした。

シャワーを浴びさせてもらえなかったのもあって、体には縛られた感覚が薄まることなく残されていた。誰も見ていないと分かっていても、赤信号で車が停まるたび、通行人の映る車窓から化粧の崩れた顔をそっと背けた。

——そういえば……。

ふと、思い出す。先週会った時も、諒ちゃんは私に身支度をととのえるための時間を残してくれていた。

彼と二度目の再会を果たしたのは、先週日曜日のことだ。指定された部屋のインターフォンを、私は胃を痛くしながら押した。のんちゃんとミズキに会った翌日だったというのも、気持ちの置きどころに困る原因だったと思う。結局どんな距離感を保てばいいのか分からないまま部屋に入ると、諒ちゃんは「はい、これお土産」と、私に駄菓子屋で売っていそうな袋入りの綿菓子を手渡してきた。

今この瞬間ホテルで綿菓子なんてものを持っているのは、世界で私だけかもしれない。そう思ったら、気の抜けた笑いが込み上げてきた。

「あの、小学生じゃないんですけど」

不貞腐れてみせると、彼はちぎった綿菓子を私の口に放り込んだ。こうばしい甘みに頬がじゅわっと痛くなるのを感じていると、彼もまた自分の口にひとかけ入れ、「歯が溶けそう……」と顔をしかめた。

「甘いもの苦手なら食べなきゃいいのに」

「だってツジが平気そうにしてるから」

「え、私のせい？」

「ああ、美味そうに食べるのが悪い」

くだらない憎まれ口を叩き合っていると、緊張しないようにと強がっていたことが、なんだか馬鹿らしく思えてきた。

もちろん、私が単純なせいもある。けれどそれを差し引いたとしても、諒ちゃんはプレイと現実とのあいだに線を引くのがとても上手だった。始める時には影のある声で「茜」と呼び、終わりにはぽんと肩を叩く軽さで「ツジ」と呼んでくれる。その日もさんざん泣かされたけれど、終わったあとには甘いオレンジジュースとともに、シャワーを浴び現実に戻るための時間を私に与えてくれた――。

いつの間に着いたのか、気づけばタクシーが停車していた。

今にも舌打ちをしそうな運転手に急いで支払いをし、畳んだ傘を片手に車を降りる。と、その瞬間足元にあった水溜まりを踏んでしまい、靴の中に泥水が浸み込んできた。

途端に冷や水を浴びせられた気分になって、自嘲気味な笑いがこぼれる。

優しくされたのが嬉しかっただなんて、どの口が言えるだろう。モノみたいに扱われても悦ぶ、どうしようもないヘンタイのくせに。

濡れた傘を玄関の傘立てに入れ、部屋に上がってそのまま洗面室に向かおうとしていると、リビングから出てきたオーナーと鉢合わせになった。

「おかえり。あれ、まだ雨が降ってる?」

「ただいま戻りました。雨は……小雨ですけど、しばらくやみそうにないかな。足が濡れちゃったので、すみませんがタオルお借りしますね」

軽く答えながら、私は立ち止まることなく先を急いだ。けれどオーナーの前を通り過ぎようとしたところで、腕を摑まれる。

「待って。もしかして何かあった?」

「え? いえ、特に何も」

余計な心配をかけないよう、せめて化粧を直してから顔を出しに行くつもりだったのに、うまく目を合わせられなかったせいで試みは失敗したらしい。

「何もなかったようには見えないな。少し向こうで話そうか」

そう言ってオーナーは洗面室に立ち寄ると、戸棚からタオルを取って事務室のドアを開けた。そして私をソファーに座らせると、自分は事務机に腰を引っかけて口を開いた。

「――さて。何があったのか正直に言いなさい」

オーナーからは、ただならぬ威圧感が漂っていた。怒っているのではないと経験上知っているけれど、知らなければ開口一番に謝っていたことだろう。

「……その……赤見様、なんですけど」肩をすぼめ、渡されたタオルを弄りながら続ける。「ちょっと……無理なご要望があったというか」

するとオーナーは腕組みをし、声に明らかな怒気をにじませた。

「本番強要か」

「あ、ですが、ぎりぎり思いとどまってくださいました。それ以外はいつも通りでしたし、強要というほどかどうかは……微妙というか……」

この店の利用客には、いくつか禁止事項が課せられている。連絡先の交換やプレイ中の撮影などがあるけれど、中でも本番行為は厳禁だ。ＳＭプレイはいいけれど、セックスをしてはいけない。そんな一見謎かけみたいなルールのもとに、この店は営業を許されている。つまりルールに違反した場合、ごめんなさいでは済まされない。

あまり話が大きくならないよう訂正を挟んでいたのが、赤見さんを庇っているように聞こえたのだろう。オーナーがいつになく険しい顔をする。

「今日は縄のオプションが入ってたよね。その時、縛られてたんじゃない？」

見ていたように言われる。実際、身動きがとれないほど縛られていた。

「……………はい」

「それを強要っていうんだよ。大丈夫だったのは、たまたまだろう？」

何一つ反論できない。俯かせた顔を上げられずにいると、オーナーが躊躇（ちゅうちょ）することなく言った。

「分かった。赤見様の登録は抹消しよう」

「えっ？　ですが――」

「いいかい、楓ちゃん」

告げ口をしたみたいな後味の悪さを覚えていると、オーナーが私の名前を口にした。大事な話をする時にだけ、オーナーは私を本名で呼ぶ。

彼はこちらに歩み寄り、幼子に言い聞かせるように私と目線を合わせた。

「密室で二人きりになるんだ。ルールを守れない人間を不問にはできないよ。それに僕は約束を破られるのが大嫌いだ。たとえ相手がお得意様だとしても、交わした約束は必ず守ってもらう」

いつだったかオーナーから、「うちで働く女の子を守るのが僕の仕事だ」と聞かされたことがある。そこには「聞くにたえない綺麗ごとかもしれないけど」という前置きがつけられていたけれど、私はオーナーがその台詞に背くところを一度も見たことがない。

黙って私が頷くと、彼はいつものように優しく微笑んだ。

「簡単に言えば、人のいやがることはしちゃいけないってこと。どんな関係でも、同意を得ずには成立しないからね」

分かりやすく嚙み砕かれた言葉が、今だけは耳に痛かった。相手のいやがることをしてはいけない。それをすればどうなるか、私は身をもって知っている。同意を得られないまま強引にことを進めれば、どんな結末を迎えるかも。

きゅっと唇を嚙み締めていると、オーナーが私の肩に手をのせた。

「ごめん、きつく言いすぎたかな」

「いえ、まさか。大丈夫です。ご迷惑をおかけしてすみません」

「うーん……迷惑というんじゃないんだけどね。ともかく大事にならなくてよかった。先方にはきちんとこちらで対処するから」

「……はい。よろしくお願いします」

「怖い思いをさせたね」

慰めるようにぽんと叩かれた肩が、なぜだかずしりと重たくなった。

部屋をあとにしてリビングに行くと、私の顔を見るなり美佳さんがさっとキッチンに立ってお茶の用意をし始めた。出てきたのは菓子かごいっぱいのクッキーに、チョコレート。それから以前、私が美味しいと言ったハーブティー。

つくづく勘のいい夫婦だと舌を巻きながら、私は湯気の立つカップに口をつけた。喉も鼻もぐずついているせいか、前は美味しいと思ったハーブティーが草を噛んでいるような味に思えた。

ほんの少しだけ口に含み、カーテンに閉ざされた窓に目を向ける。

「明日は晴れるといいですね」

おざなりに天気の話をしながら、私は自分がうまく笑えているかどうかだけが気がかりでいた。

＊　＊　＊

「……これで望み通り？」

感情のうかがえないその声を、私は荒野で聞いていた。どこまでも続く乾いた大地。埃っぽい風。立ち上がろうとすると、足元でじゃらっと物々しい音がした。

見れば鎖のついた手枷と足枷が、手足にはめられていた。こんないかにも囚人みたいな格好、B級映画じゃあるまいし——そう思ったところで気づく。ああ、またいつもの夢だ。

声の主は、まるで亡霊みたいに私の前に立っていた。彼が私の前にいるなど現実にはもうあり得ないのだから、やっぱりこれは夢だ。そう頭のどこかでは理解しているのに、目は醒めてくれない。

録音した音声が再生されるかのように、口からひとりでに台詞が流れる。

「なんか……変だよ。どうしてこんなことするの？」

「縛って欲しいなんて言い出したのは楓じゃないか」

かつての恋人が、私に光のない目を向けていた。愛どころか情の欠片さえ感じられない白い眼差し。とても夢とは思えない。指先を冷たくするほどの狼狽（ろうばい）も、刃を突き立てられたような胸の痛みも、記憶にあるものとまったく同じだ。

「……確かに言った。けど……違うの。違うんだよ。縛って欲しいなんて言ったのは、それだけの意味じゃなくて……」

「何がどう違うっていうの。俺には分かんないよ」

その願いを、私はほんの出来心で口にしてしまった。魔が差したのだ。彼が離れていく予感がして、愛されているかを確かめたかった。つまらない願望の一つでも聞き入れてもらえれば、安心できると信じていた。だけど、私が浅はかだった。

「二度と変なことは言わない。困らせたりもしない。だからお願い……許して」

「いくら謝られても、もう元には戻れないよ。あの話は……なかったことにしよう」

追い縋っては駄目だと分かっているはずなのに、夢の中の私はやはり過去と同じように彼に訊いた。

「どうして……？」

禁忌の呪文でも唱えたかのように、ごうっと風が吹きつけた。見る間に空はどす黒い雲に覆い尽くされ、けたたましい雷鳴が鼓膜をつんざいた。

耳を塞ぎたかったけれど、手は鎖に繋がれていて動かせない。

ぼたぼたと落ち始めた雨粒とともに、冷たい言葉が降ってくる。

「普通に考えて、そんなおかしなこと言う相手とは結婚できないでしょ。重い——っていうか付き合いきれない。それでも愛し続けるなんて無責任なこと、俺には言えないよ。楓だって、趣味が違う相手と一緒になっても幸せにはなれないと思うだろ？　それに俺も……じつは楓に話したいことがあったんだ」

それらしい理由をひとしきり告げたあと、彼は締めくくるように言った。

「俺、好きな人ができたんだ。だから楓とは終わりにしたい」

ひとり吹っ切れたような笑顔を浮かべ、彼はその場を去っていった。

小さくなってゆく背中の向こうに、赤い傘をさす人影が見えた。そちらへと駆け寄り傘に入ると、彼はその小柄な人影の肩を優しく抱いた。

私は鎖に足を取られながら、雨煙に霞む背中を追いかけた。自分の声がもうどこにも届かないのは分かっていたけれど、何度も何度も彼の名を呼んだ。

やがて雷雲が渦を巻きながら地表に迫り——丸飲みにされたところで視界が暗転する。

「どうせお前が原因で愛想を尽かされたんだろう」

続けて聞こえてきたのは、冷たい父の声だった。あたりには夜の静けさがあり、正座した膝には土の感触があった。そして声の先には、怒りに眉根を寄せた父の顔。

「ごめんなさい……」

反射的に謝ると、目尻からぽろりと涙が落ちた。でも、おかしい。いくら叱られているにしても、大人になってから父の前で泣いたことはないはずなのに。だとしたら、これはまだ夢なのだろうか。

俯くと、幼い拳が二つ膝の上に握られていた。それは子どもの頃幾度となく見た光景で、すぐにそれが自分の手だと分かった。

すんっ、と洟をすすると、湿っぽい苔の匂いがした。古い石塀に囲まれた、日当たりの悪い庭の匂い。子どもの頃、叱られた時にいつも正座させられていた場所だ。

「まったく、破談なんて世間体の悪い。職場でももう報告したあとだったっていうのに、恥をかかされて泣きたいのはこっちだ」

「……めいわくをかけて……ごめんなさい……」

たどたどしく口にした途端、堰を切ったようにぼろぼろと涙が溢れ始めた。

庭を見下ろす縁側に立つ父の奥には、こちらをうかがう母の姿もあった。母は黙って見ているだけで、救いの手を伸ばしてくる気配はなかった。

べそをかいてばかりいる私を、父がばっさりと切り捨てる。

「泣けば許されるとでも思ってるのか」

「そんなこと……思ってない、です」

子どもの私に言い返す勇気はなく、ただ——ただ、かなしかった。かなしくて、こわくて、どうすればゆるしてもらえるかがわからなくて、またなみだがあふれてくる。

「泣くな」

「……ごめん……なさ、い……」

鬱陶しそうに言われると、ますます涙が止まらなくなった。喉が焼けるように熱い。我慢しなきゃと思うのに、耐えられないほど心が痛む。

——どうしてお父さんはいつもわたしをおこるんだろう。わたしがわるい子だから？　いい子にしていればおこられない？　だったらいい子にしてるから。こまらせないようにがんばるから。だからもう、おこらないで。

父の後ろに立っていた母はやがて小さく見切りをつけるようなため息をついたあと、何も言わずに部屋の奥へ消えていった。

——まって、お母さん、おいていかないで。おねがいだからはなしをきいて。もうぜったいにめいわくはかけないから、かえでのことをきらいにならないで。

私は子どもの姿を借り、わんわんと泣き続けた。そうして何にも憚られることなく泣きじゃくりながら、ただただ祈り続けた。

お願い、私を見て。

誰か私のことを、好きでいて。

＊　＊　＊

ふっと目を開けると、白いクロスの壁が見えた。体はベッドに横たわり、掛け布団の中に収まっている。それでもさっきまで見ていた映像が瞼に残っているせいで、自分が目覚めているか自信が持てない。

半身を起こし、室内に視線を巡らせる。窓にかかる小さな星柄のカーテン。ベッドの横には一人用のローテーブル。握り締めているのは、肌触りのよさで選んだネル生地の布団カバー。朝にはまだ遠いようで室内は真っ暗だけれど、間違いない。ここは一人暮らしをしている自分の部屋だ。

「……大丈夫。さっきのは、いつもの夢」

声にも出して確かめる。だいたいあんなめちゃくちゃな展開、夢以外にあり得ない。縛ると言いながら枷をして、子どもの姿にも変身していた。現実であの人から枷をされたことは一度もないし、父に破談を報告したのは実家のリビングだった。もちろん、庭に正座をしてまで謝ってはいない。

けれど夢で彼らが口にしていた言葉だけは、現実に聞いたものと同じだった。

目が醒めているのが分かっても、まだ悪い夢を見ている気になるのはそのせいだ。寝汗もひどく、まるで本当に雨に打たれたみたいにパジャマはぐっしょりと濡れていた。

だんだんと汗が冷え、ぞくっと震えが走った。それが寒さのせいだけじゃないのもいつものことで、私は這いずるようにして布団を抜け出した。

チェストの上に置いたメイクボックスを開け、中から錠剤のシートを出す。うまく眠れない夜に薬の助けを借りるようになったのは、一年ちょっと前——婚約者と別れてからのことだ。

相手は同じ会社にいる、四歳年上の先輩だった。同僚には内緒の社内恋愛だったので、別れたことは誰にも言えなかった。そして別れから一ヶ月も経たない頃、私は朝礼の場で彼が結婚することを知った。

照れたように笑う彼の隣に立っていたのは、私もよくお世話になっていた経理部の女性だった。同僚たちはみな口々に、全然気づかなかった、でもお似合いだねと囃し立てた。

私もまったく同じことを思いながら、みんなと一緒に手を鳴らした。

もし、人の体に電池があるとすれば、私のそれは彼らを祝福した瞬間に切れたのだと思う。動力を失った体は使ってはいけない何かを燃やして動いていたようで、会社に向かう足は日に日に重くなり、やがて夜は眠れず朝は起きられなくなった。

そのうち昔の悪い癖までぶり返し——私は逃げるように会社を辞め、地元に戻った。

なるべく飲まないようにしていたけれど、薬は最後の一錠になっていた。

ぱきっと押し出し、曲がったシートをゴミ箱に捨てる。そしてキッチンでコップに水を注いで薬を口に入れようとした時、手が止まった。

夢の続きを見そうで、もう一度眠るのが怖かった。けれど眠れぬまま暗闇のなか一人でいるのは、夢を見るよりも怖かった。

小さな錠剤を口に投げ入れる。ごくんっと飲み込むと、まるで水漏れを起こしたみたいに目からぼろっと涙が落ちた。

「っ、う……っ、うぅぅ……っ……」

食いしばった歯のあいだから、とめどなく嗚咽が漏れる。どうして私はこんなに弱いのだろう。夢でも現実でも泣いている自分が情けなく、殺したいほどに憎かった。

のろのろとパジャマを着替えてベッドに戻り、頭からすっぽり布団をかぶった。

自分の息遣いだけが響く闇の中、私はただ夢のない眠りの訪れだけを祈った。

この日訪れた502号室は、避暑地に佇むリゾートホテルを思わせる一室だった。内装は白を基調としていて、バスルームはドア側の一面が開放感のあるガラス張りになっている。壁と床には真っ白なタイルが敷き詰められ、明かり取りの小窓からは午後の陽が射していた。

バスタブは、卵みたいにつるんとした楕円形。その端と端とで湯に浸かりながら、私は茜と呼ばれてしまう前に向かいの彼に尋ねた。

「あのさ、指名してくれるのは構わないんだけど……なんで？　早くもお得意様なんですけど」

諒ちゃんがこちらに目を上げると、沈黙を面白がるようにどこからかぽちょんと間抜けな水音がした。

彼と再会したあの夜からはや一ヶ月。その間に受けた指名は、今日で三回目だ。合計金額をはじき出すのはさもしい気がして考えないようにしているけれど、それなりの額になっているはずだ。別に指名が迷惑というわけでもないし、戸惑いはもう喉元を過ぎている。ただ、どうしても腑に落ちない。私を相手に選ぶメリットが、彼にあるとは思えないのだ。

しばらくすると諒ちゃんは、バスタブの縁に肘をかけ、考えごとをするように傾けたままの頬を手にのせた。

「なんで、って言われてもなぁ」

「私、なんか気に入られるようなことした？」

「んー。これといって特に、何も」

しれっと返され、思わず口を尖らせる。言われるまでもなく私にも思い当たる節はないけれど、だからといってそうすげなく言い切られると、さすがにムッとしてしまう。口笛を吹き出しそうなほど飄然とされればなおさらだ。

からかっているのか、なんなのか。手の内が読めなくてじれったい。

「ふぅーん、あっそ。——あ、じゃあもしかして昔、私のこと好きだったとか？」

ふとミズキから聞いた告白の後押しの一件が頭をよぎり、投げやりに口にした。もちろんそれが好意ではなく、厚意によるものだったと弁えているからこその応酬だったというのに、諒ちゃんは戯言に鼻白んだようにすっと真顔になった。

「……そうだったと思う？　俺が？　ツジを？」

「……うん、あり得ないよね。すみません、冗談がすぎました」

自分で言っておきながら虚しくなる。当時彼が付き合っていた美少女たちを思い出しながら、遠くのほうに目を向ける。

「私も諒ちゃんのことは、これといって特になんとも思ってなかったからさ。この状況がどうしても不思議なんだよね」

お詫びがてら正直な気持ちを吐露すると、彼が突然ざばっと湯を波打たせてこちらに詰め寄ってきた。

「……ほお。なんだろうなあ、イラッとした」

「えっ、なんで⁉」

「お客様にそんな口利いていいんだっけー？」

「だって諒ちゃんが先に……！　って、見えてる、見えてるから……！」

　彼が膝立ちになったせいで、視線があらぬ方向に行きそうになった。本人は一切気にすることなく、じりじりと近づいてくる。おちょくるような口調といい悪戯な表情といい、本気で気分を害したというよりは、プレイを始めるきっかけに使おうとしているのだろう。

　めいっぱい体を仰け反らし、意味もなく虚勢を張る。大丈夫、まだ始まってない。

「だ、だいたい、どこにそんなお金があるのよ。遊びすぎでしょ！」

「実家で一人暮らしだからな。ちょっとは余裕があるんだよ」

「一人……って、お母さんは？　確か妹さんもいなかったっけ？」

「母親はパートナーの家で暮らしてる。で、妹は結婚して県外。実家っていってもマンションだし、維持するのにそんな手間もかからないから」

　話の感じからして、どうやらお母さんは再婚していないらしい。でも母親に恋人がいるというのも複雑な気持ちなのではと一瞬気を揉んだけれど、諒ちゃんに不愉快そうな様子は少しもみられなかった。むしろその言いぶりは、昨日の天気の話をしているくらいに淡泊だ。

　学生時代もそうだったけれど、諒ちゃんからは欲みたいなものが感じられない。あっさりとしていて、執着心とは無縁というイメージ。――ただしそれは、プレイの時を除いて。

ふいに正面から伸びてきた腕が、たじろぐ私を囲んだ。

上から覗き込んでくる彼の唇は、緩やかな傾斜を描いていた。かつて抱いていた真昼の印象とは違う、夕闇を感じさせるような微笑み。逆光になったせいだけだろうか。その顔にある陰影が、急に濃くなったように思えた。

「要するに、普段はごく慎ましやかに暮らしてるってこと。といっても猫が一匹いるから、厳密には一人じゃないけどな」

「……それにしたって、このペースは……」

「だいぶ頑張って働いてるし、給料もそこそこもらってるんで」

「で、でも、だったら余計にこんな使い方はもったいないんじゃ――っ」

諒ちゃんの前髪から滴った雫が、私のおでこに落ちてきた。まばたきをした時にはすでに彼の顔は目の前にあって、異論は唇ごと塞がれていた。

これまでもそうだったけれど、諒ちゃんはキスをする時に目を閉じない。つられて私も閉じずにいるせいで、焦点も合わないほどの至近距離で目が合った。

ぼやけて見えていた双眸が細められたかと思ったら、ちろりと唇を舐められた。舌はまるで私の冷静さを試すかのように、ゆっくりと唇の輪郭をなぞっていった。

これくらいなんてことはないと、軽くあしらってやりたくなる。顔を逸らさずにいるのは腕とバスタブに阻まれているからで、頬が熱く感じるのは単にくすぐったいからだと。

けれどそれがただの言い逃れだと、誰よりも自分が分かっている。

どうしてだろう。諒ちゃんを前にすると、私の理性はいやに脆くなる。

いっそ手荒く扱ってくれればいいのに、口づけは丁寧で甘かった。音もなく吸いつかれると、どきっとした拍動に押し出されるようにして喉から潤んだ空気が漏れた。

表情を引き締めようとしたけれど、失敗している気がする。唇を離した諒ちゃんは、とろんととろけているだろう私の目元をひと撫でして言った。

「茜」

低音がよく響いた。タイル張りのバスルームに、その周波数を覚えた私の下腹に。

「お前の大好きな首輪してないけど、できるよな」

それはもう、相談でも質問でもなかった。茜と呼ばれたからにはノーとは言えない。だってこれは仕事だから。そんな口実めいた理由を胸の奥から引っぱり出す。

「…………はい」

私が頷くと、諒ちゃんは壁に掛けられたシャワーヘッドに手を伸ばした。

「風呂から出て、そこに座れ」

視線で示されたタイルの洗い場めがけ、勢いよくお湯が流された。

窓から射す光のせいで、バスルームは肌につく水滴の一粒一粒がきらめくほどに明るかった。それがどれだけ恥ずかしくても、体はもう隠せない。どこまでも追いかけてきそうな視線を一身に受けながら、立ち上がってバスタブを出る。

お湯に打たれたタイルは温かく、蒸気が立ち込めているので寒くもなかった。

私が正座をすると、彼はシャワーの湯量を少しだけ絞り、そのまま壁のフックに掛けてバスタブの縁に腰をかけた。

「首輪がないといやか」

唐突に質問されたのは、たぶん私が無意識のうちに首筋を触っていたからだろう。

「少し……心許ないだけで、いやというわけでは」

「部屋に戻ったらつけてやるよ。他に気になることは？」

「……いえ、何も」

「じゃあ——始めようか」

「……はい。……ご主人様、本日もご調教…………よろしくお願いいたします」

いつもどことなく棒読みになってしまう口上が、なんの引っかかりもなく滑り出た。でまかせを言ったあと舌に感じるような、ざらつきも残っていない。諒ちゃんに従うのも、跪くのも、ちっともいやとは思えない。

これじゃあまるで本心を告げたみたい——。

「茜？」

はっとして顔を上げ、急いで「はい」と答える。

しばらく彼は内面を透かし見るような目をこちらに向けていたけれど、やがてふっと視線を外して私に命じた。

「――足を舐めろ」

「……は、い」

返事は少し震えた。

私は這いつくばるように上体を倒しながら、心の内で彼に尋ねた。

――諒ちゃん、やっぱり……教えて欲しい。お金を出してまで求める相手に、どうして私を選ぶのか。そしてそうやって服従を試しているのは、茜に対してだけなのか。

「失礼……します……」

湯舟に入る前、こうなるとも知らず洗った彼の足に、そっと両手を添え顔を寄せる。

「ん……」

唇に親指の硬い爪が当たると、ぱつんと泡が弾けたような吐息が漏れた。きっとこの場面では、屈辱で惨めになるのが正常だ。なのに私はろくに嫌悪感も抱けないまま、命令に従っている。しかも舐めやすいよう足を捧げ持ち、ぞくぞくと身震いまでしながら。どうして、と今度は自分自身に尋ねたくなった。私はいったい何を悦んでいるのだろう。

湯上りの足はほのかに石鹸の匂いがするだけで、なんの味もしなかった。ごつごつとした爪と皮膚の感触。間違えようもない舌触りだというのに、次第に口淫をしているような気持ちになってくる。

肘から先をべったりとタイルにつけ、唇で関節のくびれを撫でる。さらに指の股にまで舌を這わせていると、

「何がそんなに嬉しいんだ？」

彼にくすりと笑われた。どうやら私の愉悦は、彼の目にも明らかだったらしい。

「………分からないです」

「自分のことなのに？」

かあっと紅潮した顔を伏せ、はぐらかすように舌を動かし続けた。左足の親指に移った時には、口の中でぐにぐにと指を動かされた。遊ばれてる、と思うと、くぐもった声が出そうになった。

小指まで舐め終え、次はどうすれば……と顔を上げた時、彼の屹立した下半身が目に入った。

「……足、舐められると気持ちいいんですか……？」

思わずそんなことを口にすると、彼はなんのてらいもなく答えた。

「いいや、まったく」

「じゃあ……どうして……その……」

「勃つかって？」

「……はい」

「だったらお前にも聞くけど——」

言うなり彼は私を抱き上げ、自分の腿を跨るように座らせた。見るともなく目を落とせば、脚のつけ根のすぐそばに彼の硬くなっているものがあった。

ぎくりと緊張の走った背中に、諒ちゃんの手が触れた。そしてその手はゆるゆると背骨沿いに落ちていき、そのまま双丘の奥に潜っていった。

「え、……あ……っ」

秘裂に触れた指が、ぬるりと滑ったのが自分でも分かった。指は水浸しになったひだを捲り、そこがどうなっているか知らしめるように浅い挿入を繰り返した。

「足なんか舐めさせられて、なんでこんなに濡れるんだ」

「……わ、わからない……です……」

「本当に？」

何度も頷きながら俯こうとすると、もう片方の手に後ろ髪を掴まれた。顔を背けることは許されないらしい。

「だったら教えてあげようか」

「っう、あ……っ」

真正面から目を覗き込まれる。ふくれた花芽を掻かれると、産毛が逆立つような電流が走った。悶える体を押さえつけるように背中を抱かれたかと思ったら、次の瞬間扇情的な囁きが耳に触れた。

「俺はお前を従わせて支配したい。お前は言いなりになって支配されたい。そんなおかしなことで興奮する、どうしようもないやつらなんだよ、俺たちは」

「っ、あ……！」

ぞわっと全身が震えた。

きっと私の心臓は、愛の告白でもこんなに早鐘を打たない。従わせたい、支配したい。好き、とは対極にありそうな言葉が、まるで番を呼ぶ囀りのように聞こえてしまう。

「その欲求を、お前は満たしてくれる。だからお前を選んでるんだ」

「え……?」

きつく吸われたようで、首筋にちくりとした痛みがあった。

それは私が投げかけた質問への答えだった。どうして私を指名するのかと訊いたのはけれど、プレイが始まる前だった。

途端に動揺が襲いかかってくる。楓の時にした質問の答えなら、これは私自身への言葉なのだろうか。いや、深読みするほどの意味はないはずだ。そう思うのに、彼についばまれたところがみるみる熱を帯びてゆく。冷静でいようとするのに、体をすっぽり包む彼の腕が、体温が、涙が出そうなくらい心地よくなってくる。

「や……っ、そんな、私は……っ」

咄嗟に諒ちゃんの肩を押し返すと、彼は怪訝そうに私を見た。

「……お前が、何?」

「私、は………駄目な――奴隷ですよ」

駄目な人間、と口走りそうになったのをすんでのところで飲み込んだ。いけない、私情を挟みすぎている。

私は心に湧いた感情を、大急ぎで訂正していった。書き損じを消す時みたいに、ぐしゃぐしゃと黒く塗りつぶしていく。端々に感じる諒ちゃんの優しさを本当はとても嬉しく思っていることも、彼に首輪をつけてもらえると聞いて見えない尾が揺れたことも、さっきの彼の一言に、一瞬救われたような思いがしたことも……。

「そんなことはないだろ。何が駄目なんだ」

真っ黒に塗りつぶされた私の心が見えたかのように、彼は声に気遣いをにじませた。

何が駄目かなんて、みっともなくて言えるわけがなかった。

めちゃくちゃに乱されて、過去の悲しみを忘れたい。息もできないほどの快楽に流されて、現実から遠く離れた場所に行きたい。そんなひとりよがりな願いを告げられたところで、向こうもいい迷惑だろう。でも――。

もし、万が一私が助けを求めたら、この人はなんと答えるだろう。金を返せと怒るだろうか。甘ったれるなと突き放すだろうか。

なんでもないです、と言うつもりで開いた口は、縋るような声を出していた。

「諒、ちゃん………」

「………どうした？」

私に触れていた手が離れた。最初の約束通りすべての行為を中断してくれたのが、嬉しくて嬉しくてたまらなかった。

私はそっと彼に手を伸ばし、汗の浮く肩にしがみついた。

「お願い……。理性、もっと捨てて……」

「……もっと？」

俯けた頭を、こつんと彼の肩に落とした。

もっとぬくもりが欲しかった。もっと愛して欲しかった。だけど信じるのは怖いから偽物でいい。失うのも怖いから、今だけでいい。こんな我儘が許されるのか分からないけれど、諒ちゃんにならねだれる——いや、違う。諒ちゃんにだからこそ。

「……ご主人様。私の理性を……壊してくださいませんか」

まるで神経を惑わすノイズのように、ざあざあとシャワーの水音が響いていた。

やがてその音はぴたりと止まり、

「……分かった」

シャワーを止めた彼は小さく答えると、ふらつく私を連れてバスルームを出た。

濡れた体もそのままに、とん、と背中を押されベッドに倒される。

灯りの点いていない室内には、遮光カーテンの隙間から射す陽光がひとすじだけ伸びていた。ほこりの粒が輝くその天の川みたいな光を見上げていると、ふいに冷たいものが首に触れた。

私は糸で引かれたように半身を起こし、黙って顎を持ち上げた。喉の上で首輪の両端が繋がれると、いつもと同じ安堵が訪れた。締めつけはけしてきつくはないけれど、胸苦しくて深く息を吸う。

そんな私にちらりと一瞥をくれたあと、諒ちゃんはベッド脇に置かれていたボストンバッグに手を入れた。

ファスナーのあいだから姿を見せたのは、首輪と揃いのデザインの、けれど首輪よりも幅広で短いベルトだった。革が二枚重ねになっていて、いかにも頑丈そうな見た目をしている。

「手を出せ」

それは二つで一つとなる道具だ。言われもしないうちから私が両手を差し出すと、ふっと彼に笑われた。

「話が早いな。何されるか分かってるんだ」

「……手枷ですから」

「そう。これでお前を拘束しようと思ってる」

さらりと言われた途端、羽根で撫でられたようなくすぐったさが背筋を這い上がってきた。さわさわと軽く、けれど身を捩りたくなるような淫らな期待。顔に出ないようきゅっと口を引き結んだけれど、そのわずかな変化を捉えられたらしい。

「嬉しそうだな」

「あ……」

諒ちゃんは腕時計でもつけるかのように、私の右手に手枷をつけていった。調節穴が開く一端を尾錠に通し、きゅっと引き絞ってピンを留める。もう片方の手に移り、同じことをもう一度。続けて彼は足枷までもバッグから持ち出して、私の足首につけ始めた。その躊躇いのない動きに目を奪われていると、ぴしゃりと言われた。

「答えろ。嬉しいのか、そうじゃないのか」

「………嬉しいです」

「だったら、ちゃんとお願いしないとな」

それはわざとらしいほどの誘導尋問で、最終確認だった。

枷にはそれぞれDの形をしたリングがあり、それらを繋ぐにはナスカンのついたチェーンが必要だった。そのチェーンがされていない今、枷はただの装飾品でしかなかった。手も足もまだ自由に動かせる。いくらでも、私の思うがまま。

それがなんだか寂しくて、もの足りない。

自首する犯人みたいに両手を上げると、手枷の重みに腕が震えた。

「……ご主人様。どうか私を……動けなくしてください。……お願いします」

ふと思う。もの足りなく感じるのは、いつものことだっただろうか。

彼がベッドに片膝をつくと、私の体もゆらんと揺れた。

「よく言えました。でもこの手は……こっちだ」

「あ……っ」

右手を下に引かれたかと思ったら、カチンと小さな金属音がした。見れば手枷と足枷とが短いチェーンで繋がれていた。

今度は体の左側で、カチンと自由の消える音がした。

右手と右足、左手と左足。だらりと下げた腕をそれぞれ足枷に留められて、私は身動きを封じられた。これでもう、乱れて頬にかかる髪を自分で耳にかけ直すこともできない。

そんな私を見下ろしながら、諒ちゃんが心なしか見惚れたように言う。

「いい格好。もっと拘束してやりたいけど、それで我慢しろよ」

「はい……。ありがとう、ございます……」

吐息交じりに答えると、首輪のリングにリードをつけられた。——カチン。今のは、私が所有物になった音。リードを引かれて顎を上げると、彼は革と皮膚との境界線を確かめるように上気した私の首筋をなぞった。

「息が荒くなってる。動けなくなるのがそんなに気持ちいい？」

「……は……っ、恥ずかしいです……」

「そんなことは訊いてない」

一蹴され、シーツをぎゅっと掴む。体の奥底で劣情が沸いているのが分かる。羞恥と被虐に炙られて、くつくつと、ぐらぐらと。

「……き、気持ちいい、です……」

「ああ、そうだな。見てるこっちが恥ずかしくなるくらい感じた顔になってるよ」

たまらず顔を伏せると、すぐにリードを引かれた。重力に負けそうになる首を持ち上げ、諒ちゃんと目を合わせ続ける。居たたまれなさとは裏腹に、下腹が熱くなっている。

それにいやらしい匂いがしているんじゃないかと心配になるくらい、全身からは汗が。

無駄だと知りながら、それでも言わずにはいられなくて声を絞りだす。

「……み……見ないで……」

「そんな弱々しく言われても、ふりにしか聞こえない。それに見られたほうが興奮するんじゃないの。乳首、勃ってるみたいだけど」

「ち、ちが……っ」

反射的に首を振った瞬間、ぎゅっと胸の尖りを摘まれた。

「んっ！」

「これで違うの？　こんなに硬くなってるのに」

跳ねた腕が金具と革とを軋ませた。答えられずにいるうちに、乳首をひねる力はより強く、より苛烈になってゆく。

「い、痛い、です……ッ」

「違うって言うから確かめてるんだよ。勃ってるかどうか」

「ア……ッ！　た、たって……ます！」

急いで言い直しながら、私は囚われた腕に力を込めた。

強引に動かしばたつかせてみても、枷は音を立てるばかりで外れない。けして逃れられない、抗えない、偽れない。

先端を指に挟んだまま、彼の手は徐々に持ち上がっていく。たまらず腰を浮かせて追いかけたけれど、すぐに背中は伸びきり乳房だけが吊り上げられていった。

「い、ぁああ――っ‼」

「変に誤魔化そうとするからだろ。もう一度、ここがどうなってるのか自分の言葉で言ってみろ」

「ごっ、ごめんな、さ……ッ！　ち、乳首、勃ってます……！　ご主人様に見られて、こ……興奮、して……ッ！」

涙声で白状すると、指は打って変わって優しくなった。

解放された尖りは、紅をさしたように赤くなっていた。それでも指先で柔くさすられると、ちりちりとした快感が湧いた。

肩で息をする私を見て、諒ちゃんがぽつりとこぼす。

「……乳首くらいでそんなに恥ずかしい？」

「はっ、はい……、すごく……」

「でもそうやって過剰に反応されると、こっちも余計に煽られるんだけど」

「………煽られる？」

「ただでさえお前のことは子どもの頃から知ってるんだ。それがどれだけ興奮することか、分からない？」

「そ、れは……っ」

私は耳を疑った。プレイの最中、これほどはっきりと過去を突きつけられたのは初めてだ。私が茜でいるあいだは、お互いに線を引きプライベートなことには触れない。それが暗黙のルールではなかったのか。

動揺する私をよそに、彼は平然と言い放つ。

「ああ、昔のことは言われたくなかった？　でも俺は、そのことにすごく興奮させられてるよ」

私も最初はそうだった。昔の彼を知っているからこそ、その本性に不純な好奇心を掻き立てられた。何かにつけて「あの諒ちゃんが」と思ってしまうのも確かだ。

それはもちろん、今この時も。

あの諒ちゃんが、私に繋がるリードを握っている。さも当然のように、それでいて綺麗な花を見つめる時のようにどこかうっとりとした顔で。

「脚を広げろ」

胸のふくらみから離した手で、彼は私の膝を指差した。

「え……っ、あ………」

太腿に隠されたその奥は火照った体のどこよりも熱く、ずくずくと脈を打っていた。そこがどうなっているかなんて考えるまでもなく、だからこそすぐには従えなくて膝を擦り合わせていると、軽いため息が耳をかすめた。

「命令して欲しいの」

「ち……ちが……」

小さく首を振った。逆らうつもりはないのに、脚を動かせない。もしかしたら私の体は、彼の言う通り強制されたがっているのかもしれない。

制限時間が切れたのだろう。弧を描いていたリードが、ぴんと一直線に張り詰めた。

「命令だ。膝を立てて、脚を広げて、そこがどうなってるのか俺に見せろ」

逡巡した罰か、命令はより具体的に、より抵抗のあるものへと変えられていた。

「……はい」と小声で答えたあとは、私の葛藤する息遣いだけがあたりに響いた。

思い切るように息を吸い、踵を引きずりながら片膝を立てる。シーツを握り締め、もう片方の脚も引き寄せる。

がさがさとシーツの擦れる音が、やけに大きく聞こえた。顔に、開かれていく脚に、太腿のつけ根に、視線が突き刺さって痛い。

ようやく肩幅より大きく膝を広げると、ふわりと髪を撫でられた。

「できるじゃないか。でも……ちょっと遅い。どうしてすぐに従わなかった？」

「……申し訳、ありません。その、は……っ、恥ずかしくて……」

「…………どうして？」

一度目よりも低く質問を重ねられる。つい核心をぼかしてしまったのがいけなかったのだろう。

これほど猛烈な羞恥が湧く理由。そんなの、最初から分かりきっている。

「…………同級生、だった……ご主人様に、見られてしまうのが恥ずかしくて……」

私がこわごわ過去に触れると、諒ちゃんは正解だとばかりに少し笑った。

言葉を呼び水にしたかのように、その微笑みに懐かしさが湧いてくる。

放課後、学校の帰り道、コンビニで買ったお菓子を分けてくれた時。遠足、修学旅行、卒業式。いつだって彼は、私に明るく笑いかけてくれていた。

──ああ、あの諒ちゃんに全部見られてる……。

「何を見られるのが恥ずかしい？」

「あ……あそこを……」と答えると、くっと抑えた笑い声を差し込まれた。

「お前、国語得意だっただろ。正確に答えろよ」

体が燃えそうなほど恥ずかしくても、答えなくてはいけない。彼の求めに応えたいとも思う。けれど相手が諒ちゃんだからこそ、恥辱の炎は鎮まらない。

声を失くしたみたいに唇を噛み締めていると、耳元で回答をほのめかされた。

「言葉責めだけで愛液垂れ流すような変態な私のまんこ、とか？」

「や、っ……！」

「そんな興奮した顔しといて何がいやなんだ。それとも確かめようか、濡れてるかどうか」

たぶん、いや絶対に、そこははしたなく蜜を溢れさせている。隠し通せるとも思っていない。でも顔を上げてもいられなくて前屈みのまま息を殺していると、突然視界に影が差した。

「……………なあ、誰が俯いていいって言った」

「ッ！　あ、アッ――‼」

首輪を摑み顔を上げさせられたかと思ったら、蜜口に指を突き立てられた。馴染ませることなく奥に進まれて、かぶりを振りながら許しを乞う。

「あああっ、ごめんなさい……っ！　ご、ごめんなさ、い……‼」

その謝罪は、自分の耳にも分かるほど甘えた響きを持っていた。同じ音を聞きつけたかのように、ふと彼が瞳を眇める。

「謝るんじゃなくて、ねだってみろよ。お願いします、もっともっと私を苛めてくださいって」

――もっと？

そそられた瞬間、ぐりっと内奥をえぐられた。嬌声を上げ仰け反っても、指は私の中を突き進んでくる。

「お前は首輪を嵌められるのが好きで、拘束されて悦ぶような変態だろ。違う？」

「ち、ちがわな、ッ……で、す……っ……！」

「だったら言えるだろ。本当のことを言葉にするだけなんだから」

ぐじゅぐじゅと隘路を掻き回されるほど、まるで熱せられた飴みたいに脳がとろけていくようだった。思考を奪われた頭では、自分がいったい何に抗い、何にしがみついているか曖昧になってくる。

「わ……っ、私を、もっと苛めてください……！　おねがい、します……ッ‼」

言わされた——そう恨めしく思うのもほんの一瞬で、それは声にした端から本心へと変わっていった。

涙ながらの願いが聞き届けられたということだろう。諒ちゃんが蔑むように言った。

「これじゃあ……永野の手には負えないな」

「ア……ぅ、な……がの、く……っ？」

「男も女もないような子どもの頃から知ってるやつに、お前いま、何されてるかちゃんと分かってる？」

「や、あ、あ……ッ‼」

なんの予告もなく指を増やされ、膣口をこじ開けられている。深く、激しく、何度も何度も粘膜を小突かれている。

やがて下生えに潜ってきた彼の親指が、露にまみれた陰核をぞろりと撫でた。

「あああっ！」

ひときわ高く喘いだ私に、彼は昔語りを続ける。

「お前ってさ……純真そうで、でも負けん気が強いところもあって、すぐ噛みついてくる生意気なやつだったよな」

「ま、待ってくださ……ッ！　そんなっ、に、されたら……、いっちゃ……‼」

「我慢しろ」

我慢我慢我慢我慢、駄目、流されちゃう。でも我慢——。

親指はなおも突起を擦り、奥をまさぐる指は下腹の裏を突き上げた。襲いくる甘美感にブレーキをかけたいのに、今の私にできることはない。

もういかせてください。そう許しを得ようとした時、彼と視線がかち合った。途端に私は胸が詰まり、息の仕方が分からなくなった。

――諒ちゃん、やっぱり教えて欲しい。どうしてそんな目で私を見るの。

彼は私の体で淫らな水音を奏でながら、まっすぐに私を見ていた。ぽろぽろと涙をこぼし、嗚咽しながら喘ぐ私を――間違いなく無様な醜態を晒しているはずの私を、隠しきれないほどの熱情をたたえた目で。

「恋も男も知らなそうな顔してたお前に、こんなことができるなんて……」

私から指を引き抜いて、諒ちゃんがつっと首輪をなぞる。

「お前は誰のものだ」

下腹に残された疼きに身悶えながら、私は答える。

「私は……ご主人様の、ものです………」

前にも訊かれた覚えのある、取り決めを交わす時のような問いかけ。私の答えも前と同じ。今だけでもいいから、私のすべてを愛して欲しい――そう思っていたはずなのに、どうしてだろう。台詞が少し上滑りしたような気がする。

「だったら……好きに使わせてもらおうかな」

そう言って諒ちゃんは、私の肩をトンと押した。ベッドに仰向けになると、視界から彼の姿が消え、代わりにバッグから何かを取り出す音が聞こえてきた。にわかに駆けだした妄想を持て余していると、折り畳んでいた膝頭をぐっと摑まれた。

両膝を立てお尻の下に羽根枕をあてがわれると、固く閉ざした瞼にいつかの情景が甦った。最初の夜も、同じような格好になってバイブで責められ何度も果てた。そうして記憶をさらっているうち、あの時との違いを耳が拾った。ビニールの包装を破る音。プラスチックの蓋を回し開ける音。感情を押し込めているような、抑揚のない静かな声。

「今からここで遊ぼうと思うんだけど――」

「ひ、っ……」

彼の言葉には、ぢゅっと粘り気のある音が重なっていた。ボトルから蜂蜜を絞り出すような音とともに、花弁あたりに何か冷たいものが降ってくる――ローションだ。彼の指はぬるつきを絡めながら、後ろの窄みに触れていた。

「遊んで欲しい？　それとも、遊ばれたくない？」

「ぅ……、あ……」

なんでもいいから返事をしなきゃと思っても、喉がからからで声が出なかった。逸らしかけた視線は、すぐに彼の目に捕まった。色づいた心まで見られているような気がして、たまらない。

「どっち」と選択を迫られて、呆気なく逃げ道を見失う。私はいま奴隷なのだから、きちんと言葉を尽くさなければならない。たとえそれがどんなに口にしづらいものだとしても、誤魔化したりせず、正直に。

「……どうぞ、お好きに……あ、遊んで、ください……」

ふ、と微笑むと同時に、彼はゴムの薄膜を纏わせた指をつぷりと陰花に潜らせた。

「ん、ん、ぅ……！」

羽根で神経を逆撫でされるような、ぞわぞわとした感覚があった。

M字に開いた脚のあいだからは、くちゅくちゅと糸を引くような音が聞こえた。そのリズムが滑らかになるにつれ、体からも声からも力が抜けていく。

「あ、……あ……、あ、ふ……っ……」

吐息までふやけ始めているのは、ひどい異物感のせいだと思いたかった。けれどいくら耳を澄ましたところで、そこに嫌悪の音色は聞こえない。

指はずるりずるりとじれったいほどの速度で抽送を繰り返し、時折狭窄を拡げるための円を描いた。根元まで埋められ粘膜に触られると、まるで脆い核を引っ掻かれたみたいに胸がざわついた。

そこは本来、人に触らせるべきではないところ。そう思うと本能的に怖かった。でもその怖さには、ぽつぽつと甘みが混じっているような気もする——。

「は、あ……ふ……、はぁ……っ、はあっ……」

「お前、こっちでも感じるんだな」

「……は、……はい、感じ、ます……。お尻……でも……っ」

声に出したせいで倒錯に囚われてしまったのか、まるで宙吊りになったみたいに体がふわふわとした。

次第に抜き差しは速まり、やがて指を一本増やされた。

「っ、もぅ……、いっぱい……ッ」と、首を振り弱音を吐いたけれど、彼は「切れてもないし大丈夫だろ。根元までちゃんと咥えてるよ」と軽く返して蕾をほぐし続けた。

きもちいい、と思わずこぼした時、見計らったように指を抜かれる。

脚の向こうに目をやれば、彼は黒くて細長いアナルバイブを手に持っていた。

ひくっと体が引き攣り力が入った。けれど身構えたところでバイブの先端は細く、もの悲しく思えるほどすんなりと蕾は押し開かれていった。

「ふ、うぅぅ……っ」

つぷん、つぷんとバイブに施された凹凸が通り過ぎるたび、波形の疼きが押し寄せてくる。根元に近づいていくほど、高く、大きく。

「きつい？」

「……ぅ、ア……、だ、いじょ……ぶ、です……」

苦しいけれど、止めたいとは思えなかった。自分から求めたのだからと我慢しているわけじゃなく、ただ諒ちゃんから与えられるものを全部受け取りたかった。

その返答が何かおかしかったらしい。彼は笑みの気配を漂わせながら、見せつけるようにゆっくりバイブのスイッチに指をのせた。

「こんなもん突っ込まれてるのに大丈夫なんて言われたら――もっとひどくしてやりたくなる」

「あ――っ」

その一瞬を、いやに長く感じた。

「んぅー……ッ！」

彼の指がスイッチを押し上げた瞬間、強烈な振動が体内に響き渡った。単調で、けれど遠慮のない刺激にもがいていると、誘惑するような囁きを耳に吹き込まれた。

「なあ……両方にあげようか」

「りょ、りょう……ほう……ッ？」

「こっちにも」

蜜口にひやりとしたものが触れた。丸みを帯びた、シリコンの切っ先。浅く擦りつけられると、わけもなく涙がこぼれた。

私の潤んだ目の中に、諒ちゃんは何を見たのだろう。そこにかすかな光を見つけたかのように、彼の双眸が細くなる。

「ああ、ヒクついた。本当に貪欲だなあ。ほら、して欲しいことがある時はどうしたらいいんだった？」

「う、ぅ……っ、ほし……、欲しい、です……っ、両方、ください…………っ！」

「ちゃんと……お礼を言えよ」

「ぁああっ……！　ありがとう……、ございま、す……！」

わずかな隙間めがけて、硬い感触がめり込んできた。後ろに異物がいるせいで、お腹は張り裂けそうなくらいいっぱいになった。

二つの振動に翻弄されながら、私は目が眩むほどの恍惚に襲われていた。かろうじて認識できているのは、無機質なモーター音と意味を失くした自分の嬌声（きょうせい）。だから彼が頭上にのしかかってきた意味は、言われるまで分からなかった。

「口を開けろ」

膝立ちになった諒ちゃんが、私の頭を跨いでいた。枕で後頭部を持ち上げられ、すぐ目の前に肉槍が迫る。この先どうすればいいかは、体が知っていた。

唇を開き舌で迎えると、杭は私の口腔を塞いだ。

「ん、ぅ……っ！」

「…………いい子」

劣情に押しつぶされたようなそのかすれ声に、胸が震える。気持ちよくなってもらえることが、こんなにも嬉しいなんて。

真上から落ちてきた彼の手が、汗でぬめる私の額を拭う。

「お前の声も表情もたまらない。昔を知ってるせいでどうしようもなくぞくぞくする」

「フ、ぅ……ッン、グ……、ンぅ……っ」

「高校の頃も……よく一緒に笑ったよな。この口とも、いっぱい話した」

昂ぶりは膨張する一方で、今にも破裂しそうだった。絶頂をやり過ごすのに精一杯で、会話はほぼ頭に入ってきていない。そのくせ体はひくつきながら、おもちゃを締めつけて離さずにいる。

彼の手はバイブを持っていないのだから、こっそりいったところできっとバレはしないだろう。それでも私は馬鹿正直に、目で限界を訴えた。

「フ、ゥ……っ！　ンぅ……！」

「何、いきたいの」

口元にあった重圧がほんのわずかにだけ緩んだ隙に、何度もかくかくと頷いた。けれど否と突きつけるように、再び喉奥まで塞がれた。

「駄目だ。先に俺をいかせろ。それまで我慢……できるよな」

「ンゥゥゥゥ……っ」

私は打ちひしがれ涙を流しながら、不自由さを噛み締めるように体を跳ねさせた。金具を引きちぎる勢いで腕に力を込めると、繋がれた手足に火傷したような熱が生まれた。のしかかる腰を動かされるたび、口からがぽがぽと滑稽な音が漏れた。満足に呼吸もできず、狂ったように心臓が暴れ回る。

いきたくて、けれど命令にも従いたくて、その二律背反に助けられているのか追い詰められているのか分からなくなってきた頃、口内のこわばりがぐうっとふくれた。

「ング……ッ……！　ンッ……！」

奔流に舌を叩かれると、どう思い違いをしたのか媚肉がせがむように震えた。

「──我慢できたな」

渡されたティッシュに口の中のものを出し、うつろな頭をこくんと落とす。

「はい……ちゃんと、我慢、しました……」

彼は微笑み、褒めるように私の前髪を指で梳かした。まるで可愛がられているみたいだとまたも思い違いをしながら、私は喉を鳴らす猫のようにその手に頰を擦り寄せた。もしも手足が自由に動かせたなら、そのまま抱きついていたかもしれない。

伸ばせない腕の代わりに、視線を送る。

「だから──お願いします、ご主人様……。どうか私に、ご褒美を……ください」

今度ははっきりとした自覚があった。私の潤んだ目は今、期待に満ちているに違いなかった。

諒ちゃんは私の腰を掴み、軽く下半身を上げさせた。秘部に刺さったままだったおもちゃを動かされると、激情をのせた血液が再び全身を巡り始めた。

「あぁ……っ、ん、あっ……あ、あ……‼」

──なんて醜い生き物なんだろう。

自分を卑下する声が、どこからともなく聞こえた。枷に繫がれ、虐げられながら、それさえ愉悦の糧にしてしまう卑しい自分。たまらず嫌悪感が湧いてくる。けれど同時に私は、今の自分の姿を嬉しくも思っていた。

不自由さの前では、どんな強がりも無意味だった。この囚われた姿でならば、無条件に無力でいられる。弱くても醜くても許される。そういう私に諒ちゃんがしてくれた。

互い違いに二つのバイブを動かされると、ぬかるみで足踏みをするような音がした。

「ああッ、だめ、もう……ッ！　い、いってもいいですか……っ、ご主人さま……！」

制御を失った体が、頂に向けて駆けてゆく。あとは許しさえあれば。あの命令が、突き落とすような一言が。

もげ落ちそうなほど首を振って耐えていると、彼がまた私に訊いた。

「……じゃあもう一度教えてくれ。お前は、誰のものだ」

「あぁ……っ！　私は、ご……っ、ご主人様のもの、です……ッ！」

こう答えるのは何度目だろう。口に馴染んだのか抵抗感はないけれど、なぜかぼんやりとした違和感が湧いてくる。

下腹に溜まった熱は弾け飛ぶ寸前で、けれど許しをもらえるまではと腿に爪を立てた時、質問を重ねられた。

「それは、誰？」

「え……っ？　だ、誰……ッ？」

——誰？

脳内で疑問符の嵐が吹き荒れた。答えなければとは思うけれど、その答えは確か、現実に戻るためのものだったはず——。

「ッあああ……‼」

私から答えを引きずり出すように、ぢゅぶぢゅぶと前後の道を責め立てられた。角度を変えひときわ深く挿された時、疑念も理性もばらばらに砕けた。

「りょ……ッ、諒、ちゃん……‼」

今、私がいる世界はどちらだろう。プレイか、それとも現実か。名前を読んでもらえればはっきりするのに。茜と呼んでもらえさえすれば。

でも、そういえば諒ちゃんは、プレイを始める時ぐらいしか私を茜とは呼ばない。

ヂッ！　とチェーンの音とともに、胸元に落ちていたリードを引かれる。

「そうだ。お前は──俺のものだ」

彼の声はまだ主の時の低音を保ったままで、喉にある息苦しさもまた、奴隷の時のそれだった。

子宮を押し上げるほど突かれると、体は抗う間もなく欲情に飲まれていった。

「あ、ぁあっ、も、我慢、でき……な……‼」

「いく時はどうするか、教えただろ」

まるで条件反射のように、私は躾けられた言葉を口にする。

「い、かせ……ッ、くだ……いっ、ごしゅじ、さ……まッ、おねがい、しま……っ」

「よく聞き取れない。もう一回」

「いやぁあっ……！　いかせ、てくださ……！　お願いします……‼」

「いかせてって、誰を？」

「ごっ、ご主人様、の……ッ、奴隷、を……！」

「どうしようか」

「あぁっ、お願いです……ぅあ、我慢、できな……ッ！　いかせて、お願いします、いかせてください……、ご主人さまぁ……っ‼」

「……やっぱり可愛いな、お前。いいよ……いけ」

「ふ……あっ、ありがとうございます、いき、ます……っ、いく――っ‼」

私の体は愛おしそうに偽物を締めつけながら、どぷんと絶頂の海に落下した。

息が止まり、指さえ動かせず、まるで自分の体が自分のものではなくなったような錯覚に陥る。軽く一回死んじゃったみたい。そんなことを思ったせいか、瞼は開くことを拒んでいるみたいに重く、やがて意識は音も光もない場所へと深く深く沈んでいった。


「――ツジ」

「……ん」

ぺちぺちと頬を揺らされて目を開けると、こちらを覗き込む諒ちゃんの顔があった。

重い半身を起こすと、体にかけられていたバスローブがずり落ちた。このところの寝不足がたたったのか、意識を飛ばしたあとそのまま眠りこけてしまったらしい。枷や首輪はすでに外されていて、乱れたシーツの上にまとめて置かれていた。

「ごめん……もしかして、寝ちゃってた？」

裸の胸にバスローブを引き上げながら訊くと、「だな」と軽い返事があった。

「叩き起こしてくれればよかったのに……」

「枷外しても首輪外しても起きなかったから、寝かしといたほうがいいかと思って」

「う……ほんとにごめん……」

「気にしなくていいよ。ただシャワーを浴びるような時間はもうなさそうだけど」

言われて時間を確かめると、残り時間は十分を切っていた。

「えっと、じゃあ……軽くお化粧だけ直してきてもいいかな」

「ああ」

バスローブに袖を通し、そそくさと洗面室へ行く。先ほどより日が傾いたようで、窓から差し込む光には西日の橙色が混ざり始めていた。

急いで服を着替え、次は化粧をとポーチ片手に鏡を向いたところで、喉元にとどめていたため息がはぁと漏れた。

鏡には、ひどく気まずそうな自分の顔が映っていた。

諒ちゃんを置いて寝てしまった申し訳なさもあれば、公私混同してしまった負い目もあった。それに我儘を聞いてもらったことへの罪悪感もある。けれど何より彼が最後私に言わせたあの言葉の意味が、気になって仕方がない。

きっとプレイを盛り上げるための単なる演出だ。そう思いながらも、どこかで彼の真意を探ってしまっている。しかも私はあの瞬間、プレイと現実との境界線を完全に見失っていた。そして今もまた、すでにツジと呼ばれたあとだというのに、立ち位置が分からなくなったみたいに足元が浮ついている。

きゅっと唇を結んで、剝がれた化粧を塗り直す。

一つ深呼吸を挟んでドアを開けると、部屋ではジーンズだけを穿いた諒ちゃんがソファーで煙草をくゆらせていた。

彼は部屋に戻った私を見つけると、軽くこちらに手招きをした。

「ツジ。ちょっとここ座って」

「……どうしたの、改まって」

遠慮がちに隣に腰を下ろすと、諒ちゃんは、ふ、と一拍置くように煙を吐いた。

「最近、何かあった？」

ゆらりゆらりと空中を漂う紫煙だけを見ながら答える。

「……何かって？　別になんにもないけど」

なぜそんなことを訊かれるのかには、当然心当たりがある。求めるだけ求めておいて肝心なことは明かさないだなんて、身勝手もはなはだしいと思う。でも、残り時間はあと五分。そこを越えてまで甘えるわけにはいかない。

これ以上は、絶対に駄目だ。踏み込むのも、そして踏み込まれるのも。

しばらく彼は笑みを貼りつけた私の顔を見ていたけれど、そのうち煙草の火を揉み消して、ふと思い出したように「そうだ、忘れてた」と自分の鞄を漁り始めた。

少しして、中から円筒形のお菓子のパッケージが出される。

「はい、これ。今日のお土産」

「あ……！　懐かしい、ありがとう」

リレーのバトンパスをするように渡された容器には、おはじきみたいなカラフルなチョコのイラストが描かれていた。子どもの頃はよく食べていたけれど、大人になってからはほとんど食べた覚えがない。蓋を引き開けると、ぽんっと小気味いい音がした。横顔に視線を感じながら、手のひらに容器を傾ける。

黄緑、赤、水色。こぼれ出た粒を口に持っていきながら、私はいま見られていることに気づいたとばかりに首を傾げた。

「ん、なあに？　どうかした？」

「いーや、別に。何かしらお役に立てたなら光栄です」

「何よー、その言い方――って、いけないい私も忘れてた。ご主人様、本日もごちょーきょーありがとうございました」

私はくすくすと笑いながら、目礼にかこつけて目を伏せた。

立場を弁えなくてはと思った。適切な距離を保たなきゃいけないと思った。けれどそれはどちらも建前で、本当は自分を守るためにも殻に閉じこもりたいだけだった。

諒ちゃんがテーブルにあったスマートフォンを取り、画面を点灯させた。

横目に時刻が見える。残り時間は、あと三分。

「そういえば、このあいだ東から連絡があったよ。高校ん時のメンバーで飲もうって」

「のんちゃんから？　あ、前に駅で会ったんだっけ。先月のんちゃんとミズキの三人で遊んだ時に聞いたよ」

のんちゃんのことだから、みんなで会いたいと言っていた話もいずれは実現されるものと思っていた。まだ詳しい連絡は来ていないけれど、私もメンバーに含まれているはずだ。

みんなもいる場で諒ちゃんと顔を合わせる。想像しただけでもう胃が縮みそうだけれど、行かないというのも不自然だろう。

手のひらに転がる粒の中から、水色を選んで口に入れた。奥歯で嚙むとコーティングの層がかりっと砕け、舌の上でとろりとチョコが溶けた。甘い。こんなに甘かったっけ。

「みんな集まれるといいね」と私が話を続けると、諒ちゃんはスマートフォンをテーブルに戻して頭の後ろで手を組んだ。

「そっちの三人は確定なんだろ？　男は俺と大樹と、あと小川かな。佐久間と厚木はどうだろうな。一応、声はかけてるけど」

「二人とも結婚してるもんね。そう思うと……この歳になっても自由に遊び回れるのが申し訳なくなってくるなあ」

「ツジは特に後ろめたいだろうな。隠しごともあるし」

「あ、ひどい」

不貞腐れ気味の抗議をすると、諒ちゃんは訳知り顔で軽く笑った。

「ま、誰にでも隠しごとの一つや二つあるもんだよ。気にするな」

「じゃあ諒ちゃんにもあるの？」

「ないと思う？」

「あー……いっぱいありそう」

「正解」

互いに茶化し合いながら、私は内心ほっとしていた。

大丈夫、ちゃんと現実に戻れてる。ちゃんと私、笑えてる。今日、ここへ来る前よりずっと上手に――だとしたらそれは、この人のおかげだ。

「あのさー、諒ちゃん」

「んー？」

「ありがと」

心の底から浮かび上がってきた感謝が、重みを持たないうちに言った。理由も訊かずに私の我儘を許してくれた。この人は、びっくりするほど優しい。

しゃかしゃかと振っていた容器を手に傾けると、ぽろっと一粒だけピンク色のチョコが落ちてきた。

――もう時間だ。

その一粒を口へ運ぼうとした時、ふいに手首を摑まれた。

「ツジ。最後に一つだけ。これは……命令」

「………命令？」

「自分を駄目だと思うな」

静寂が訪れた。気まずさはなく、ただ心臓の跳ねる音が諒ちゃんの耳に届くような気がして、私はそうっと息を整えた。

「……どうしてそんな命令くれるの」

「さあ、なんでだろうな」

「……それも隠しごとの一つ？」

「そう。お互いさまだろ？」

「…………ずるいなあ」

諒ちゃんはにこりと笑うと、私が摘まんでいたチョコを指ごとぱくんと口に含んだ。

3.

数ヶ月ぶりに訪れた地元駅周辺は、以前とは少し様変わりしていた。集合場所となった居酒屋も、つい先月オープンしたばかりだという。

この日集まることができたのは全部で六人。来られなかったメンバーもいるものの、これだけの人数が集まったのは高校を卒業して以来だ。

趣のある和室風に設えられた個室のテーブルを囲んでいるのは、のんちゃん、嶋本くん、それに私と、小川くん、ミズキ、それから――。

「だいたいなんだよ、このルール。学生じゃないんだから」

文句を言っているわりに楽しそうな諒ちゃんの声は、酔いのせいか心地よく耳に響いた。

店はリーズナブルなのが売りらしく、飲み放題のメニューも充実していた。ソフトドリンクやノンアルコールのドリンクも種類豊富にあったけれど、私たちのテーブルにはアルコールのグラスしかない。とりあえずのビールを飲んだあと、のんちゃんが「せっかくだから片っ端から頼んじゃおうよ」と言い出したからだ。それもじゃんけんで負けた人が必ず酒をオーダーするという、安直なルールつきで。

一戦目はのんちゃんがひとり勝ちをしたので、他の五人は一種類ずつサワーを頼んだ。その後もみんな勝ったり負けたりを繰り返しながら、それぞれ杯を重ねていった。

五戦目、負けたのは諒ちゃんと私の二人だけだった。それから続く六戦目も。

テーブルを挟んで座る諒ちゃんと私のあいだには、冷酒のグラスが二つずつ並んでいる。どちらも水みたいな喉越しだったけれど、半分ほど残ったグラスを升に戻した時にはすでに、指先まで酔いが回っているのが分かるほどになっていた。

諒ちゃんもお酒に弱いわけではなさそうだったけれど、すっかり口調はくだけ、くつろいだ表情になっている。そこに少しのあどけなさを感じるのは、この場に流れる放課後に似た緩い空気のせいだろう。顔ぶれもあの頃と一緒なのだから、立ち返るには十分だ。

みんなで一緒につまんでいるのは、あの頃のスナック菓子とは違うサラダやフライドポテトや唐揚げ。それでも、食事やお酒は思っていたよりずっと美味しく感じられた。一時間ほど前までは、何も食べられないんじゃないかと心配していたのにだ。

集合場所に着く直前まで、私はどう諒ちゃんに接すればいいかと密かに頭を悩ませ続けていた。しかしいざ顔を合わせてみると、彼は驚くほど爽やかに、

「久しぶり」

と私に笑いかけてきた。

彼と最後に会ったのは二週間前のことだから、その台詞自体はあながち間違ってもいなかった。個人的には彼の電話番号も分からなくなっていたので、連絡先を交換するのに小

細工をする必要もなかった。そしてこれまで聞く機会を逃していた大学や仕事の話には、演技抜きで初めて聞くという顔をしているだけでよかった。

そのおかげもあって、私は今のところぼろを出さずに済んでいる。もちろん、片棒を担ぐ彼のそつのなさによるところが大きいのは、言うまでもなく。

「諒ちゃん、いくら連敗したからって、ルールにいちゃもんつけるのは格好悪いんじゃないか」

そう諭すように言いながら、小川くんの口角は笑いたそうにぴくぴくしていた。壁に背を預ける諒ちゃんも、苦笑いをしつつ上機嫌だ。

「そんな格好つけたこと言えるほど複雑なゲームじゃないだろ」

「ていうか、二人ともじゃんけん弱すぎだよ。辻上なんて――あれ、全敗してない？」

小川くんが言うと、フライドポテトに箸を伸ばしながらミズキが笑った。

「楓は昔からよ、じゃんけん弱いの。ねえ？」

「んー……そうなんだよね。ここぞって時ほど負けちゃうんだよねえ……」

面倒な場所の掃除当番、誰も手を挙げない委員会に鬼ごっこ。遠い記憶を辿っていると、ピンボケした視界で大きな手がひらひらと動いた。

「おーい、大丈夫か？　目がどっか行ってない？」

「だーいじょうぶだって。これくらい平気平気」

私は諒ちゃんの疑念を払いのけるように手を振り返し、正座で痺れた脚を伸ばそうとした。が、畳に手をついた瞬間、体勢が崩れてそのまま隣の嶋本くんにしなだれかかってしまった。

「っと。どうした、ツジ」

「ごめんごめん、ちょっとよろけちゃった」

「そりゃあ、そんだけ飲めばなあ」

所詮、酒の席でのことだ。嶋本くんはおおらかに笑うと、寄りかかってきた私をきちっと元通りに座り直させた。

相変わらず年齢以上の落ち着きっぷりだ。二、三人、子どもがいたとしても違和感がないと失礼なことを考えながら、私は残っていた冷酒に手を伸ばした。けれどグラスを持ち上げようとしたその時、今度は目測を誤ったのか縁に手が引っかかり、波打った中身がぱしゃんとこぼれた。

「あ」

「もー！　楓、何やってんのよー！」

「ご、ごめ……っ！」

拭くものを探しておろおろする私に、方々からおしぼりが渡される。同時に飛んできた呆れ声には、ここ最近で一番耳に馴染んでいるものも含まれていた。

「どこが平気だよ……。ツジはもう酒やめといたほうがいいんじゃないの？」

テーブルを拭きながらちらりと見ると、諒ちゃんの眉が緩いハの字になっていた。

この酔っ払いが、と詰られてもなんら不思議じゃない場面で、彼の物言いはずいぶん大人しい。もしかしたらみんなの手前、強くも言えずに困っていたりするのかな。そんなことを思うとおかしくて、私はにやけそうになった口元を手で隠した。友人たちとも一緒に諒ちゃんと会うのが、それこそ十年ぶりだからだろうか。

「相変わらずね、諒ちゃんってば。妙に面倒見がいいところ、全然変わってない」

てきぱきとテーブルを拭く彼を見ながら、のんちゃんがふと懐かしそうに言う。

「でもそんなに心配しなくても大丈夫だよ。楓は案外お酒強いし」

「強いって……これで？」

「まあまあ、たまにはいいじゃない。過保護にされるような歳でもないしね。だからほら、諒ちゃんもグラス空けちゃって！」

その一言を聞きつけたミズキが、すかさず諒ちゃんの前に冷酒のグラスをずいっと寄せた。

女友達二人に挟まれて、諒ちゃんは少々たじろいでいる様子だった。遠い昔にも見たことのある光景だと思ったら、抑えていたはずの笑みがひとりでに漏れた。

「はあ……楽しいなぁ……」

誰にともなく言うと、隣の嶋本くんから返事がある。

「うん、そうだな。楽しいな」

嶋本くんは生ビールのジョッキを傾けながら、ぐるりと席を見渡した。のんちゃんに絡まれて、困ったように笑う諒ちゃん。ミズキに仕事の愚痴を一笑に付され、小さくなっている小川くん。じゃれあう子猫でも眺めるように微笑んだあと、嶋本くんはふと気遣わしげな顔を私に向けた。

「でもさ、ツジはもうかなり酔ってるみたいだし、東に言ってゲームはおしまいにしてもらおう」

「うーん、だけど――」

渋るように言った時、テーブルの向こうから諒ちゃんが口を挟んできた。

「そうそう、ツジはもうジュースにしとけって。大樹、その酒下げちゃって」

言われて嶋本くんが動きかけたけれど、私はそれより先に手を伸ばすと、こぼれず残っていた冷酒をぐいっと呷り、空になったグラスをテーブルにたんっと置いた。

「大丈夫だってば。酔ってはいるけど、そこまでじゃないから」

「……いいのか？　諒の言う通りジュースにしといたら？」

嶋本くんが心配そうに言う。気にしてくれるのはありがたいが、今日は特別な日だ。

「ううん、まだ飲みたい。だってせっかくみんなで集まれたんだから」

私は濡れてしまったおしぼりを集め、そのままいったん席を立った。

店内用の木製サンダルはサイズが大きく、歩くたびにからんころんと音がした。通りすがりの店員におしぼりを汚してしまったことを謝り、新しいものを頼んでおく。ついでに店の奥に向かい、お手洗いに立ち寄った。

目隠しの暖簾をくぐり、細い通路の先で右側の女子トイレに入る。そして用を済ませ再び通路に出た時、いきなり目の前に人影が現れた。

「すっ、すみません……！」

ぶつかりそうになったことを詫びながら顔を上げると、そこにはどこか憮然とした諒ちゃんの姿があった。

「なんだ諒ちゃんか。どうしたの——」

言い終える前に、無言で腕を摑まれた。「ちょっ、何……⁉」と声を上げた時にはもう、いま出てきたのとは反対側のドアが開かれていた。

猛禽類に捕らえられたネズミもこんな気持ちだろうか。手を引かれ、転がっていきそうなサンダルに気を取られているうちに、私は男子トイレへと連れ込まれていた。

頭の後ろには、閉じられた木製のドアが当たっていた。視界の隅には、暖色の光が落ちる洗面化粧台と個室の扉があった。そして見上げた先にある諒ちゃんの顔は、悪ふざけを仕掛けているようで少し不機嫌そうにも見えた。

「あ、あの、諒ちゃん。……な、何か用……？」

おそるおそる尋ねると、彼はなぞなぞでも出すように言った。

「ちっとも言うことを聞こうとしない、反抗的で生意気な酔っ払いはだーれだ？」

「……うん？」

「ヒント。〝つ〟で始まって、〝で〟で終わる」

人を食ったような返しに顔をしかめる。いったいなんだというのだろう。

店内と同じく、トイレにもどこからか音楽が流れている。そのアップテンポな曲調に急かされているうちに、答えが見えてきた。

「──え、それってもしかして私のこと？　いやいやいや、反抗的って。そんなの、だって……そもそも営業時間外なんですけど……！」

「ふぅぅうん。営業時間外に言うことを聞く義理は一切ない、と」

「そっ、そりゃあそうでしょ！　というか諒ちゃん、さてはかなり酔ってるね⁉」

「そっちこそ。やたらとふらついて、見るからに酔っ払いじゃねーか」

「確かに酔ってるよ。けど……だからってさすがにこれは……ねえ？」

うかがうように見上げると、諒ちゃんが半歩近づいてきた。距離を取りたくても、背中はぴったりドアについている。

「あの……諒、ちゃん……？」

「…………諒ちゃん？」

彼が何をしようとしているのかは分からなくても、その咎めるような口調には覚えがあった。瞳の奥を静かに見つめてくる、鋭い眼光にも。

──まさか呼び方が違うってこと？

ざわりと体の奥底が騒いだ。いや、でも、あり得ない。浮上しようとする予感を押し込めていると、俯く頭に声を落とされた。

「――楓」

一瞬、聞き間違いかと思った。今、特別な低音が鼓膜を通った気がする。戸惑いながら、少し怯みながら、そうっと目を上げる。

「かえで……？」

「お前の名前だろ」

それは諒ちゃんの口から初めて聞く名前だった。他の誰かが呼ばれたみたいに感じて反応できずにいると、眠りから揺り起こすような甘やかな催促があった。

「……返事は？」

応えればどうなるかは分かりきっている。これは、合図だ。

きっぱり拒まなきゃいけないと思った。私がドアを塞いでいるからといっていつ誰が来てもおかしくはないし、早く戻らないとみんなに怪しまれるかもしれない。だいたい今は仕事中じゃない。どう考えてもこれはルール違反だ。だから悪い冗談は困ると言って私が拒絶すれば、諒ちゃんも深追いしてはこないだろう。絶対に。それだけは確信できる。

なのに、どうして私は、頷けばどうなるかばかりを考えているのだろう。

「…………は……い」

私の体は、自分で思う以上に手懐けられているのかもしれない。欲望に負けたことを嫌悪しながら、それでも屈服したあと彼からもらえる甘味を思い出して震えているのだから。

私が合図を受け取ったからだろう。ホテルにあったのと同じ手が、いい子いい子と褒めるように返事をした唇を撫でた。

「最後に会ったのは先々週だよな。なのにもう忘れたの」

「……忘れたって……………何を……」

「何度も訊いただろ。〝お前は誰のものだ〟って」

やっぱりいけない。諒ちゃんってば馬鹿じゃないの。あれはあの場に限って成立するもので、それ以外の場所で応えられるはずがない。こんな私生活のど真ん中で——。

「…………覚えて、ます」

歌声に掻き消されそうなほどの小声でも、彼の耳には届いたらしい。

「それなら心配くらい素直に受け取れよ」

「心配？」

「酒、もうやめとけって話」

「だ、だけど、あれは……、〝諒ちゃん〟だったから。なんていうか、役が……」

私が思わず口を尖らせると、諒ちゃんは軽く首をひねった。

「そうじゃなかったら聞き入れてたってこと？」

「……たぶん」

「たぶん？」と彼の眉根が寄るのが見えて、急いで返事を改める。

「き、聞いてました」

矢継ぎ早に質問をぶつけられて、ますます頭が混乱した。理不尽なことを言われていると思うし、プライベートに口出しされるいわれはないはずだとも思う。それなのに私は、首根っこを摑まれた猫みたいに肩を竦めてしまっている。

プレイの最中とそっくり同じだった。どんどん立つ瀬が失われていくあの感じ。このまま答え続けていけば、私は最後どうなってしまうのだろう。

途端に恐ろしくなり、深く顔を俯かせる。

「ま……待って。やっぱりこんなの……よくない気がする。ほら、私も酔ってるし。酔った勢いでこんな悪ふざけしちゃ……駄目じゃない？」

「……なら、ふざけず本気で言ってればいいの」

「あ、いや……そういう意味じゃ……なくて……」

「お前の言う〝諒ちゃん〟じゃなかったら、従えるんだろ？」

怜悧な眼差しと声を浴びせられると、つま先立ちになった時みたいに脚が震えた。もしかしたら私は、とっくに頭まで深みにはまっているのかもしれない。

「だったら今――俺はお前の何？」

別になんでもないと突っぱねられないのはどうして。仕事で仕方がなく従っていただけだと断言できないのは、どうして。なぜ彼は、そんなことを私に訊くのだろう。

言葉もなく立ち尽くしていると、再び誘い水を落とされる。

「楓」

カエデ。嘘偽りのない私の名前。胸の中で繰り返すと、目の奥がじわりと痛んだ。

諒ちゃんの真意はやっぱり分からない。心臓はばくばくと警鐘を打ち鳴らしている。答えを出すために使おうとしているこの方程式も、きっと間違っているだろう。でも。

諒ちゃんが私の名前を呼ぶのは、彼がご主人様になる瞬間。だからいま諒ちゃんは私の、

「……………ご主人様」

流れていた曲が終わり、しんとした静けさが訪れた。

もしかしたら聞こえなかったのかもしれない。そう思い始めた頃、ふっと彼が微笑んだ。

が、こちらを見ていた彼の目は、何かに気づいたかのように私のうしろに逸れた。

直後にコンコン、と背中でドアをノックする音がした。

びくっとした私を庇うように諒ちゃんが私とドアの間に割って入ると、遠慮がちに開いた隙間から人の顔が覗いた。

「すみません、空いてますか……って、あれ、諒？　──と……ツジ？」

そこに現れたのは嶋本くんだった。彼はちらりと諒ちゃんを見たあと、私がいるのに気づいてぽかんと口を開いた。男子トイレに女がいるのだから、当然の反応だ。

「……何やってんだ、こんなところで」

「あ、あぁのっ、えっと……！」

言い訳の一つも思いつかない。髪を弄りブラウスの袖を弄りしどろもどろになっていると、さして動じることなく諒ちゃんが答える。

「なんだ大樹か。ちょうどよかった。その酔っ払い、さっきから言うこと聞いてくれなくて困ってたんだよ」

「なんだそれ。ツジ、なんか悪さしたの？」

啞然としていた嶋本くんの顔に、疑念の色が加わる。

「しっ、してないよ！　悪いことなんて、なんにも……っ！」

「にしては……怪しいな、そんなに慌てて。もしかして諒と――」

「えっ⁉　ちっ、ちがっ……‼　その……間違ってこっちに入っちゃって！」

出まかせを口にしながら、ふとあることを思い出す。嶋本くんもじつはSなのだと、前に諒ちゃんから聞いた覚えがあった。それを思えばからかわれている気がしなくもないけれど、とにかくこの場はしらを切り通すしかない。

「あはは、ちょっと飲みすぎちゃったかなあ」

笑って誤魔化していると、ここぞとばかりに諒ちゃんが話を継いだ。

「そうだよ、ツジ。せっかくみんなと会えたのに酔いつぶれたんじゃ、楽しい一日が台無しだろ？　だからもう酒はやめとけって」

「う、うん、ほんとそーだよね……！　戻ったらジュースでも飲もっかな」

いそいそと出て行こうとすると、嶋本くんが「戻る部屋は覚えてる？」とエスコートするようにドアを開いてくれる。

「だっ、大丈夫！　じゃ、お先に！」

私は二人に汗のにじむ手をあげ、逃げるようにして外に出た。それでもドアが閉まるその時まで、ほくそ笑むような視線が背中に貼りついているような気がした。

足早に戻った個室では、残っていた三人が何やら話し込んでいる様子だった。割り込むのも悪い気がして、ひとまず真新しいおしぼりで手の汗を拭く。ほどなくして諒ちゃんと嶋本くんが戻ってくると、のんちゃんがぱっと私たちのほうを向いた。

「ねえねえ、今三人で話してたんだけど、このあと小学校に行ってみない？」

「小学校？」

「みんなあのあたりは通勤の時も通らないし、お店もないから近くに行くこともないでしょ？　車で通りがかっても一瞬だし」

そう話を続けたミズキいわく、私たちが席を外しているあいだ小学校時代の思い出話で盛り上がったのだという。じつは皆勤賞だったという小川くんの自慢話から、給食で楽しみだった献立、まことしやかに囁かれていたおまじないやジンクス——そんな話をしているうちに酔いも手伝って、じゃあ行こうということになったらしい。

ここから母校までは歩いて十五分ほど。酔っ払いの足にも優しい平坦な道のりだ。

「でもいいのかな。勝手に入っちゃって」

つい水を差すようなことを言うと、のんちゃんが心配無用とばかりに鼻で笑った。

「校庭だけなら大丈夫でしょ。こんなド田舎の小学校にセキュリティも何もないって」

「そうだよ。高校の時にもみんなで忍び込んだことあるけど、平気だったよ。ほら、学童の建物があった裏門のほうってフェンスになってたでしょ。あそこよじ登ってさ」

そう言って小川くんは「なあ?」と諒ちゃんと嶋本くんのほうを向いた。その当時のメンバーに、この二人も含まれていたのだろう。

母校は、田んぼや畑が珍しくない地区にある。だだっ広い校庭は、夜ともなれば真っ暗になっているはずだ。そんな場所が厳重に警備されているとは思えない。それに校庭に入るくらいなら許される気もするけれど、不法侵入には違いない。

「ええー……ほんとに大丈夫かな。怒られたりしない?」

ひとり渋る私に、諒ちゃんがさらりと言う。

「卒業生なんだし、ちょっとくらいは大目に見てもらえるんじゃない?」

「……そうだといいけど」

あさってのほうに目をやりながら首をひねっていると、パンッとのんちゃんの手を打つ音が響いた。

「よし、決まり!」

のんちゃんが伝票を手に席を立つと、みんなも店を出る支度をし始めた。

私もスマートフォンを鞄に仕舞い、テーブルの上を気休め程度に片づけた。暑くなって脱いでいたカーディガンは、鞄と一緒に腕にかけた。そして忘れ物がないかを確かめて靴を履こうとした時、テーブルを回り込んで出てきた諒ちゃんとタイミングが重なった。

正面を切って視線がぶつかったせいで、頭の中の記憶がこぼれる。

——俺はお前の何？

思い出したことを悟られないように。そう自然体を意識した時点で、私の態度は不自然なものになっていたのだろう。

「……お先にどーぞ」と私が手で前を示すと、彼は「ありがと」とだけ言って靴を履き始めた。

その横顔に淡い含み笑いがあるように見えたのは、おそらく気のせいじゃない。

夜更けの小学校は、思い出と同じ姿でそこにあった。裏門近くの脇道は街灯もまばらで、背丈ほどのフェンスの向こうからは虫の音が、後ろの田んぼからはカエルの鳴き声が聞こえた。

先頭を歩いて案内役になっていた小川くんが、まず最初にフェンスを越えた。続けてみんなも菱形に並ぶ緑色の網目につま先をかけ、互いに手を貸したり引っ張り上げられたりしながら校内に入った。

空には厚い雲がかかっていて、あたりは音が吸い込まれそうなほど暗かった。校庭を挟んだ向こう側にある校舎も、体育倉庫や鉄棒も、まるでシルエットクイズのようにしか見えない。それでもそこに記憶を当てはめれば、遊具のペンキの色までもがくっきりと見えてくるようだった。

「うわー……懐かしい。なんか全然変わってないね」

「何年ぶりだっけ。ええっと、小学校卒業したのが十二歳？　だから……」

私の呟きにミズキが返すと、前を歩き出した嶋本くんから答えがあった。

「十五年ぶり？」

「じゅっ……じゅうごねん……」

呻くように言ったのはのんちゃんで、彼女は「もうそんなに経つんだ」とため息をついたあと、何かを見つけた様子で走りだした。駆けていくその足音を歩いて追いかけながら、小川くんが指を折るしぐさで数をかぞえる。

「俺らは十一年ぶりだね」

「あの時は小川と諒と俺と、佐久間もいたよな？」

「いたけど、具合悪くなってあいつだけ先に帰ったんじゃなかった？」

「嶋本も諒ちゃんもよく覚えてるなぁ。俺、途中から記憶ないんだけど」

前を行く三人が口にしたのはありふれた思い出話のようで、ちょっと引っかかるものもあった。問い質すのも無粋かなと思いつつ、好奇心に負けて尋ねてみる。

「その時も夜に来たんだよね？　わざわざ小学校まで……何しに来たの？」

「青春、かな」

答えてくれたのは諒ちゃんだったけれど、それはまったく答えになっていなかった。おおかた隠れて花火をしたとかお酒を飲んだとか、あまり大声では言えないことをしたのだろう。

「十一年前ってことは高二の頃？」

ミズキが訊くと、諒ちゃんは首だけをこちらに振り向かせて言った。

「そう、高二の夏休み。ちょうど小川が木下さんと付き合い始めた頃だよ」

「──えっ⁉　木下さんって、あの優等生だった？　何それ、初耳なんだけど！」

ミズキと揃って小川くんを見れば、彼はからくり人形みたいな動きで諒ちゃんに摑みかかっていた。

「ちょ、諒ちゃん！　なんでバラしちゃうのぉ……⁉」

「せっかく小学校まで来たことだし、暴露話の一つくらいあったほうがいいかと思って。あの頃の小川、みんなに隠してるのが後ろめたいって悩んでただろ？」

「だからっていま蒸し返されても恥ずかしいだけなんですけど！」

「そう？　酒も入って、打ち明けるのにちょうどいい機会だと思ったんだけどなあ」

思いやるように言いながら、諒ちゃんは嶋本くんと顔を見合わせ笑っていた。この感じだと嶋本くんも知っていたのだろう。気まぐれに秘密を明かされた小川くんには悪いけれど、話のネタとしてはとても美味しい。実際、私はもとよりミズキが前のめり気味に食いついている。

「へええ、ちっとも気づかなかった。それで？　木下さんとはどうやって仲良くなったの？　告白は小川から？　お付き合いはいつからいつまで？」

「ほらぁ……絶対おちょくられると思ったから女子には黙ってたのに。どーせ釣り合わないって言いたいんだろ？　細かいことは忘れたよ。以上この話はもうおしまい！」

その時、遠くのほうから「早くおいでよー」とのんちゃんの声がした。見れば校庭の片隅、地面から少し離れたところで白いスカートがふわふわと揺れていた。確かあのあたりには、盛り土に古タイヤが埋め込まれた遊び場があったはずだ。土管のトンネルまで通っていて、ちょっとした山になっている。

小川くんは渡りに舟とばかりに「おー、いま行く」と手を振ると、標高三メートルほどの山頂目指して走り出した。

あとを追いかけたミズキも山に登ると、途端に聞こえてくる声が騒がしくなった。小川くんが喚いているせいでよく聞き取れないけれど、ミズキがさっき知ったばかりの秘密を早速披露しようとしているのだろう。やがて根負けしたのか、「分かったよ……詳しく話せばいいんだろ……」と萎れた小川くんの声が聞こえてきた。

あとの二人は——と嶋本くんと諒ちゃんを見れば、彼らは上には行かず山の麓で一服するつもりのようだった。

どれだけ気にしないようにと思っても、この二人を前にするとさっきの一件が思い出された。二人とも変わった様子はないけれど、どう思われているかは分からない。

できれば距離を置きたい。かといって、今まさに秘密が打ち明けられている場所に登っていくのも気が重い。

足を迷わせながら何気なくあたりを見渡した時、ふと大きな影が目についた。

アスレチックにあるような、丸太の遊具だ。うんていやロープのネット、それに垂直に立つ梯子がいくつか横並びになっていて、校舎から離れた場所ではあるけれど、休憩時間や放課後になるとみんなこぞってここに来て遊んでいた。

ふらりとそちらに近づいて、夜空へ伸びる梯子を見上げた。

遊具は、当時と何も変わっていないようだった。けれどなんだか恐竜のあばら骨みたいに大きく感じる。昔は平気でひょいひょいとてっぺんまで登っていたけれど、今登ったら足が竦んでしまいそうだ。

そんなことを考えていると、後ろから足音が一つついてきた。

「このあたりでもよく遊んだなー」

感慨深そうに言いながら、諒ちゃんは煙草に火を点けた。後ろのほうでは嶋本くんが、タイヤに腰を落ち着かせてスマートフォンを見ている。どうやら動く気はないらしい。

「……鬼ごっことか?」

私が小さく答えると、諒ちゃんは柔らかな紫煙を吐きつつ微笑みを浮かべた。

「細かいルール作ってたな。トンネルの中にいるあいだは無敵だけど、十秒以内に出なきゃアウトとか」

「ああ、あったあった。この梯子の上に逃げるのも駄目だったっけ」

「さすがに鬼ごっこの時は危ないもんな」

「そうだよね。こんな高いところ、今じゃもう怖くて登れる気もしないけど」

答えながら桟を摑んでいると、

「怖い？　いい大人が何言ってんだ」

と背中に一言当てられた。

思わず片眉がぴくりと反応する。ただの軽口とは声色が違う。振り返って見た顔には、隠す気もなさそうなあからさまな挑発が透けていた。

居酒屋の時といい、今といい、裏の顔をちらつかせていったいどうしようというのだろう。何かを試されている感じもするけれど、その何かが分からない。単におちょくられているだけかもしれないと思うと、おのずと口調がぶっきらぼうになった。

「大人だから怖いんでしょ。高いところになんてもう滅多に登らないし」

「なら久しぶりに挑戦してみたら？　スカートじゃないし、いけるだろ」

今日私が着ているのは、上がブラウスで下はパンツ。少しヒールがある靴を履いてはいるけれど、絶対無理というほどじゃない。ただ、やはりその悪戯っぽい笑みから諒ちゃんの心を読み取ることはできなかった。

案外、ふざけず本気で訊けば、教えてくれるのかもしれない。小声でなら嶋本くんにも聞こえないだろう。どうしても気になるのなら、思い切って尋ねればいい。

ねえ諒ちゃん。そんなに私を揺さぶってどうしようっていうの――。

「……登ってみる」

「お、行くんだ」

私は持っていた鞄を彼に押しつけると、なかば自棄で梯子の一段目に足をかけた。手を伸ばし、上段の桟を摑む。一段登ると、視点が三十センチほど高くなった。もう一段登ると、暗闇に指先が触れたような不安に襲われた。三段目、今度は地上から紐で引っ張られたみたいに内臓がぎゅっと縮んだ。

手も足も竦んで動かない。頭上には、星明りもない黒い夜空が待ち受けている。見晴らしよく思うどころか、このまま吸い込まれていきそうで、怖い。

「……」

「かなり情けない格好になってるけど」

梯子にへばりついて立ち往生しているのだから、おそらく間抜けな格好といったほうが正しい。上に伸ばした片手は桟を摑んだまま、つま先は下りるための足掛かりを探してちょこちょこと空を蹴っている。下からふわりと香ってきた紫煙も、きっと笑みと一緒に吐き出されたものだろう。

「さっきの勢いはどうした」

「………靴がよくなかった」

一段後ずさると、「まだ三段目だろー」とふくらはぎをぺちんと叩かれた。軽くなので痛くはない。気にしないふりを決め込んで、もう一段足を下ろす。

「駄目だ。めちゃくちゃ怖いや」

「諦めるの早すぎだろ」

「そんなに言うなら諒ちゃんが登ったら？」

「あれ、口ごたえ？」

その声は意地悪く、けれど眼差しは柔らかかった。

周りに人目もあることだし、やっぱり面白半分にからかわれているだけなのだろう。

ちょうど目線の揃った諒ちゃんに、ふざけ合う時に使うのと同じしたり顔を向ける。

「口ごたえだなんて、そんな。ちょっと意見を言ったまでですよ」

「せめてもう少し頑張れよ」

「無理、却下」

「……強気だな」

私は諒ちゃんの言葉を聞き流し、ラスト一段を飛び降りて無理やり話題を変えた。

「そういえばさ、この遊具ってなんかジンクスがなかったっけ」

それが適当に記憶から引っ張りだしてきたものだというのはお見通しらしく、諒ちゃんは笑いながら私に鞄を返して頂上を見上げた。

「さー、どうだったかな」

「男子は知らないか。のんちゃんなら覚えてるかな。何か書くんだったような――」

「楓ー！」

その時、ミズキの呼び声が聞こえた。そちらを見れば、山の上にある三つの影のうち一つが手招きをしていた。

「どうかしたー？」と声を張り上げると、「ちょっとこっちおいでよ」とより大きな手招きをされた。

一度諒ちゃんと顔を見合わせ、ひとり急ぎ足で斜面を登る。

「なんか面白い話でもあった？」

頂上で丸く輪になりしゃがんでいた三人に尋ねると、こちらを見上げたミズキが口を開いた。

「面白いっていうか……びっくりする話」

「さっきの小川くんの話？」

「ううん、それは渋ってたわりにたいしたことなかったんだけど、のんの話が」

「のんちゃん？」と見れば、彼女は小枝でぐりぐりと土に渦巻き模様を描いていた。

「いやー、そんないい話じゃないんだけどね。高校の時に、ちょびっと先生と付き合ってたってだけ」

「えっ、先生？」

「数学の岸谷（きしたに）だって」

答えをくれたのは小川くんだった。名前を聞いて思い出したのは、とても快活で生徒にも人気のあった先生。

「全然気づかなかった……」

「正直、本当に付き合ってたかも微妙だったからね。告白は向こうからだったけど、外でのデートはしたこともなかったし。しかも最後なんてやっぱり生徒とは付き合えないとか言いだして、着信拒否。ま、つまみ食いされたってところかな」

そう言ってのんちゃんが手にしていた小枝をぺきっとへし折ると、

「どうせ変な情にほだされちゃったんでしょう。お人好しもほどほどにしなさいよ」

とミズキが叱るように言った。

それが本心から心配しての忠告だというのは、本人にも伝わったらしい。のんちゃんは笑って「はいはい、分かってますって」と頷いたあと、そのまま質問を返した。

「でも、そういうミズキにこそあるでしょう。学生時代、みんなには隠してたこと。あんた秘密主義だから絶対なんかあると思うのよね」

「隠してることなんてないわよ。わざわざ言わないだけで」

「それを隠してるっていうの。ほら、今を逃したら一生抱えてなきゃいけないよ」

脅かすようにのんちゃんが言うと、ミズキは軽く首を回して私の後方を見やった。その視線の先にあるのは、さっき私が登ろうとしていた梯子の遊具だ。いつの間に登ったのか、頂上には諒ちゃんと嶋本くんの姿がうっすらと見えていた。

ミズキはそちらに顔を向かせたまま、わずかに目を細めた。

「高校の時、嶋本に告白して振られたことならある」

「――えっ⁉」

全員の声が一致した。そんな話、初耳どころか考えてみたことすらない。ミズキと嶋本くんから、それらしい空気を感じたことも。

にわかには信じられなくて、不躾に人差し指を向ける。

「嶋本って、あの？」

「うん。図体がでかくて誰にでも親切な、あの嶋本。さすがにうまくいってたら話してたと思うけどね」

「なんで二人して隠すのよ。気まずくなるから？」

のんちゃんが納得いかない様子で尋ねると、ミズキはこちらに向き直り、「相手のあることなのでこれ以上はちょっと」と話を切り上げてしまった。

聞いている側としては不完全燃焼だけれど、普段あまり自分のことを話さない彼女にしてはこれでも大サービスだ。それに未練も何もないようで、ミズキからは少しの傷心も感じられない。

それならまあいいかと、のんちゃんも思ったのだろう。不満そうに口を尖らせつつ、けれど追及する気はなさそうに苦笑いした。

「そこまで言っといて最後まで教えないなんてねえ」

「これで六人中四人に秘密があったってことになるのか……。こうなるともう知るのが怖いけど……ツジは？　なんかある？」

嘆くように天を仰いでいた小川くんが、突然こちらを向いた。

「え、私？　うーん、そうだなー、私はー……」

　口元に手をやり、考えるそぶりで冷静になろうとする。小川くんが訊いているのは、あくまで学生時代の話だ。そう心に留めながら口を開こうとした時、のんちゃんからお決まりの横槍が入った。

「楓の高校時代の恋愛といえば、永野に対するあれぐらいだよね」

「あ、あれぐらいって……。いや、確かにそうだけどさ」

　密かに感謝する私をよそに、彼女は続ける。

「それに、諒ちゃんも秘密がある感じじゃなかったよね。いろんな子と付き合ってはいたけど、基本的にオープンだったし」

「あいつ……俺の秘密はバラしといて自分は無傷かよ」

　本当にそうだろうかと、思っただけでもちろん口にはしなかった。いくら大人になった諒ちゃんがいかがわしい世界に出入りしているからといって、高校時代も何かあったんじゃないかと考えるのは邪推というものだろう。

　自分たちのいないところで矢面に立たされているとも知らず、諒ちゃんと嶋本くんは楽しそうに笑っていた。さすがになんの話で盛り上がっているのかまでは分からないけれど、風にのってかすかな笑い声が流れてくる。

　そんな二人にやさぐれたような目を向けて、小川くんがぽそっと呟いた。

「やっぱできるやつは違うよな。仕事も順調で美人の彼女もいて、ほんと羨ましいよ」

「……ちょっと待って。彼女がいるって、誰に？」

のんちゃんが首を傾げ、小川くんが答えた。

「誰って、諒ちゃんだよ」

　ぐらん、と地面が揺れた気がした。みんなは何も言わないから地震じゃないらしい。私にだけ起きたことなら、眩暈だろうか。

「やだ、諒ちゃんって彼女いるの⁉」

「そりゃいるでしょ、だって諒ちゃんだよ？　去年飲んだ時本人が言ってたし、別れたとは聞いてないからうまくいってるんじゃないの。写真見たけど、すげー綺麗な子だったよ」

　のんちゃんと小川くんの声が遠い。きっとまだアルコールが抜けていないせいだ。胃や胸のあたりがもやもやしているから、悪酔いしたのかもしれない。

　視界がやけにぼやけて、うまく焦点を結べない。スマートフォンでその彼女のアカウントを探し始めた小川くんも、画面を覗き込むミズキも、顔をしかめているのんちゃんも、はるか彼方先にいるかのように霞んで見える。

　梯子の上には、変わらず談笑を続ける二人の姿があった。嶋本くんは肩を揺らして笑っていて、諒ちゃんは――と目を向けた瞬間、まるで流れ着いた視線に気づいたかのように彼がふっと私のほうを見た。

　一秒、二秒、三秒――ぶつかっていた視線を、やっとの思いで引き剝がした。

「なあんだ、てっきり彼女いないんだと思ってた。小川くんも、知ってたなら飲んでる時にもっといろいろ聞き出してよ。私、誰かが訊くのずっと待ってたのに」

「女子がいやがると思ったんだよ、その手の話題は。うっかり地雷踏みたくないし。恋愛とか結婚とか、そういうの気にしちゃうお年頃じゃないの」

「それはまあ……そうだけどさ。けど彼女がいるなら、そのうち諒ちゃんも結婚しちゃうってこと？　一週間くらいでいいから、お試しで付き合ってくれないかなー」

「あのねえ。そうやって軽く見られるようなこと言うから、変な男ばっかり寄ってくるんでしょうが」

「冗談だって。それに今回はその心配もいらないでしょ。美人な子が好みじゃあねー」

みんなの会話が耳をすり抜けていく。なのにのんちゃんの自虐気味な言葉だけはしっかりと拾って、私も諒ちゃんの好みとは違うな、と、思ってしまった。

みんなへのあいづちも笑顔も、ただ筋肉を動かしているだけで心は動かずにいた。まるで凍りついてしまったかのようで、その冷たさは指先にまで広がってきている。顔に出てしまうのも、きっと時間の問題だ。

私は盛り上がりをみせている会話を背に、そうっとひとり輪を抜けた。

斜面に足を踏み出すと、流砂に飲まれたみたいに膝が折れそうになった。たった数メートルの距離が、地底へと果てしなく続いているかのように思える。

気道に何かが詰まっているみたいに苦しかった。足の裏に平らな地面を感じたところで、息をつく。喉を塞ぐ塊を絞り出すように、細く、長く、

「知りたくなかったなー……」

誰にも聞こえないよう本音を吐いた。

どうして忘れていたのだろう。立場を弁えなければいけないと、途中まではちゃんと危機感を持っていたはずなのに。プライベートに口出しされるいわれがないのは私ではなく、むしろ諒ちゃんのほうだった。たとえ彼が恋人の存在を隠していたのだとしても、私に悲しむ資格はない。だいたい彼が私に本当のことを言わなくてはならない理由なんて、一つもないじゃないか。

それなのに私は、諒ちゃんと同じ目線に立てる気でいた。懐かしさに浮かれ、再会をやり直しているような気にもなっていた。一度でも仕事で体を合わせた以上、彼と対等でいられることなど絶対にあり得ないというのに、あんまりにも彼が普通に接してくれるものだから、私は自分の立場も忘れて勘違いしていた。

どうせなら正体を失くすほど酔いつぶれてしまえばよかった。そうすればまだこの気持ちにも、気づかないふりを続けていられたはずだ。

俯かせた目線の先に、ぽっかりと開いたトンネルの黒い口があった。ぐしゃぐしゃになりそうな顔を人目から隠すのに、ちょうどよさそうな場所。誘われるまま中に入る。腰を屈めて進んでいると、背後でじゃりっと砂を踏む音がした。

「ツジ？　何やってんの」

振り返ると、こちらを覗き込む諒ちゃんの姿があった。

「……まだ入れるかなぁーって、思っただけ」

何事もなかったかのように、いつも通りに。表情までうまく作れているかは自信がなかったけれど、これだけ暗ければ平気だろう。

それでも見つかったからには引き返すしかない。そう思っていると、何を思ったのか彼までもが頭を屈め、トンネルに入ろうとし始めた。

「うわ、狭いな」

「何やってんの……？　いくらなんでも諒ちゃんは無理でしょ。服、汚れちゃうよ」

「いや、なんとか……ギリギリ」

そうは言っても、彼の頭はコンクリートの天井にぶつかりそうになっている。

本当に、何がしたいというのだろう。さっぱり分からないけれど、こんな場所にこそこそ逃げ、隠れようとしていた私に言えることじゃない。

「いい大人が……何やってるんだか」

梯子を登ろうとした時彼に言われた台詞を、なぞらえながら自嘲した。だから返ってくるとすれば憎まれ口か冗談だと思っていたのに、予想とは違うひっそりとした声音が耳に届いた。

「大人げないことしてるのは……自分でもよく分かってるよ。プライベートで迫ったり、立場と性癖、悪用したりして」

「え……？」

顔を上げた瞬間、うなじをぐっと引き寄せられた。鼻の頭が触れ合ったところで彼は一

瞬止まり、けれどそのまま何も言わず唇を重ねた。

「っ、ふ……」

諒ちゃんはきっと目を閉じない。だから私は、固く目を閉ざした。

視覚が欠けたせいで他の感覚が鋭くなるのか、初めて暗闇の中でするキスは戸惑うほど温かかった。首根には深く指が食い込んでいた。前髪がくしゃりと擦れ合い、舌を甘く齧られた。は、と漏らされた彼の吐息に唇をくすぐられると、凍っていたはずの心が溶け、みる間に色づいていくのを感じた。

――たったこれだけのことで。

そう思うと涙が出そうになった。

口づけ一つで喜ぶくらい、私は諒ちゃんのことを好きになっているらしい。そんな気持ちは知りたくなかった。恋なんて、今の自分には一番ふさわしくないものだというのに。

トンネルの外から、みんなの談笑が聞こえた。

うなじにある手が緩んだ隙に、私は彼から顔を背けた。

「……駄目だよ、悪用しちゃ」

笑いながら言った。やんわりと彼をたしなめるように。そして誰より自分自身に言い含めるように。

「あれはお仕事の時だけのものなんだから」

仮名で過ごすあの時間には嘘しか存在しない。私の気持ちも、相手の気持ちも、結ばれる関係もぬくもりも、全部が全部偽物だ。それが初めから分かっているから、何も恐れずにいられたのだ。けれど、そこにもし一つでも本物が紛れ込んでしまったら――きっと私は必死になって探し始めるだろう。彼が私を楓と呼んだ理由を、見えもしない諒ちゃんの気持ちを。そうして最後には、見つからないと言って泣くことになる。彼に恋人がいるのなら、いやたとえ恋人がいなくても、結末はそうに決まっている。

そっと体を押し返すと、諒ちゃんは私から手を離して呟くように言った。

「仕事の時だけ、ね」

「……そ。だから遊びたいならお店を通してくれないと」

ふざけ気味に返した時、私たちを探すのんちゃんの声がした。

顔だけ後ろに振り向かせた彼の肩を、トンと押す。

「ほら、呼ばれてるよ。先に行ってくれないと私も出られない」

諒ちゃんは一度こちらを振り向いたけれど、何も言わずトンネルを出ていった。

ひとり残された空間に、外界の音がわんわんと響く。

「あ、諒ちゃん、そんなところにいたの。小川くんが、秘密を教えてくれるまでは帰さないって言ってるよ」

「秘密？　なんかあったかな」

「またそんな。もったいぶらずに教えてよ。それに私も、ちょーっと諒ちゃんには確かめたいことがあるんだよね――」

それ以上は聞いていられず、私は両手で耳を塞いだ。体をぎゅっと縮こめて、ゆっくりと数をかぞえる。せめて十秒。今だけは、怖いものなしの無敵——そんな願いが叶ったら、どんなにか救われるのに。

コツンと音がした気がして手を離すと、嶋本くんの声が聞こえた。

「そろそろ帰ろうか。雨も降りそうだから」

「……うん、すぐに行く」

深く息を吸い込むと、目に溜まっていたものと一緒にあたりの暗闇まで体の中に入ってきたような気がした。

その後、私たちは再びフェンスを越えて家路についた。

道すがらみんなが話題にしていたのは仕事の話ばかりで、私は酔っているふりをしながらお茶を濁し続けた。

みんなの中で確実に一人、私の酔いが醒めているのを知っている人がいたと思う。それでも彼は何も言わず、私も最後までその人とは目を合わせられないまま家の前で手を振って別れた。

石造りの門柱の先、玄関の灯りは十二時になろうというのに点いていた。前もって帰ることを連絡していたからだろう。

合鍵で開けた曇りガラスの引き戸を、音を立てないようゆっくり滑らせる。

家の中は静まり返っていたけれど、廊下にリビングの明かりが漏れていた。まだ誰か起きているらしい。玄関を上がって覗くと、パジャマ姿の父がソファーで新聞を読んでいた。その顔には険があり、少しもくつろいでいるようには見えない。

「……ただいま」

控えめに声をかけると、老眼鏡の隙間からまったく笑っていない視線が届いた。

「──遅い」

「ごめんなさい。久しぶりに会う人もいたから盛り上がっちゃって」

「こんなに遅くなるなら一言連絡を入れなさい。玄関は？　鍵は閉めたのか」

「うん、ちゃんと閉めたよ。灯りも消した」

父の眉間には、不機嫌さのレベルを表すように数本の皺が刻まれていた。遅くなるとは伝えていたけれど、正確な時間を言わずにいたのがまずかったのだろう。なんでもない休日にもタイムスケジュールがあるような人だ。さすがにもう門限はないけれど、その昔不注意で破ってしまった時と同じひりついた空気を感じた。

父が座るソファーの奥、和室に続くふすまは閉じていた。母が仕事をしているのだと察しはついたけれど、そこに行くまでの間を持たせるためだけに口を開いた。

「お母さんは？　もう寝ちゃった？」

「向こうで仕事中だ」

「相変わらず忙しそうだね。お風呂はまだかかな。あ、お父さんはもう入ったよね？」

言いながら父の横を通り過ぎようとした時、

「お前、付き合ってる男がいるのか」

と唐突に尋ねられた。

始まった、と思った。父は私の婚約が立ち消えてから、たびたびこの質問をしてくるようになった。父はたぶん、空白になったスケジュールがいまだに埋まっていないのがいやなのだろう。だから一向に次の予定を立てようとしない私のことが、気に食わなくてしょうがないのだ。

私はうまくやり過ごすための表情を顔に貼りつける。恋人は欲しいけれどうまくいかなくて困っている、そんな感じの微笑。

「いきなりどうしたの？　付き合ってる人ならいないよ。今日会ってたのは小学校の同級生。みんなただの幼馴染みだよ」

演技にしてはよく舌が回った。けれど必要以上に明るく言えたのが、かえって裏目に出たらしい。老眼鏡を外した父の眉間には、より数を増し、深くなった皺があった。

「それで？　結婚はどうするつもりでいるんだ」

「……えっと。どうするも何も、予定は、全然。そもそも相手がいないことには……」

「そうやっていつまで一人でふらふらしてる気だ。一年前から言ってることが何も変わってないじゃないか」

目を逸らしそびれたせいで、真正面から尖った言葉を受け止めてしまう。今日は特別帰りが遅かったから、こんな展開になるのも無理はない。それでもできることなら今日だけは、見逃してもらいたかった。

いつまで一人か。答えがあるなら私も知りたい。

「いつまでも、とは……思ってないけど……」

「思ってないなら、どうして何もしないんだ。だいたいお前は昔から考えが甘い。大学の時もそうだっただろう。我儘を通して出ていって、結局仕事も結婚も駄目にして手ぶらで戻ってきてるじゃないか」

「……それは、その……」

「どうせ今の勤め先も前ほどのところじゃないんだろう。踏ん張らずにいるとな、どんどん落ちていくものなんだ。そんなのでこの先、やっていけると思ってるのか」

父は間違っていない。それなのにその正しさは、まるで毒みたいに私の心を殺しにくる。言い返そうにも言葉は見つからず、私はおざなりにへらっと笑った。父からすれば私のこういうところがまた気に食わないのだと知りながら、この場を切り抜ける方法はそれしか思いつかなかった。

「結婚を……駄目にしちゃったことも、相談もせず会社を辞めたことも、反省しています。大学まで行かせてもらったのに、全部ふいにして本当にごめんなさい」

「……お前ももういい歳なんだ。この先どうするのか、きちんと考えなさい」

「はい」

苛立ちに歪んだ父の眉根がわずかに下がった隙に、私はソファーの横を通り抜けた。そのあいだ父は物言いたげな視線をこちらに向けていたけれど、やがて聞こえよがしにばさっと新聞を畳んでリビングを出ていった。

うんざりされているわけじゃなく、心配されているからつらく当たられるんだ。そんな気休めを頭で唱えながら、和室のふすまに手をかけた。

笑顔のおかえりが欲しかった。それさえあれば、叫び出しそうな感情にも蓋ができるはずだから。

「ただいま、お母さん」

「……帰ったの。おかえりなさい」

母は振り返って私の姿を確かめると、すぐにまたノートパソコンに向き直った。

リビングでの会話が聞こえていてもおかしくないけれど、それ以上母が何かを口にする様子はなかった。

母はまだ普段着で、黙々とキーを打っていた。大きな座卓の上は一面、紙で覆われている。学習指導案。束になった国語のテスト。パソコンで作られている資料は、学年だより六月号。

梅雨は一年でもっとも雨の日が多い季節です、と入力されていくのを見下ろしながら、私は母の背中にもう一度話しかけてみた。

「あの……遅くなってごめんなさい。もっと早く終わるかと思ってたんだけど、盛り上がっちゃって」

「……いやだ、もうこんな時間？」

ディスプレイの時刻をちらりと確かめたあと、母はため息交じりに「楽しかったならよかったわね」と手の動きを再開させた。

外遊びができない日はぜひ図書室に行ってみてください、という一文から改行を挟んで、保護者の皆様へ――どうやら私と母との会話は、私も知らない間に一段落ついてしまったらしい。

いつもなら早々に諦めて部屋に上がる。深追いしてもいいことはないと経験上分かっている。でも今日だけは、少しでいいから母に笑いかけて欲しかった。

「あのね、今日は久しぶりに同級生と集まったんだ。お母さん覚えてるかな。高校まで一緒だったのんちゃんとミズキ。それから小川くんと嶋本くんと、あと、因幡くん」

「女の子は覚えがある気がするけど……」

「男の子たちとは休みの日にまで遊ぶ感じじゃなかったもんね。でもみんな元気そうだったよ。十年ぶりに会う人もいたけど、大人になっててびっくりしちゃった。ほんと、時間が経つのは早いなあって――」

「楓」

疲れをにじませた声に話を切られる。

「悪いんだけど、その話はまたにしてくれる？」

その〝また〟があった試しなんて、一度もないじゃないか。よその子の話はいつもとびきりの笑顔で聞いているくせに。

そう思った自分をすぐに叱る。こんな幼稚なことを考えるなんてどうかしてる。

「ごめん、忙しいのに。お母さんはお風呂まだだよね。先に入っちゃっても大丈夫？」

「どうぞ」

「……じゃあ、お先にぱぱっと入っちゃうね」

ふすまを閉じかけても、母は休みなくキーボードを打ち続けた。

もしもそこに一つでも娘という字を打ち込むことがあったなら、お母さんは私を思い出してこっちに振り向いてくれたかな。

声にならない疑問に、背中は答えてくれなかった。

久しぶりに人が入ったのか、二階の自室は少し埃っぽい匂いがした。すんっ、と鼻を鳴らすと、乾いた匂いに刺されて鼻の奥が痛くなった。ごしごしと頬を擦り、貼りつけていた表情を落とす。それでも部屋の隅にある姿見に顔を映されるのがいやで、明かりを点ける気にはならなかった。

窓際の学習机に鞄を置き、カバーのかけられたベッドに腰を下ろす。ずぶずぶとどこまでも沈んでいきそうなほど、体が重い。

「………なんか疲れたなー……」

でも、途中まではとても楽しい一日だった。

みんなにも会えたし、お酒も食事も美味しかった。またいつか、今度は今日来られなかった人とも集まれたら、きっともっと楽しい一日になるだろう。その時には、諒ちゃんとも普通に喋れるようにしておかなくては。

だいたい、私が感傷的になるのは間違いだ。あの仕事を選んでいるのは私で、結婚を駄目にしたのも私で、会社でそれなりの肩書きを持つ父からすれば私が出来損ないに見えるのも無理のない話で、事実私は親不孝者で、このあいだの赤見さんのことだってきっとその罰で、だからいちいち傷ついてないで今はもう早くお風呂に入らなきゃ、今度はまた母に疎まれて、迷惑だからもう帰ってくるなと、お前なんか要らないと、いよいよ本当のことを言われちゃうかもしれない——。

その時、どこからかひゅうっとすきま風のような音がした。苦しいと思ったら、呼吸を忘れた喉が音を立てていた。

いつも収まっている場所が分からなくなったみたいに、心臓が激しく暴れ回っていた。血の気の失せた指先は、まるで霜の降りた枝みたいに白く冷たくなっていた。温めようと息を吹きかけたけれど、すすり泣くような喘鳴（ぜんめい）がただ青白い指のあいだをすり抜けていくだけだった。

息を吸っても吐いても、呼吸は少しも楽にならない。むしろ胸をふくらませるほど悪いものまで取り込んでしまっているかのように、ますます息苦しくなっていく。

このままじゃ窒息しちゃう。空気、酸素、早く、早く、笑っていられる自分に戻らなきゃ——その時、ぐにゃぐにゃに歪んだ視界の端に、ペン立てにささるカッターナイフが映った。

それは水面に浮かぶ藁みたいなものだと知りながら、吸い寄せられていく手を止められなかった。

プラスチックのつまみを一目進めると、鈍色の刃が先端からわずかに覗いた。

私はその刃先に、凍える指の腹を押しつけた。ちくんとした痛みを感じた瞬間、つぶれた肺に空気が通ったような気がした。けれども皮膚にできた小さなへこみが元通りになると、思い出したようにまた息は苦しくなった。

これじゃあ足りない。うんと痛くしなきゃいけない。

私はブラウスのボタンを外し、襟をずり下げ肩を出した。

暗闇に慣れた目に、肌に走る幾筋もの線が見えた。色落ちしたみたいに白いもの。薄紙のようにかさかさしたもの。ぷっくりふくれて赤みを帯びているもの。どれも自分でつけた傷痕だ。私が傷をつけるのは、昔から決まって夏でも人目につかない場所。利き腕と反対側の肩。

チキチキ、チキ。刃が伸び縮みする音を、どこか鳥の鳴き声みたいに思った。

――お父さんの言う通り、私の考えが甘かった。

実家から過去から現実から、どれだけ逃げようと自分からはけして逃げることはできなかった。逃げれば逃げたぶんだけ、体の内に黒く醜い劣等感が蓄積していくだけだった。

そんな私が恋などすればどうなるか、分かりきっていたのにこのざまだ。

私は諒ちゃんを好きになった。正しくは優しくしてくれた彼に懐き、救いを求めて縋ろうとしていた。

——でも。

ふと思い直す。今日、あの人をご主人様と呼んだ気持ちにだけは、一つの嘘もないと思った。あれは正真正銘、私の本心だった。彼の気持ちが分からなくてつらくはあったけれど、キスをされた時も本当はすごく嬉しかった——。

「もう治ってる……」

肩に残る一番新しい傷痕は、諒ちゃんと再会する前につけたものだった。すでにかさぶたも取れ、薄いピンク色になっている。誰に必要とされているわけでもないのに、勝手に癒えて綺麗になろうとしている自らの体が、気持ち悪くてぞっとした。

カッターの柄を握り締め、刃先を肌に押し当てる。

これが褒められたことではないのは分かっている。それでも、私は罰が欲しいのだ。こうでもして戒めていないと、私は今よりももっと弱い自分を許せなくなるから。

息を止め腕を振り下ろすと、しゃっ、と無機質な音があたりに響いた。

肌に描かれた直線は、最初びっくりしたように白かった。遅れて痛みがやってくると、傷はそこで初めて知ったみたいに慌てて雫をにじませた。

体からだくだくと黒い何かが流れ出ていく。よかった、これで少しは薄まった。

ぽつぽつ音がすると思って窓を見れば、外では雨が降り始めたようだった。外ではどしゃぶりになりそうな雨音に耳を傾けながら、私は自分に嘘をついた。

何も要らない。何も望まない。愛されなくてもいい。助けなんていらない。

大丈夫。

4.

枕元でスマートフォンのアラームが鳴った。

眠るつもりはなく横になっていただけなので、出かける準備はもうできている。アパートから事務所までは徒歩で十分ほど。ゆっくり歩いても十八時には着くはずだ。

シューズボックスの姿見で髪を確かめ、折り畳み傘を入れた鞄を手にドアを開ける。

数日ぶりに吸う外の空気は、一段と梅雨の気配を濃くしていた。実家に一泊した夜降っていた雨は翌朝家を出る頃にはやんでいたものの、梅雨前線の影響もあってここ三日ほどは太陽の姿を見かけていない。ただ、それは私が蓑虫みたいに布団にくるまって、カーテンを閉め切った部屋で引きこもっていたせいでもあるのだけれど。

脇道を出たあとは大通り沿いに進み、オフィス街の先で川にかかる橋を渡った。晴れた日には夕焼け色に染まる川面も、今日は曇天を映して濁った色をしている。

通い慣れたマンションに入り、無人のエレベーターで5のボタンを押す。

部屋に上がるとすぐ、事務室からオーナーの話し声が聞こえてきた。どうやら電話応対をしているらしい。リビングに入った時には美佳さんもいたけれど、用事があるからと言い残し、私と入れ違いに出て行った。

今日の予約は十九時から。それなのにあえて一時間以上も早く来たのは、オーナーに話したいことがあるからだった。

どう伝えればいいだろう。言えばどんな反応をされるだろう。考えるほど胃も胸も痛むけれど、言わないという選択肢はない。ひとりソファーに座ってスカートの皺を伸ばしたり暮れゆく外の景色を眺めたりしていると、事務室から人が出てくる気配がした。ほどなくドアのガラスに人影が映り、オーナーが入ってくる。

室内に誰かいるとすれば美佳さんだと思っていたようで、オーナーはソファーにいる私を見つけるなり驚いた顔をした。

「あれ、ずいぶん早いね。美佳は？」

「美佳さんなら、さっき用があるとかで出かけていきましたよ」

「いつ戻るか聞いてる？」

「いえ、すぐに戻るとしか」

「そう。それよりどうしたの、こんなに早く来て。今日の予約は十九時からじゃなかった？」

「あの、じつは……、オーナーにお話ししたいことがあって……」

私が緊張で固くなった声で言うと、オーナーも何かを察したらしい。

「……向こうの部屋で話そうか」

と答えるあちらの声もまた、やはりどこか固くなっていた。

通された事務室のソファーに座り、意を決して口を開く。

「あの、突然で申し訳ありませんが……お店を辞めたいと思います」

膝の上で拳を握りながら言うと、正面に座るオーナーがかすかに嘆息を漏らした。

「やっぱりそういう話か」

「……すみません、いきなりこんなことを言いだして。オーナーにも美佳さんにも本当にお世話になったのに……」

「ああ、大丈夫だよ。楓ちゃんを悪く思ったわけじゃないから」

オーナーは慌てたように言ったあと、優しく目尻を下げた。

「ただ、ついにその時が来たかって少し寂しく思っただけ。むしろきちんと話をしてくれたのは嬉しいよ。ありがとう」

もうこの仕事を続けていくことはできない。それがこの数日、迷った末に辿り着いた私なりの答えだった。

秋津夫妻に出会い、店に誘われてから一年。けして楽しいことばかりだったとは言えないし、後ろめたさに押しつぶされそうな時もあった。それでも私にとってここは、つらい現実から離れていられるシェルターのような場所だった。

けれど、それは幼馴染みたちと会ったあの夜を境に一変してしまった。

「理由を、教えてもらってもいいかな」

軽く居住まいを正し、オーナーが訊いてくる。

この仕事を辞めようと思った理由――簡単に言ってしまえば、好きな人ができたからということになるだろう。事実部屋にこもっているあいだ考えていたのは、諒ちゃんのことばかりだ。

唇に残ったキスの感触は、時間が経っても消えなかった。恋人がいると知ったショックもしぶとくて、いま思い出してもずきっと心臓が痛む。

でも、恋愛感情だけが辞める理由かといえば、少し違うような気がする。

この土日はもともと予約が入っていなかったし、肩に生傷があったので当日出勤もキャンセルさせてもらったけれど、週が明ければ私はまたこれまでと同じように出勤するつもりでいた。

そうして迎えた月曜日、私はベッドから出ることができなかった。生傷がかさぶたに塞がれたあとも、今日は行きますと一言伝えるだけの電話ができず、薄暗い部屋の中でスマートフォンの電池残量が目減りしていくのを見つめ続けることしかできなかった。

答えの出た今なら分かる。あれは体が仕事に行くのを拒んでいたのだ。もう嘘はつけないと、心よりも先に体が限界に気づいていた。

「これまでずっと……嘘でもいいから誰かに愛されたいって、本気で思ってました。プレイの時だけでいい、ただの勘違いでもいいからって。でも……」

「嘘じゃいやになった？」

鋭い指摘に顔を伏せる。あまりに甘ったれた言い分になる気がして言葉にはしなかったけれど、まさにその通りだった。

これまで嘘でもいいだなんて思っていられたのは、自分にとって誰一人として特別な人がいなかったからだった。誰のことも特別ではなかったから、その愛の真偽もどうだってよかった。

だからこそ、この先も仕事を続ければどうなるかは容易に想像がついた。

私はきっと飢えていくと思う。誰も愛していなかった自分のことは棚に上げ、誰にも愛されていない自分自身を受け入れられなくなっていく。そうして今度はその寂しさを癒すためだけに、さらなるぬくもりを求めるようになるはずだ。そのぬくもりでは絶対に満たされないと知りながら、悪循環に足を踏み入れていく。そんな未来が、ありありと目に浮かんだ。

肩の傷を増やしたあとでは、笑顔も作れなくなっているかもしれない。辞めるなら、まだ満たされなくても大丈夫だと強がっていられる今のうちだ。

ふと、再会した日に諒ちゃんから言われた言葉が頭をよぎった。尻尾を巻いて逃げるのかと挑発するように言われたあの時、私は自分を正当化したくて躍起になっていたけれど、今まさに尻尾を巻いて逃げだそうとしている。

情けなさと自己嫌悪で、持ち上げようとした口の端が歪む。

「嘘は重ねるほど苦しくなるものなんだって……分かってるつもりで理解できていません

でした。何を今さらって自分でも呆れちゃいますけど……覚悟が、足りなかったんだと思います。こんな勝手なことを言って、本当に申し訳ありません」

私が深々と頭を下げると、オーナーは眼鏡の向こうにあった神妙な面持ちを柔らかな苦笑いに変えた。

「真面目だなあ、楓ちゃんは。いいんだよ、心置きなく辞めてくれて。もちろんきみがいなくなるのは寂しいよ。でもね、みんないつかはここを辞めていくものなんだ。それが当然だと思っているし、僕もそうなることを願ってる」

和やかに言い切ってみせたあと、オーナーはテーブルにあったマグカップを取り、残り少ない中身を確かめるように傾けた。

「それで、うちを辞めたあと仕事は？」

「できれば……もう一度昼間のお仕事をしたいと思ってます。前と同じ営業事務に絞って探せば、少しは見つけやすいんじゃないかなと思ってるんですけど……」

「まあ、楓ちゃんならすぐに見つかるよ。仕事も、それからパートナーも」

「パートナー？」

首を傾げてオーナーを見ると、マグカップに口をつけていたオーナーもまた、きょとんとして私を見返してきた。

「あれっ？　嘘じゃいやになったって言うから、てっきり本物のご主人様を探す気になったのかと思ったんだけど」

オーナーも美佳さんも、私が地元に戻った経緯を知っている。しかも当時、泣きながらやけ酒を呷っていたところに居合わせてもいるのだから、もし私がその気になれば喜んで応援してくれるだろう。それが分かるだけに、少し心苦しい。

ゆっくり目をまたたかせ、瞼に映りかけた人影を消す。

諒ちゃんには恋人がいる。この先どうこうなりたいなんて思ってもいけない。

「探すも何も……私には無理ですよ。普通の恋愛ですらうまくできないんだから」

「そんな決めつけなくても。楓ちゃんとパートナーになりたいって人が、どこかに必ずいると思うけどな」

「……蓼食う虫も好き好き、みたいな感じで？」

皮肉交じりに返すと、オーナーはふっと吹き出してわざとらしく苦い顔をした。

「確かにMは甘くないね。世間じゃ従順な人って思われがちだけど、本当はめちゃくちゃ強欲で、我儘で、下手したらこっちがつぶされかねないくらい重かったりもして」

「……です、ね」

身に覚えがあるだけに空笑いを返すと、オーナーは一緒になって笑い、「でもね」と言葉を続けた。

「そんなMがいてくれるから、Sは自分らしく生きていけるんだよ。もし君たちがいなかったら、僕らは本当の自分を誰にも受け入れてもらえなくて、きっと存在意義を失くしちゃうと思う」

そう語るオーナーの優しげな目には、おそらく美佳さんが映っているのだろう。彼女もかつてM嬢だったと、出会ったばかりの頃聞いたことがある。彼らが夫婦になるまでのいきさつは私も詳しく知らないけれど、その口ぶりにはまるで、欠けては困る自らの半身に向けられているような響きがあった。

「だからね、楓ちゃんもどこかの誰かにとっては、もうすでにかけがえのない存在じゃないかと思うんだ。そんなことないって思うかもしれないけど、せめて無理だなんて言わないで、そのうち出会えるかもしれないって気楽に考えてみたらどうかな」

「……そのうち出会え……ますかねぇ？」

九十度近く首を傾げた私に、オーナーがさらりと断言する。

「楓ちゃんが望むなら」

そして注釈をつけるように、ぴっと人差し指を立てた。「ただし、関係を結ぶ時は慎重にね。感情的になりやすいタイプは絶対にダメ。たとえプレイ中でも冷静に判断できる相手じゃないと危ないから。耐性がついてしまっているかもしれないけど、体を委ねることがどれだけ危険か忘れちゃいけないよ。それから……何より大切なのは、相手を信頼できるかどうかだよ。そこは普通の人間関係と何も変わらないからね」

「……肝に銘じておきます」

私が頷くのを見届けると、オーナーはパソコンの前に移動してカチカチッとマウスを操作した。

「――さて、と。それじゃあ早速、予約をキャンセルしていこうか」

「え、全部、ですか？」

「もちろん、今日のも含めて。あ、もしそれは困るというなら、次の仕事が見つかるまで裏方として来てくれても構わないけど」

「いえ、そうじゃなくて……今日のご予約まであと一時間もないですよ。辞めるのはいま頂いているご予約をお受けしてからと思ってたんですけど……」

「その責任感は見上げたものだけど、いやなものは無理しなくていいんだよ。前にも言ったでしょ、何事も同意がなきゃ成立しないって。こっちのことは何も心配しなくていいから、今日はもう家に帰ってゆっくり休んで。楓ちゃん、なんか顔色が悪い気もするし。休んでるあいだ、ちゃんと食事はとってた？」

　思わず目を逸らすと、オーナーは微笑みながらもぴしゃりと言った。

「それはよくないな。できるだけ三食、軽くでもいいからきちんと食べなきゃ」

「以後、気をつけます……」

「それから……お節介ついでにもう一つだけ。もし何か困ったことがあったら、一人で抱え込まずにすぐ連絡するんだよ。僕じゃなく美佳でも、誰でもいいから。落ち着いたら、またみんなで食事にでも行こう」

「……はい」

「約束」と言ってオーナーは、立てた小指をこちらに向けた。

私はソファーから立ち上がり、差し出された指に自分の小指を交差させた。そして互いにきゅっと指を握り合い、軽く握手するように腕を振った。

退職の手続きは美佳さんに一任されているとのことで、後日改めて事務所に顔を出すことになって話は終わった。

またね、とオーナーに見送られ、マンションの一室をあとにする。

すっかり日の落ちた帰り道は、いつになく静かだった。雑踏はどこか遠く、川面から吹き上げてきたぬるい風が音もなく頬を撫でていく。

これまで、何度この橋を行き来しただろう。軽い足取りだった日もあれば、沼地を歩いているような日もあった。そんな日々も、もうおしまい――。

そう思うと、ほっとすると同時に寂しいような気もした。肩の荷が下りたようでもあるし、広大な雪原を前に立ち尽くすような不安もあった。辞めるのはまだ少し先になると思っていたのだから、なおさらだ。

大通り沿いに足を進めながら、ずり落ちた鞄の肩紐をかけ直す。

次の仕事のことを考えると気が急くけれど、今すぐどうにかできるものでもないと思った。ひとまず今日のところは、オーナーとの約束通りちゃんとした食事をとろう。確か近所のスーパーがまだ開いているはず、と営業時間を調べようとした時、鞄から出したスマートフォンが震え始めた。

着信を知らせる画面にあったのは、先日登録したばかりの名前だった。

——よりによっていま連絡が来るなんて。

しばらく向こうが諦めるのを待ってみたけれど、画面は一向に切り替わらなかった。

観念して「もしもし」と応じる。すると相手は開口一番、感情の読めない声で訊いてきた。

「今——予約しようとしたらできないって言われた。店、辞めるんだって？」

数日ぶりに聴く諒ちゃんの声。感情が揺れ動きそうになるのを、すんでのところで押さえつける。

「すごいタイミングだね。さっきオーナーに伝えたばっかりなんだけど」

「なんで辞めるんだ？」

ああ、もう嘘なんてつきたくないのに。けれどあなたも理由の一つですとは、とてもじゃないけれど言えない。

「……年齢的にそろそろ厳しいかなと思って」

「見た目だけならまだ二十代前半でもいけるんじゃない？」

「いけないよ、それ詐欺だよ」

「仕事はいつまで？」

「今日時点であった予約を消化してから……と思ってたんだけど、オーナーが全部キャンセルでいいって。だから、今日でもうおしまい」

アパートまで続く脇道に入りながら、地面に転がっていた小石を軽く蹴飛ばした。小石はこんっ、こんっ、と跳ねたあと、側溝の網目の奥に消えていった。

何を言われるかと身構えていると、「ふうん」とまるで斜め下から覗き込んでくるような呟きが聞こえてきた。

「冷たいな。そこそこ通い詰めてた客に一言の相談もなしか」

客、という一言に、さくっと心を切りつけられたような思いがした。けれどこんな思いをするのも、今日で最後だ。これきりだと思えば、社交辞令を口にすることくらいなんてことはない。

「……それはどうもスミマセン。その節は大変お世話になりました。でも、まあ……いいじゃない。これからは諒ちゃんもお金を無駄遣いするのはやめて、彼女あたりとああいうことしてみれば？」

耳元で一瞬口を噤む気配がしたあと、抑揚のない返事があった。

「………考えとくよ」

「……うん」

自分で言っておきながら、私は泣いてしまいそうになっていた。沈黙に耐えかねて、早々に退却の道を選ぶ。

「あの……じゃあ、もう切るね」

それでもスマートフォンを離せずにいると、はぁと小さなため息が聞こえた。

「駄目だ、うまく主導権握れない。どうしたもんかなー……」

「……なんの話？」

「お前さ、いま俺のこと試しただろ」

「試す？」

「ああ、無意識だった？　無駄遣い、彼女——否定する言葉が欲しくて試したのかと思った」

「……そんなこと……」

ない、と言うより先に諒ちゃんが続ける。

「分かってるつもりだったけど……思ってた以上にお前、他人のこと信用しないな」

だったらなんだっていうの？　と子どもっぽい反抗心を抱いてしまったのが、言い当てられた何よりの証拠に思えた。

かさつく下唇を嚙み締めていると、諒ちゃんがふと語気を緩めた。

「まあいいや。それよりツジ、今夜はなんか予定あるの？」

「…………別に、予定はないけど……」

「だったら会って話さない？」

「……話？」

「そ。ツジには必要ない？　俺には——必要だけど」

駆け引きめいた一言に心が動いた。けれど今の私に話せることなどあるだろうか。

あなたを好きになりました——そんな青臭い台詞が頭に浮かんで笑いそうになっている

と、思いがけず真面目な声が沈黙を断ち切った。

「楓」

返事を引き出すために呼ばれた名前が、鼓膜を突き抜けすとっと胸に刺さった。

あまりの痛みに瞼を下ろし、小声で降参を口にする。

「……全部ふりだしに戻して、逃げたかったのに」

「何から？」

諒ちゃんからも、自分の気持ちからも。仕事も辞めてゼロから出直すつもりだった。諒ちゃんとの繋がりごとすべてをなかったことにして、彼のことも忘れようと。

「会うか、会わないか………お前が選べ」

静かで冷たい声に選択を迫られると、わけもなく胸が熱くなった。アパートの前に立つ街灯が、まるで水没したみたいにゆらゆらとぼやけ始める。答える義務はないと思うのに、心の底からぽつりと本心が湧きあがってくる。

「会、い……ます」

「八時までには仕事終わらせる。外には出てこられそう？」

「……うん」

「また連絡する」

「…………分かった」

鼻声で答え、電話を切った。

会って何を話そうというのか、彼の目的は分からない。

でも、もう、なんだっていいと思った。諒ちゃんが私を引き留めてくれた。私の習性を利用した、どこか彼らしくないずるい手で。その手を振り切ってまで逃げることなど、私にはできなかった。

止まっていた足を、アパートの外階段に向けた。時間を確かめると、ちょうど七時になったところだった。

あと一時間。わずかにはやる気持ちを抑えながら、玄関前で鍵を探す。そして鞄の底のほうにキーホルダーの感触を見つけた時、背後でコツッと靴音がした。

「茜」

振り向こうとした瞬間、何かが体に巻きついてきた。大蛇のように絡みつくそれが男性の腕だと分かった時にはもう、腕に首を絞められ声も出せなくなっていた。

首筋の血流を遮られ、視界がみるみる暗くなる。

意識を手放す直前、いつかも目にした赤見さんの獣じみた笑顔を見たような気がした。


「――楓」

誰かが私を呼んでいる。知っている声のようだけれど、その人に名前を呼ばれたことはない気がする。もしかして、また何か悪い夢を見ているのだろうか。

高熱を出して寝込んだ時のように、意識が波を打っていた。うつ伏せになった体は、鉛みたいに重い。瞼を持ち上げるのもつらくて動けずにいると、髪を引っぱられたような痛みとともに頭がひとりでに持ち上がっていった。

「いい加減起きろよ」

「――ぅ、ん」

目を開けて最初に見えたのは、アイボリーのカバーがかかった枕だった。それからローテーブルと、窓にかかる小さな星柄のカーテン――私のうちだ、と思った次の瞬間、顔を覗き込んでくる視線とぶつかり背筋が凍った。

「あっ、赤見、さん……？」

「やあ、こんばんは」

ベッドに腰かけたその人は、道端で出会ったかのようににこりとした。動揺した私が間違っているのかと思うほど、くつろいだ様子でいる。頭がぼうっとしていて、状況が飲み込めない。そういえば家に入る直前にも赤見さんに会ったような……。そう思いかけたところで異変に気づく。

「え……ッ⁉」

両腕が、背中に回した格好から動かせなくなっていた。体に何かが巻きついていて、腕も留められている。焦って身をよじると、ぎしっと軋むような音までした。

うすら寒い予感を抱きながら、おそるおそる下を見る。

視界に現れた私の体は、服を一切着ていなかった。ブラウスもスカートもブラジャーもショーツも、何も身に着けていない。横たわる私の体を飾っていたのは、薄茶色の麻縄、ただそれだけだった。

背中で腕を縛っている縄は胸の上下にも走り、挟まれた柔丘は歪んだ形でくびり出されていた。脚は、どうやら縛られていない。それでも私は金縛りにあったみたいに、指一本動かせなくなった。

この格好だけじゃない。ここが私の自宅なら、赤見さんがいるのはおかしいじゃないか。

「ど……して……、ここ、に……」

「そりゃあもちろん、楓に会いたかったからだよ」

とても本気とは思えないことを言ったあと、赤見さんはどこからか一枚のカードを取り出した。

「辻上楓。年齢は二十七歳か。プロフィールは本当だったんだな」

彼が読み上げていたのは、私の免許証だった。実家に帰った時に車を運転するかもしれないからと、財布に入れたままになっていたものだ。そこに写る自分の顔写真を目の前にかざされた時になって、ようやくはっとする。――本名を知られている。

赤見さんは狩りの獲物の記念撮影をするかのように、ベッドに置いた私の免許証に自身のスマートフォンのレンズを向けた。

「尾行なんて初めてやったけど、案外うまくいくもんだな。というか、店の防犯体制甘いんじゃない？　登録の時、免許証のコピーとか提出させられたけど、あんなんじゃ悪意は防げないって。待機所の場所は分からなくても、風俗関係でも入れる物件っていったら限られるし。それに最後に会った日、ヒントくれただろ？　ホテルからタクシーですぐだって。俺もさ、このあいだタクシーに乗った時、それらしい場所を知らないか運転手に訊いてみたんだ。そしたらまあ親切に教えてくれたよ。あのマンション、このあたりじゃ有名らしいよ。いかがわしい業者の事務所がひしめいてるって」

やたらと冗舌な赤見さんに対し、私は声も出せずにいた。

スマートフォンの角度を調整し何枚も免許証が撮られたあと、私の全身にもカシャッ、とシャッター音が浴びせられる。

「場所の目星さえつけば、あとは地道に待てばいい。その日出勤するかどうかは、店のホームページが教えてくれるんだから。とはいえ長期戦も覚悟してたのに、まさか初日に会えるなんて本当にツイてたよ。今日はたまたま仕事が休みでね。下見のつもりであのあたりぶらついてたら、ちょうどお前がマンションから出てきて、しかもホテルとは逆方向に歩き始めるんだもん。これはもう、神様が行けって言ってるんだと思ったよ」

意識がはっきりしてくるにつれ、直接脳を叩かれているような頭痛がした。

本番強要の一件があってすぐ、オーナーは赤見さんの登録を抹消した。その時どういうやり取りがなされたのか、詳しくは聞かされていない。あとになってオーナーから、問題なく退会してもらったと知らされただけだ。

だからこそ、理由が分からなくて混乱する。たとえその件で逆恨みされたのだとしても、ここまでされるほどのことだろうか。

「どうして、こんなこと……。赤見さん、婚約してる方がいらっしゃるんじゃ……」

「ああそれね。いないよ、今はもう」

　色のない声で吐き捨てるように言ったあと、赤見さんは笑顔になった。

「ほら俺さ、わけあって店に行けなくなっただろ？　おかげでいろいろ溜まっちゃってね。我慢できなくなって、つい彼女のこと縛ろうとしちゃったんだ。そしたらＤＶだのなんだのって騒ぎ始めて――あっという間に親にまで知れて、婚約解消」

　話しているあいだ赤見さんの口元は笑みの形を保っていたけれど、その目は一点を見つめたままぴくりとも動かなかった。彼の視線が向けられていたのは、ちょうど私の心臓あたり。首にかけられた縄が、乳房の下を横切る縄と交わっているところ。

「お前は知ったこっちゃないだろうけど、相手の父親、俺の上司だったのよ。彼女もさあ、性格の不一致とか適当な理由で濁してくれればいいのに、わりと詳しく話しちゃったみたいでね。もう針のむしろっていうの？　笑えるくらい仕事やりにくくなってさ」

「……じゃあ……これ、は」

「うん、ただの腹いせ」

　赤見さんは絶句した私の頬に手のひらを添え、心底不思議そうに言った。

「だっておかしいだろ、俺だけ全部失うなんて。結婚相手も、積み重ねてきた信用も……なのにあの店だってそうだ。俺にとってあそこは息抜きができる唯一の場所だったんだ。なのにたった一回羽目外しただけで退会させられるなんて、酷いとは思わない？　だいたい、これまでいくらお前に使ったと思う。ちょっとぐらい大目に見てくれてもよかったんじゃないの」

赤見さんが初めてCatharsisに来たのは、私が働き始めて少ししてからのことだった。初回の相手に茜を選んでくれたあと、少なくとも月に一度は顔を見る機会があった。荒っぽいところもあったけれど、けして悪いことができる人だとは思っていなかった。でもそれは、人を見る目のない私がそう思っていただけのことだったらしい。

縄に締めつけられた心臓が、早く逃げろと急かしてくる。寝返りを打ったり脚を振り上げて反動をつけたりすれば、起き上がるくらいはできると思う。けれど逆上されたらと思うと、下手に動けない。

「にしても、あの店のオーナーも口先だけだよな。何がこの店を拠りどころにして欲しい、だ。知ってる？　あの人、前に電話口で話が弾んだ時、ここは迷子のための受け皿みたいな場所だって偉そうなこと言ってたんだよ。だったら……俺は？　その受け皿から弾かれちゃった俺は、どこまで落ちてけばいいの」

天井の明かりを遮って、逆光になった赤見さんが近づいてくる。深海魚を思わせる昏い目に覗かれると、深淵に立たされたようにぞくりとした。

「結局さ、ぜーんぶ綺麗ごとだったってことだよな。どうせお前だって同じだろ。餌がもらえる時だけ尻尾振って、本当はこれっぽっちも懐いてなかったんだもんな。それとも、あれは仕事だからしょうがないって？」

ふいに悔しさが突き上げてきて、ぐっと拳を握り締めた。

私たちがしていたのは、確かにサービスとしてのプレイだ。それを承知の上で楽しむのがお約束なのだから、割り切ってもらえないと困る。そして上手に割り切れなくて苦しい思いをしているのは、赤見さんだけじゃない。

「……そうです、あれは仕事です。でも今は違う。これ以上、おかしなことをするなら……警察、に……」

言いながら縄を抜けられないか手首をひねってみたけれど、結び目がきつすぎて指先がすうっと冷えた。そもそも脅しが効くとも思えない。縛られている時点で、脅されているのは私のほうだ。

案の定、赤見さんは気の毒そうに片目を眇めただけだった。

「できるならどうぞ。風俗嬢が襲われたなんて言ったって、まともに取り合ってもらえないと思うけどね。それにそっちが訴えて出るなら、俺も合意の上だったたって言っちゃうよ。そうしたらお前のほうこそ、慰謝料目当てとか恐喝とか疑われちゃうんじゃないの」

まっとうな会社員と、風俗嬢。信用を計る天秤にさえ乗せてもらえないような気がした。しかもそれは事後の話で、いま牽制にならないのならまったく意味がない。

勝者の余裕と、爪の先ほどの憐憫を顔に浮かべて赤見さんが言う。

「警察沙汰にしても何もいいことはないよ。それにもし俺がサービス中にもよく本番行為があった、なんてうっかり間違った情報流しちゃったらどうすんの。それこそ店にまで迷惑がかかっちゃうでしょ」

「そんな……っ」

「ね？　だから大人しく俺の言うことを聞いといたほうがいいと思うよ」

こちらへと伸びてきた手が、私の剝き出しの肩を摑んだ。

その瞬間、私は自分でも気づかないうちに体を仰け反らせていた。そのまま壁に向け寝返りを打ち、反動で起き上がろうとする。そして膝立ちにまでなったけれど、その一秒後には背中にある縄の結び目を摑まれ、もといた場所まで引きずり戻されていた。

「や、やめ……ッ‼」

うつ伏せにされたせいで、制止の声はベッドに吸い込まれていった。襲いくる手から逃げようにも、すぐにヘッドボードに行き当たった。

ごつごつと頭をぶつけながらのたうち回る私を、赤見さんが苛立ちのこもった手で押さえつけてくる。

「そんなにっ、拒まれると傷つくだろ……ッ！　それにお前は俺の奴隷なんだろ？　いつも自分で言ってたじゃないか。私はご主人様の奴隷です、って！」

背後から聞こえてくる嘲りの向こうには、カチャカチャとベルトを外す音があった。

とても逃げられる気がしなかった。どんなに抗っても結果は同じ。縄で囚われている限り、この体に自由はない。

でも――絶対に、屈したくないと思った。これが腹いせだというのなら、目的は私へのいやがらせだ。抵抗して喚き立てれば、彼を喜ばせることになる。

だったら絶対に、いやがってなんかやらない。

奥歯が砕けそうなほど歯を食いしばっていると、なんの反応もないのが気に障ったのか、バシッ！　と尻たぶを強く叩かれた。

「ッ！」

「なんか言えよ、ほら。また前みたいにご主人様って呼んでくれよ……！」

二度、三度と打たれても、私はシーツに顔を埋めたまま首を振った。それは従いたくない相手に使うものじゃない。たとえ強制されて仕方がなくだとしても、この人を主とは思えない。

肉を叩く音に代わって舌打ちが聞こえ、握りつぶすように腰を摑まれた。尻を突き上げるような格好にされてもなお声を殺していると、赤見さんは殴りつけるような手で膣口に唾液をまぶした。

「タダじゃ呼べないって……？」

忌ま忌ましげに呟いて、赤見さんはいきり立った肉槍を私にねじ込んだ。

「ァ……ッ！」

「初めまして……楓ちゃん。入れてーっておねだりしてもらいたかったけど、面倒だからもういいや」

ずっ、ずっ、と打ち込まれるごとに、内壁がちりちりと引き攣れた。奥まで無理やりに押し込まれると、軋み合う歯の隙間からひしゃげた声が漏れた。

「ッ、ぅ、う……っ」

「っにしても……きっついな。もしかしてあんま遊んでないの？」

律動とともに降りかかってくる冷笑に心の中で耳を塞ぎながら、私は慣れ親しんだ方法で自分に言い聞かせた。

大丈夫。これくらいなんてことはない。これはただのセックスだ。犯されているのは体だけ。何より少しも感じていない。

それでも貫かれた私の器官は、苦痛を少しでも和らげようとするかのように潤いをにじませ始めていた。次第に抽送が滑らかになっていると、あちらも気づいたらしい。

「はっ……濡れてきた。犯されて感じるなんて、マゾって可哀そうだなあ」

違う、それだけは絶対に違う。しきりに首を振って否定する。薄っぺらな誤解も、卑劣なこの行いも。こんなのはたいしたことじゃない。体の一部分が繋がっているだけで、心はまだ無傷だ。

だから……お願い。涙は出てこないで。体もどうか震えないで。本当は怖いんだって、大声で叫びたいほど悲しいんだって、私に気づかせないで……。

呼吸ができないほど深くシーツに顔を沈めていると、赤見さんがふと動きを止めた。

「もしかして……声、我慢してんの？」

　言いながら彼は抜ける寸前まで後退し、尾てい骨に響くほど強く腰を打ちつけた。押し出された息が喉に引っかかり、あっ、という声になる。気をよくしたように繰り返されると、ぐぷっと泥の泡が割れたような音がした。

「さすが……どうすればこっちの気が削がれるかよく分かってんなぁ。確かにいやがりもされないんじゃゃ、面白くもなんともないわ。でもさ――」

　体の下に手が潜り込んできたかと思ったら、ぎりっと胸の先端をひねられた。

「いッ……！」

「そんなお前にになら分かるだろ。いやがらないようにしてるなら、いやがらせたくなる。何も感じないよう頑張ってるなら……感じさせたくなるものだって」

　そう言うなり、触れてくる手は態度を変えた。くすぐるように手のひらで尖りを転がされ、肺に閉じ込めていた空気が鼻から抜ける。

「……ふ……っ」

「そうそう、そういう声もっと聞かせてよ」

「――あッ」

　力が抜けた瞬間を狙いすましたかのように膣奥をえぐられた。一滴、強烈な酸を落とされたみたいに、穿たれたところがじわりと溶けたのが自分でも分かった。それ以上は間違っても反応が進まないよう、手のひらに爪を立て全身を硬直させる。と、赤見さんが体を捩り、ベッドの脇から何かを拾い上げた。

「なあ、これ見て。あんまかさばるもんは持って来られなかったけど、お前敏感だからこんなのでも感じちゃうんじゃない？」

顔の横でぶらぶらと揺らされていたのは、チープなピンク色をしたローターだった。電源がまだ入っていないのは分かっていても、陰核にあてがわれると思わず声が出た。

「い……っ！」

「んん？　何、いや？」

さらに声を上げさせるように腰を数回打ちつけられる。それでも私がまた貝みたいに口を閉ざすと、赤見さんは鼻先に引っかけるように薄く笑った。

「ま、せいぜい頑張って」

「ッ……！」

カチッ、とスイッチが入れられるやいなや、弾かれたように体が跳ねた。

旋回して飛ぶスズメバチみたいな音に合わせ、ぐりぐりと膣奥をこね回された。気持ちいいとか、感じるとか、そんな感情は誓って抱いてはいないのに、身に覚えのある振動が疼きに変換されようとしている。

関節が外れそうになるほど手首をひねり、痛みで意識を逸らそうとした。けれど最大まで上げられた振動音が、頭の中を占領しつつあった。腰を動かしローターの触れている位置をずらそうともしたけれど、それは不気味なほどの的確さで追ってきた。

感情も伴わず、体だけが高みへ登っていく。まるで貨車に乗せられ、後ろから坂道を押し上げられていくみたい。

止めたい、のに。

「ぅ、う……ッ」

腰がびくっと戦慄くと、赤見さんはさも嬉しそうな蔑みを私の耳朶に吹きかけた。

「残念、お前の体は感じるみたいだな。ねえ、自分の体が自分の思い通りにならないって、どんな気分？　俺、そういうの経験したことないから不思議なんだよね……」

「っ、……ん……ぅ……っ」

「それにしても案外粘るね。プレイの時はもっとあっさり喘いでたのに、もしかしてあの反応のよさもサービスの一環だった？」

「ぁっ……、ふ、っ」

「――あれ？　お前……まさかいきそうになってんの？」

「ち、が……っ……！」

私の声は、ちぎれかけの糸みたいにぶるぶると震えていた。

オーナーが言っていたように、少なからずこんな状況に耐性がついてしまっているのか。それともやはり私がおかしいのか。

さっきから、体が少しも言うことを聞いてくれなくなっていた。いくら手首をひねっても、血の味がするほど頬の内側を噛み締めても、体内の熱は冷めるどころか今にも燃え上がり私を飲み込もうとしている。

「ははっ！　なんだ、そういうことなら早く言えよ。一緒にいってやるのに」

そう言うと、赤見さんは体を繋げたまま私を仰向けにした。眩しく思ったのもつかの間、影のある笑みが眼前に迫った。

「なあ、もう一度だけチャンスをやるよ。……ご主人様って呼べ」

「……っ、う……！」

再びローターを核に当てられる。腰を突き動かされるたび、頭の熱いところと冷たいところの狭間で理性がぐらぐらと揺れた。

チャンスって、なんだろう。きっとあてにできるものではないと思うけれど、これ以上最悪な目には遭いたくない。無駄な抵抗はもうやめて、従ったほうが楽になれるんじゃないだろうか。呼び方を変えるぐらい簡単だ。別に、操を立てなきゃいけない相手がいるわけでもないのだから。

そう思った時、

——お前は誰のものだ。

耳に声が甦った。よく知るあの人の冷たい声。彼はそう言って私に何度も訊いた。幼馴染みたちと会った夜、私にとって彼は何かと訊かれた時なんて、私は仕事も立場も忘れて本心から答えていた。

ご主人様、と。

——それは、誰？

バシッ！　と平手で頬を張られ、我に返る。

「返事は？」

見下ろしてくる瞳は、まるで憎しみに支配されたように歪んでいた。

そっとかぶりを振ると、喉元に赤見さんの手が食らいついた。

「それでこそ汚しがいがある……けど、さすがにムカつくな」

「ア、……ぐ、ぅ……」

「お前がいったら中に出してやる。ほら、いけよ……！」

「……ッ、フ……ッ、……ンぐ……ぅ！」

終わりに向け、律動が速く激しくなっていく。ローターの振動と息苦しさに体が追い詰められていく。最後の最後まで理性を手放したつもりはなかったけれど、私の体は私を裏切って勝手に果てた。

「ッ――‼」

どくっ、と脈動を響かせて、赤見さんは濁った欲望を吐き出した。

そして匂いづけをするかのように先端をなすりつけられている私の粘膜もまた、ひくひくと規則的な波を打っていた。

途端に込み上げてきた死にたいほどの嫌悪感が、必死に閉ざしていた涙腺をこじ開けた。体内を蠢く肉の感触や粘つく生ぬるさよりも、絶頂の余波に震えている自分自身がいやでいやでたまらなかった。

「ふ……、……っ、う、うぇ……っ」

「あー気持ちよかった。なあ、せっかくだから次は動画でも撮りながらしようか」

「……ご……めんな……さ………っ」

「どうしたの、急にしおらしくなっちゃって」

ごめんなさい、ごめんなさいと口の中で繰り返しながら、私は何度もあの人に——諒ちゃんに謝っていた。

ごめんなさい。私が思うより、この体は出来損ないだったみたい。自分を駄目だと思うなというあの命令も、守れそうにありません。ごめんなさい。ごめんなさい……。

涙に歪んだ視界を、赤見さんの顔が遮る。

「返事をしないなぁ、楓は」

前髪を掴み顎を上げさせられた瞬間、唇に赤見さんの吐息を感じた。

「い……っ‼　いやッ……‼」

私は悲鳴を上げて顔を背けた。これ以上、あの時の本心を汚されたくなかった。唇にまだ残っている諒ちゃんのキスの感触を、失くしてしまうのはいやだった。

「——いや？」

はっとして見ると、赤見さんは口の端を吊り上げて言った。

「……見つけた、お前がいやがること。キスが……そんなにいや？」

体内にまだ留まっていた肉塊が、ぐっと劣情を取り戻したのが分かった。

顎を摑まれたせいで、顔を逸らすことはできなかった。腹を空かせたような舌なめずりをされると、まるで刃物を突きつけられたみたいに涙が溢れた。

私の心がくしゅくしゅと萎んでいく音が、体の外にも漏れたのだろう。赤見さんは瞳孔の開いた眼をさらに大きく見開いて、私の頰を両手で摑んだ。

「プライドも人格も踏みにじって犯し尽くしてやる。どうせ落ちるなら、お前も道連れだ」

「……や……、いや……」

「だったら、頼み方ってもんがあるだろう？」

「……お、お願い、します……。どう、か……お許しください……」

今の私にできるのは、体に染みついた哀願だけだった。これまで何も考えずできていたことに、心が凍る思いがした。それで？　と目で続きを促されると、心臓がきゅっと縮み上がった。

「……どんなことにも……従い、ます。だから……キス、だけは……」

「うん、いい心がけだ。でも、それじゃあ誰にお願いしてるか分からないよね」

どうあってもそれを言わせたいらしい。この人を〝そう〟とは呼びたくないけれど、歯向かえばあの口はすぐさま私に嚙みついてくるだろう。たとえ従ったところで、つかの間の時間稼ぎにしかならないのは分かっている。今さら唇だけ守ることに、なんの意味もないとも思う。

――それでも。

私は深く瞼を落とし、暗闇に鉄格子の檻を映した。仕事の時にいつも思い浮かべていた、楓を閉じ込めるイメージ。これも仕事だと思えばいい。ほんの少し嘘の時間が延びただけだ。

鍵をかけるように奥歯を食いしばり、口を開く。

「……お願い、します……、ご…………、ご主じ——」

その時、軽やかなインターフォンの音が部屋に鳴り響いた。

思わぬ来訪者の出現に、赤見さんはぎくっとして玄関を振り返った。

内と外と互いに気配を探っているような静寂の中、今度はコンコンコンと小刻みにドアがノックされた。それでもなお応答がないとみると、来訪者はインターフォンとノックとを何度か繰り返して声を上げた。

「こんばんは、警察の者です」

ドア越しのこもった声に赤見さんは表情を歪め、ちらりと天井の照明に目をやった。玄関側に窓はないけれど、ドアポストを覗くなり外に回って窓を見るなりすれば、部屋に灯りが点いていることはすぐに知れるだろう。

居留守は使えないと考えたようで、赤見さんは私から硬さを失くしたものを引き抜いて真顔になった。

「いいか、お前は俺の恋人だ。本当のことを言えばどうなるか、分かってるよな」

「……」

今さら盾突く気は起きない。うつろな頭を小さく縦に振ると、再びドアを叩く音がする。

「巡回連絡にうかがったのですが、少しお話をさせてもらえませんか」

「はい、いま開けます」

慌てたように声を張り上げながら、赤見さんは証拠品を隠すように私の全身に布団をかけた。頭まですっぽり覆われたせいで、視界が真っ暗になる。

ばたばたとズボンを履いたあと、赤見さんの足音は玄関に向かって小さくなっていった。ほどなくしてチェーンロックが外され、ドアを開く音がする。

「すみません、お待たせして」

と、愛想笑いを含む赤見さんの声がしてすぐ、聞き覚えのある声が耳に飛び込んできた。

「……赤見さん。どうしてあなたがここにいるのかな」

「えっ⁉　あんた、まさか――ッ！」

――あれ？　今の声……オーナー？

そう思った直後、何かが崩れ落ちるような衝撃音が響いた。立て続けに争うような音と、不吉な台詞が聞こえてくる。

「まずは腕いこうか」

「なっ、に……⁉　おいお前！　やめろッ‼」

「そこのタオル取ってくれる？　うるさいから口に入れとこう」

「やめッ……ン、グゥ……‼」

「上から猿轡っぽく留めて――うん、だいぶ静かになった」

暗闇の向こうで、何か尋常ではないことが起きている。揉み合いになっているような物音には、ファスナーを開け閉めする時にも似たビィィーッという不思議な音も混じっている。合間合間に聞こえてくる声は、やはりオーナーのものだ。ただフローリングを打つ足音が、二人ぶんにしては多いような気がした。会話もどこか変だ。赤見さんとオーナーと、あともう一人誰かがいるような――。

「すみません、脚手伝ってもらえますか」

――諒ちゃん……?

私はそろりそろりと布団を蹴り、顔を出して音のほうをうかがった。

間取り上はワンルームだけれど、キッチンは玄関側の奥まったところにあるので、ここからだと死角になっている。それでも赤見さんの身動きが封じられているのは、直感的に分かった。怒声の代わりに聞こえ始めたのは、塞がれたような呻き声と、ゴトゴトと荷が転がるような音。

ベッドのふちぎりぎりまで頭をずらすと、しゃがんだオーナーの背中が少しだけ見えた。

「にしても、鞄持って来ててほんっとよかった」

「それでも普通持ち歩きませんけどね、結束バンドなんて」

「便利なんだよね。指錠代わりにしたり、連結してそのへんに繋いでおくのに使ったり。まあ安全とは言い難いから、普段使いには向かないけど」

姿こそ見えないものの、オーナーと話しているのは間違いなく諒ちゃんだった。

どうしてあの二人がここに——と疑問に思っているうちに、オーナーがゆらりと立ち上がる。

「さて、と。それじゃあ本題に入ろうか」

そう切り出すと、オーナーは首を半分こちらに巡らせた。

ぱっと目が合う。いつの間にか布団が床に落ちていて、縛られた私の体は丸見えになっていた。

オーナーはほんの一瞬、血を流す傷口を見た時のように双眸を細めたあと、すうっと表情を消して足元に声を落とした。

「赤見さん。まずはあなたにお礼を言いたい。教訓をどうもありがとう。誰にでも守りたいものがあるはずだと、信じていた僕が間違ってた。けど、だからといってあなたを許すわけにはいかない。あなたにはこれから痛い目を見てもらう。約束を破ったんだ、当然だよね」

雪夜のように深々とした声。けれどその声には、わずかに嗤うような音が混じっていた。冷静さは保ちながら、それでいて目の前の食材をどう調理しようかと思いを巡らせているような。そんな音程で、

「包丁とまな板、取ってくれる？」

「どうぞ」

「ありがとう。あと串みたいなものがあるかな」

赤見さんの呻き声がぴたりとやんだ。ふいに訪れた静けさの中、一つ一つの物音が鮮明になる。手際よく棚を漁る音。カチャカチャと金属質なのはベルトの音。それから布が切り裂かれる時の、金切り声のような音。

我に返ったように、赤見さんが悲鳴を上げる。

「ウゥゥゥ‼」

「……喚くな、黙れ」

「ッ、フッ！　……ウ、ゥ……っ」

悪寒がするほど冷徹な命令には、ドスッ！　と何かを床に叩きつけたような振動が重なっていた。全員キッチンの奥にいて、何をしているかはやはり見えないけれど——。

「串はないですね。フォークでもいいですか」

「いいよ、鶏皮を刺せる程度にとんがってれば」

「ンッ⁉　ンゥゥ、ンゥゥー‼」

「動かないでもらえます？」

「グッッ‼」

諒ちゃんの声もまた、冷たすぎてぞっとした。続けて聞こえてきた「そのままそこ踏んどいて」というオーナーの言葉からして、逃げようとした赤見さんを諒ちゃんが踏みつけでもしたのだろう。

あの二人に取り囲まれたらさぞかし恐ろしいだろうな、と他人事のように思っていると、オーナーがふとせせら笑いをこぼした。

「ふ。赤見さんの、可哀そうなくらい縮み上がっちゃってるね。それに嗅ぎ覚えのある匂いもぷんぷんしてる。これじゃ言い逃れできないねえ」

「ン……ッ！　ング……‼」

オーナー……ナニ触ってるの？

許しを乞うような弱々しい呻き声が、絶えずキッチンから聞こえてくる。その縊られる寸前の雄鶏みたいな訴えには耳も貸さず、オーナーは突き放すように言った。

「あなたもよく知っているはずだ。おいたをした悪い子には罰を……ってね」

「――ン、ンウウウーーー‼」

ゴンゴン！　と叩きつけるような音と同時に、甲高い絶叫が響き渡った。その音量が下がらないうちに、再度無情な音が打ち鳴らされる。

「そんなに泣くなよ、ちょっと皮に穴が開いただけじゃないか。さてはあんた、人に酷いことするばっかりで自分に試したこともないんでしょう。仮にもサディストっていうなら、プレイの痛みが暴力とどう違うのかってことくらい、身をもって知っておかないとね」

「フゥ、フゥッ、ウゥッ……」

「ほら、赤見さん。もう一度よく味わって。これは……どんなふうに痛い？」

「ッウゥゥウゥゥーーッ！」

怯え切った悲鳴に、淡い同情を覚えた。彼が何をされているか正確には分からないけれど、あれは真性のマゾヒストでもない限り耐えられないと思った。理性の殻を破るためでも、調教するためでもない。ただ奪い、害するためだけの暴力に、倒錯の魔法はかからないのだから。きっとその痛みは、どこまでも痛いだけだろう。

喉笛を噛み砕かれたようなすすり泣きを漏らし始めた赤見さんに、オーナーからの指示が飛ぶ。

「よく聞け。これから移動する。脚のバンドが切られたらついてこい。抵抗すればどうなるかは、自分で想像しろ」

「ウゥゥ……」

「――返事」

「っ、ウゥっ、ウゥ……っ！」

「大人しく従ってくれれば、ただ痛めつけるようなことはもうしないよ。約束する。じゃあ、行こうか。立って――って、ごめん、刺さったままだった」

「ウゥゥッ！」

「ふふ、綺麗に穴が開いてる。せっかくだからピアスでもつける？」

赤見さんは腑抜けた呻きを一つ返すと、あとはほとんど無言になった。

気配をうかがっていると、ふいにオーナーがキッチンから顔を出してこちらに近づいてきた。

助けてくれてありがとうございます。こんなことになってしまってすみません。何をどう伝えればいいだろうかと口をもごつかせていると、オーナーはベッドの傍らに膝をつき、

「僕の管理が行き届いていなかった。本当に申し訳ない」

とまるで懺悔するように言い、赤見さんの鞄を拾って背中を見せた。

そのまま玄関のほうへ向かっていったオーナーに、諒ちゃんが声をかける。

「任せても大丈夫ですか？」

「こっちは平気。それより本当の警察が来るかもしれない。だいぶ派手に騒いだから」

「うまくやります」

「あとは……頼んだよ」

「はい」

「――さ、それじゃあ赤見さん。マスクして、上着も羽織って行こうか。設定としてはそうだなあ、風邪ひいて声も出せなくなっちゃってる人ってことで、よろしくね」

ドアの閉まる音がして、私は持ち上げていた頭をベッドに落とした。

室内に一つ残った足音が、ゆっくりと近づいてくる。布団をかぶりたかったけれど、どうすることもできなくてそうっと視線を上げた。

目が合うと、諒ちゃんは私が表情を用意する前に冗談っぽく片手を上げた。

「……よ、久しぶり」

「………どうも、お久しぶりです」

「思ったより早く仕事終わったんだけど、いくら電話しても出ないから来ちゃったよ」

「……ああごめん、ちょっと手が離せなくって」

「うん、そんな感じがする」

「でしょ?」

私を見れば何が起きたかは明白なはずなのに、諒ちゃんの態度はいつもと何一つ変わらなかった。どこか茶化すような軽い口調。少しの狼狽もない瞳の真ん中に、私の姿を映している。

彼はキッチンで見つけたのだろうハサミを持っていて、それをいったん下に置くと、躊躇いのない手つきで私をごろんとうつ伏せに返した。

「家の場所は分かんなかったから、秋津さんに訊いたよ。約束してるのに連絡が取れないのはおかしいって、心配して一緒に来てくれたんだ」

ばちんっ、と背中の縄にハサミが入れられた。続けて何ヶ所か断ち切られると、縄は解かれることなくばらばらと体から剝がれ落ちていった。

さっきも思ったことだけれど、どうして諒ちゃんとオーナーが二人揃ってここに現れたのかが疑問だった。二人は単なる客と経営者の関係のはずだ。私と連絡が取れないからといって、オーナーに尋ねるというのも妙だ。

「でも……なんでオーナーに? 二人って、そんなに親しかったっけ……?」

「んー、親しいというか、秋津さんにはいろいろと協力してもらってたんだ」

「協力……？」

「うん」

頷きながら諒ちゃんは、ぶつ切りになった縄をベッドの端に寄せた。そして「ちょっと待ってて」と言い残すと、再びキッチンの奥へ姿を消した。

しばらくして、湯気の立つタオルを手に諒ちゃんが戻ってくる。

腕を引かれてゆっくり体を起こすと、「痺れは？」と訊かれた。

私は手のひらを握っては開いてを繰り返し、「……ないと思う」と答えた。指先は冷えているものの、気になるような違和感はない。ただ縄の擦れていたところはひりひりと痛く、肩や肘の関節はこわばっている。

顔をしかめつつふと俯くと、胸元や手首に赤い縄痕が幾筋もついているのが見えた。まるでうねうねと蛇が這っていったかのような縄目模様。ぞわっと胴震いしかけ、けれどそこに熱いくらいの蒸しタオルをあてられると、縮こまっていた細胞にじわりと血の気が戻っていくのを感じた。

指先から手首、二の腕、首筋。頬の乾いた涙もごしごしと拭われる。全身をべたつかせていた冷や汗と、太腿にこびりついていた体液の残滓も。

諒ちゃんは汚れを吸い取ったタオルを脇に置くと、ぐしゃぐしゃになった私の髪を手櫛で梳かしながらさっきの続きを口にした。

「協力してもらってたっていうのは……お前のことだよ。店を辞めるって話も、真っ先に知らせてくれたりして」

「……どういうこと?」

「じつは最初から——」

その答えは、今日何度目かのインターフォンで途切れた。

「……誰だろ」

「警察かもしれないな。とりあえず服は着とこうか」

そう言って諒ちゃんは、フローリングに落ちていた私の衣服を拾った。

ぎこちなく服を着ていると、ふいに「どうしたい?」と尋ねられた。

訊かれたのはおそらく、被害を訴えたいか、それとも隠しておきたいか。

常識で考えれば、訴え出るのが正解だろう。でも、それで今日という日がなかったことにはならない。それに赤見さんへの罰なら、オーナーが与えてくれるはずだ。そうしたいというわけではないけれど、もしも私が望めば、十分すぎるほど罰してくれるだろう。

私が小さく首を横に振ると、諒ちゃんは「分かった」とだけ答えてキッチンのごみ箱に縄の残骸を投げ入れた。

玄関のドアが開けられてすぐ、歯切れのいい男性の声が聞こえてくる。

「こんばんは、警察です。夜分遅くにすみませんが、近隣の方から通報があったもので、安全確認のため少しお話をさせてください」

そして諒ちゃんの身元を確かめる質問を二、三したあと、警察官は事の次第を尋ね始めた。

「通報内容としては争っているようなことだったのですが、何かお心当たりはありませんか？」

「ご迷惑をおかけしてすみません。じつは……虫が」

いかにも神妙そうに諒ちゃんが答えると、相手は「……虫？」と拍子抜けしたような声を上げた。

「はい、大きな虫が入ってきたんです。それで退治するのに大騒ぎしてしまって」

なるほど、虫ね。うまいことを言うと感心してしまいそうになっていると、気を取り直すように質問が繰り返された。

「ええっと、もう一度確認させてもらいますが、こちらはあなたのご自宅ではないんですよね？　家主の方は？」

「少し待ってもらえますか、呼んできます」

その一言に身構えていると、「話せそう？」とキッチンから諒ちゃんが顔を覗かせた。

「……うん」

羽織っただけだったカーディガンのボタンを留め、玄関に向かう。

私が諒ちゃんの後ろから出ると、人の好さそうな若い警察官は警察手帳を開いて見せながら、「すみませんが、こちらで」と玄関前の通路を手で示した。

双方からお話を聞かせていただきたいので、という形式的な前置きに続き、一通り名前などを尋ねられる。そして警察官の彼はバインダーに挟んだ用紙にペンを走らせながら、ちらっと室内に目をやった。

「先ほどの男性とのご関係は？　彼氏さんですかね」

「え？　……っと、いえ……幼馴染み、ですね。その……部屋に虫が入ってきちゃって、彼に助けに来てもらったんです。私が騒いだものだから、ご近所にもご迷惑をおかけしたみたいで……。本当に申し訳ありません」

深く下げていた頭を戻すと、相手の視線がふと私の左頬あたりに落ちてきた。

「あれ？　お顔が赤くなってますけど……それは？」

ぱっと指先で触れると、ひりっとした痛みがあった。そういえば赤見さんに打たれた、と思い出しながら大袈裟なほど撫でさする。乱暴を受けたのではないかと――それも諒ちゃんに何かされたのではと疑われているのだろう。

「これはたぶん……虫をはたき落としたせい、かな。いきなり飛んできて顔に止まったんです。それで取り乱しちゃって……」

苦しい言い訳だっただろうか。心臓をばくばくさせながら駄目押しでもう一度「すみませんでした」と頭を下げると、彼は「いえいえ分かります」と苦笑いで手を振った。

「じつは自分も虫、大っ嫌いなんですよね。そうでしたか。じゃあ問題ないかな。ただ集合住宅で他の方もお住まいですから、今後は気をつけてくださいね」

会話の終わりを察してか、諒ちゃんが玄関から出てくる。二人並んで改めて詫びると、警察官の彼はバインダーを小脇に「ではおやすみなさい」と言って背中を向けた。

部屋に戻り、ドアの向こうに耳をそば立てる。トランシーバーや拳銃を装備しての物々しい靴音が、トン、トン、トンと外階段を下りていく。

何も聞こえなくなったところでほうっと一息ついた時、キッチンの床に覚えのない深い傷がついているのを見つけた。シンクの水切りかごにも、使っていないはずの包丁やフォークが水滴のついた状態で入れられている。きっと諒ちゃんが、あらかた片づけてくれたのだろう。

争いの形跡は、それ以外に見当たらなかった。玄関の靴は整然と並び、棚もきちんと閉まっている。決定的な物証といえば、蓋つきのごみ箱に入れられた縄くらいのものだろう。

ベッドに腰を落とすと、理由の分からない笑いで口元が緩んだ。

「さっき……職業、無職って言っちゃった」

「辞めたんだろ?」

正面に立つ諒ちゃんを見上げ、首を振る。

「まだ手続きは終わってない」

「口頭でも成立するよ」

「そっ、か。にしても……ひやひやしたー。ほんとにおまわりさん来るんだもん。あれ絶対、痴話喧嘩だと思われてたよ」

「だろうな」

「どの音で……通報されたのかな」

「キッチンじゃないか？　相当暴れてたから」

「……そっかあ」

私がもっと本気で抵抗していたら、もっともっと早くに通報されて、ことは未遂で済んだんじゃないだろうか。そんな後悔を、私はそっと胸の奥に仕舞った。

詳しい事情はまだ聞けていないけれど、それでも諒ちゃんは駆けつけてくれた。縛られ、汚れていたっていうのに、顔色一つ変えずに私を見てこの体に触れてくれたじゃないか。

それだけでも十分だと思っていると、突然彼が私に頭を下げた。

「──間に合わなくて、ごめん」

「えっ⁉　いやいや、そんな……！」

ばたばたと手を振り謝罪を打ち消そうとしたけれど、彼は頑なまでに動こうとはしなかった。

私はなんとか彼の頭を上げさせようと、捲し立てるように喋り続けた。

「だって諒ちゃんが謝らなきゃいけないことなんて、なんにもないじゃない。それにまさか来てくれるとは思ってもみなかったもん。なんかもう、ヒーローが登場したみたいだったよ。諒ちゃんもオーナーもかっこよすぎ。惚れちゃいそーだよ」

「…………」

「それに、さ……普段からピル、飲んでるし。こういうことにも多少は免疫あると思うんだよね。そりゃあ、まあ……ちょっとは怖かった、けど……」

「…………」

「……あっ！　だけどね、ある意味間に合ったんだよ」

「……………間に合った？」

怪訝そうにこちらを見た諒ちゃんに、私はへへっと笑ってみせた。

「キスは、守れた」

胸を張るようにして言うと、彼はそこで初めて表情を曇らせた。

「――ツジ」

「ん？」

「もういいよ、泣いても」

もしかしたら諒ちゃんは、本当にヒーローかもしれない。心も体も傷だらけだというのに、こんなにもあっさりと私を救ってしまうのだから。

「…………うん」

声に出した時にはもう、目の縁に引っかかっていた雫は頬に落ちていた。

一度流れた涙を追いかけるようにして、あとからあとから涙が流れた。恐ろしさと情けなさを思い出したら余計に泣けて、彼に抱き寄せられ頭を撫でられると、胸が締めつけられてまた涙が出た。

しゃくりあげるような嗚咽で息が苦しくなった頃、背にあった手に呼ばれた。

「この家から離れて、しばらくうちにおいで」

彼の胸から、包み込むような低音が響いてくる。そのあまりの心地よさに何も考えられなくなりながら、私はこくりと頷いた。

5.

諒ちゃんに続いて家の中に入ると、白地に薄茶色のぶち模様のある猫が出迎えてくれた。玄関の鍵が開く音で家主の帰りを察したのだろう。すぐに猫は私の存在に気づいて耳を伏せかけたけれど、私が遠慮がちに「お邪魔します」と声をかけると、まあ上がれば？とでも言うように、細長い尻尾を翻して部屋の奥に歩いていった。

地元駅から歩いて五分ほどの場所にあるそのマンションは、築二十年と聞かされたわりに古びた感じはしなかった。周りと比べて背の高い建物は小中学生時代の登下校中にも目に入っていたし、諒ちゃんの自宅がここだということも知っていたけれど、中に入ったのは今日が初めてだ。

内装はいかにも家族向けの分譲マンションといった感じで、玄関も一人暮らしをするには十分すぎるほど広々としている。

「あの……ほんとにお邪魔していいの？　おうちの人は……」

「夏と正月ぐらいしか帰ってこないから平気。それにもう今さらだろ」

棒立ちのままでいると、私の着替えや化粧品でぱんぱんになったボストンバッグで「はい、上がって」と腰を小突かれた。

ここに来るまでのタクシーの車内でも、何度となく「やっぱりやめとくよ」と私が遠慮しようとしては、諒ちゃんに「ダメ」と跳ねのけられてを繰り返してきた。

さすがに観念してスニーカーを脱ぎ、たたきの隅に寄せて部屋に上がる。

リビングに入ると、子どもの頃友達の家に遊びに行った時に嗅いだのと同じ、自分の家とはまったく異なる生活の匂いを感じた。飴色をした木製のテーブル、キルト地のカバーがかかったソファー、生成色の無地のカーテン。飾り気のないインテリアは諒ちゃん自身も好みそうに思ったけれど、これは彼の趣味ではないだろう。

きょろきょろとあたりを見回していると、諒ちゃんが運んでくれた私の荷物をリビングテーブルの足元に下ろした。

「腹は空いてる?」

言いながら彼はキッチンに向かい、足元の小さな台に置かれた猫用の餌皿と水の器を交換し始めた。戸棚から出した新しい皿にドライフードを入れ、かつお節をトッピングして台に戻す。そのあいだ猫はにゃあにゃあと鳴きながら彼の脚にまとわりついていたけれど、皿が出されるやいなや背中を撫でる手には一切構わず、ドライフードにかぶりついていた。

カリカリと聞こえてくる小気味いい音を微笑ましく思いながら、私は首を横に振った。今はたとえ大好物のプリンを出されたとしても、食べたいと思えそうにない。

「……ううん。お腹は空いてないかな」

「じゃあ、とりあえず風呂入るか」

視線を向けられて、今度は頷く。お風呂には入りたいと強く思った。家を出る前、ひと通り汚れは濡れたタオルで拭ったけれど、石鹸でごしごし洗って全身くまなく綺麗にしたい。化粧ももうぼろぼろに崩れているはずだ。

足元に目を落としていると、おもむろに諒ちゃんが近づいてきて私のカーディガンに手をかけた。そして一つだけ留めていたボタンをぷちんと外すと、そのまま流れるような手つきでブラウスのボタンまで外し始めた。

「えっ！　まさかとは思うけど、一緒に入るつもりじゃないよね」

「何かご不満でも？」

「だってここ実家……というかリビング……！」

「心配しなくても誰も帰ってこないって。来る時は絶対、前もって連絡があるから」

「そういうことじゃ――あっ、ちょっと……！」

慌てふためきつつブラウスの前を閉じ合わせると、諒ちゃんは攻め入る場所を変え下からボタンを外し始めた。

いくらなんでも実家で一緒にお風呂はいただけない。誰もいないのは分かっていても、家具や家電に見られているように感じる。食事をしていた猫もまた、何事かと驚いた様子で琥珀色の瞳をこちらに向けていた。

最後に残されたお腹の上あたりのボタンをぎゅうっと握り締めていると、頭上からかすかな苦笑いが降ってくる。

「わるいけど、今日は見張らせてもらうよ」

「み、見張る？」

「うちの母親、昔お前と同じ癖があったんだよな」

「……なんの話？　癖……？」

「これ」

ブラウスの襟元を摑まれたかと思ったら、ぐっと肩口までずらされた。その左肩にひとすじ走るかさぶたを見て、諒ちゃんが目を細める。

「親が離婚したって話、前にもしたと思うけど、その父親っていうのがまたすっごい奔放な人でさ。いきなり仕事辞めて家出したり、真面目に働いてるかと思ったら会社で愛人作ってるような感じだったんだけど……その反面、母親は純粋――というか一途すぎっていうのかな。父親がなんかやらかすたびに、全部私が悪いんだって自分のこと責めて、傷だらけになってたよ。いろんな意味で。これ、その頃見てた傷とおんなじ匂いがする」

親指で傷をなぞりながら言われ、私は悪事が露呈したような気分を味わっていた。母親がそうだったという諒ちゃんの気持ちは推し量ることしかできないけれど、お母さんの気持ちは痛いほどによく分かる。

「……これは猫に、引っ掻かれただけ」

「そう言って今まで誤魔化してた？」

無言を返すと、「こんなでっかい手の猫はいないだろ」と呆れ気味に一蹴された。同時に手を握り、廊下に向かって引かれたけれど、振り払おうとも思えなかった。

彼のあとをついて歩きながら、どこかにぽとりと背中の荷を落としてしまったような感覚があった。きちんと背負っていなければならないのに、諒ちゃんの恋人の存在がどんどん後ろに遠ざかっていく。

脱衣室まで来ると、諒ちゃんは私のはだけた服を脱がしていった。頭からキャミソールが抜かれ、ブラジャーとショーツが洗濯かごの中に落とされる。

「……傷のこと……いつから気づいてた？」

ぽつりと尋ねると、諒ちゃんはワイシャツから腕を抜きながら、洗面台の鏡越しに私を見た。

「最初にホテルで服脱がせた時だよ。あー、こいつもかーって思った。利き腕と反対側にばっかり傷がついてるところも、一緒」

「……そっか」

口から苦みのある笑いがこぼれる。気づかれていないと思っていたのはとんだ見当外れな思い込みで、隠しておきたかったものは、初めから全部バレていたらしい。

ドアを開いた手に促されてバスルームに入ると、諒ちゃんは給湯器のスイッチをぽんと押して空の浴槽にお湯を張り始めた。そしてシャワーヘッドを手にすると、私に検めるような目を向けた。

「どこにも怪我はない？」

「怪我は……うん、大丈夫」

温かな飛沫を足に感じながら、私は首を左右にひねって全身を確かめた。腕や胸元には、縄の痕がくっきりと残っている。それにいたるところに筋肉痛みたいな鈍い痛みがあるけれど、怪我と呼べるほど重傷なところはなさそうだ。

けれど一ヶ所だけ、軽いひりつきの残る秘部だけはやけに痛く感じる。

途端に押し入られた瞬間がよぎり、吐き気に似た震えが込み上げてきた。体を真っ二つに割るような異物感。腰に食い込む指の感触。眼前に迫る赤見さんの笑顔——体を抱く腕にぎっと爪を立てた時、頭からシャワーのお湯をかけられた。

「ぶはっ……！　ちょっと！」

「目、閉じないとシャンプーしみるぞ」

「ええ？　シャンプーって……自分でやるよ」

「お客様は大人しくもてなされてればいいんだよ」

「でも」

「いいから、ここ座って」

そう言って諒ちゃんは洗い場の真ん中にバスチェアを移動させると、自分は浴槽の縁に腰を下ろした。

どう見ても引き下がる気はなさそうだ。私は彼とは反対の壁を向くと、猫背気味の体をバスチェアに下ろした。

ここまできて意地を張るのもばかばかしいし、抗う気力も今はない。

「えっと……じゃあ、よろしく……」

「お。いいね、素直で」

「いつだって素直だよ」

「ほー、よく言うよ。ほんとにいつも？」

「……たぶん、だいたい、恐らく、きっと」

「はいはい」

笑い声と一緒にお湯が降ってくる。私はもう何も言わず、目を閉じて首を垂れた。

大きな手に髪を洗われると、まるで舟を漕ぐように頭がぐらんぐらんと揺れた。次に諒ちゃんが洗い始めたのは、私の顔だった。妹さんが忘れていったというクレンジングと洗顔フォームとで化粧を落とすと、彼は「うん、素直っぽい顔になった」と軽口を叩きながら、今度は泡立てたボディータオルを体に滑らせていった。

ホイップクリームみたいな泡は、もこもこと柔らかくて心地よかった。けれど気遣わしげな手つきはこそばゆく、我慢できなくて体がよじれた。

「くっ……くすぐったい……！」

「じっとしてろよ」

「無理だよ、脇腹はダメだって……！」

「分かった分かった」と手は仕方がなさそうに脇腹を離れていったけれど、代わりに前へ回ってふくらみに泡をのせ始めた。

「ちょ、ちょっと……」

「何、ここもダメ？」

「く、くすぐったいから、だめ」

そこにほんのちょっとの下心も込められていないのは分かっていても、自分自身が信用ならなくて声を上げた。

高鳴りかけた心臓を隠すように背を丸めると、その手は感触をタオルから素手に変えて左肩に落ちてきた。

「ところで……前に見た時から傷が増えてるみたいですけど」

どこか不満そうに言いながら、彼は泡に埋もれた傷口をすっとなぞった。明らかに最近できたと分かる赤茶けたかさぶた。自分でつけたものということもすでに知られているというのに、幻滅されるように思えてついとぼけてしまう。

「…………気のせいじゃない？」

「……命令、したはずなんだけどなあ」

「命令？」

振り返ってみても返事はなく、諒ちゃんは黙々と手を動かし続けた。

私の指先から腋の下までまんべんなく白く塗ったあと、彼は洗い場に腰を落とし、自分のほうに私を向かせた。そしてタオルにボディーソープを足すと、私の両足までをも洗い始めた。

さすがにぎょっとして止めかけたけれど、つま先からとろりとした気怠さが上ってきて声にはならなかった。諦め半分、甘え半分。このまま指一本動かさず、体を撫でる感触に浸っていたくなる。

太腿、膝頭、脛。ふくらはぎにくるぶし、足の指。そのあいだと踵、土踏まずまでも丁寧すぎるほど丁寧に洗ったあと、諒ちゃんはちらりと私に目線を寄越した。

「先に言っとくけど、やましい気持ちはないから」

両脇に手を差し込まれたかと思ったら、体を持ち上げるようにしてバスチェアから引きずり降ろされた。お尻が諒ちゃんのあぐらの窪みに着地する。全身泡まみれなのがむしろ扱いやすいようで、彼はつるりと滑らせ私の向きを変えると、背を抱く格好で下腹に手をのせてきた。

まるで拒む猶予を与えてくれているかのように、指はゆっくり脚のつけ根へと進んでいった。背後の様子を知ろうにも、バスルームにこもる湯気が鏡を曇らせている。

胸よりよっぽど制止すべきだと分かっていながら、私は下生えを掻き分ける手にただ指を巻きつけるしかできなかった。

そここそが、他のどこよりも洗い清めてもらいたい場所。

そっと伸ばされた指先が、肉のあわいを撫でた。

「しみる?」

「……ちょっと、だけ」

「そう。あ、間違っても反応するなよ」

神妙な口調から一転、明らかにおふざけだと分かるトーンで言われ、私は失笑交じりに冗談を返した。

「努力する」

「……そんなふうに言われると……試したくなるなぁ」

好戦的な口ぶりとは裏腹に、耳元で聞こえた微笑みや溝をなぞる指先は、どこまでも優しかった。

傷の手当てをするように往復していた指が、入り口あたりでふっと止まる。

「中も洗っとく?」

「………………うん」

私は逡巡しながらも、はっきりそれと分かるように頷いた。どうせならとことん甘えてみたかった。諒ちゃんなら、それも迷惑とは思わないでいてくれる気がするから。

頷いたまま目を落としていると、泡に濡れた指が一本、私の中に消えていった。情事の時の激しさも、快感を呼ぶ淫らさもない。味気なくさえある指が、奥に残る体液を掻きだしていく。

こぷっと粘り気のある音が聞こえ、思わず顔をしかめる。それでも背中は力強い胸に抱かれている。

あったかい。と思いかけたその時、密着していたぬくもりにわずかな違和感を覚えた。腰のあたりに何か、温かいというよりも熱い塊が。

「あの……なんか当たってますけど」

「これはただの生理現象」

「そうですか……」

清々しいほどの開き直りに苦笑いしていると、体に回されていた腕がわずかに輪を縮めた。

「怖い？」

「何が？」

「男」

静かな問いかけに戸惑いながら、それでも私はきっぱりと答える。

「……怖くないよ」

「よかった。まあ、今日のところは何もしないのでご安心を」

「はあ……今日のところは、ですか」

「そこは強調しとかないと、あとで自分の首を絞めることになるかもしれないだろ」

冗談とも本気ともとれないことを言いながら、彼はにこりと口元を笑わせた。つられて呆れ笑いをこぼしているうちに体にあった指は去り、シャワーで泡を流された。

給湯器からお湯が沸いたことを知らせるメロディーが聞こえてくると、諒ちゃんは「先に入ってて」と私を促し手早く自分の体を洗い始めた。

しばらくして彼が湯舟に入ってくる。すると胸あたりだった水嵩は首まで上がり、ざあっと音を立てて溢れていった。

湯舟はゆとりのあるつくりをしていたけれど、動こうとするたび向かい合う脚がこつんとぶつかった。それがなんだかおかしく思えてきて、自然と笑いがこぼれる。

「何？」と首を傾げた諒ちゃんに、私は細めたままの目を向けた。

「……ちょっと思い出してたの。初めて一緒にお風呂に入った時のこと」

彼と再会した日も、こんなふうに二人で湯に浸かった。動揺と警戒、そして気まずさのぶんだけ水中に空いていた距離は、今はもうほとんどなくなっている。顎先にたぷたぷと打ちつけてくる湯は、ぬるくも熱すぎることもなく、全身がふやけてしまいそうに気持ちいい。

目を落とした先には、腕についた縄の痕が揺らいで見えていた。この感じだと数日は残っていそうだけれど、いずれ綺麗さっぱり消えてなくなるだろう。そんなふうに思えるのが誰のおかげかは、考えるまでもなかった。

「本当は私、あの時なに喋っていいか分かんないくらい緊張してたんだよ。なのにあっさり諒ちゃんに転がされちゃったでしょ。普通に昔話されて、学生の頃みたいに普通に喋ってもらえて、気づいたら私も普通に笑えてた。その時と一緒だなって思ったの。いま怖くないのは……諒ちゃんのおかげ。変なこと言うようだけど、あの日諒ちゃんがお店に来てくれて……よかった」

ラブホテルのドアの向こうに彼の顔を見つけた時は、舌打ちしたい気分だったというのに。今となっては諒ちゃんの存在は、自分でもびっくりするほど私の中で大きくなっている。

彼が好きだからだろうか。とても美味しい餌をくれる人を、恋しく思っているだけじゃないのか。胸に宿る感情に正しく名前をつけることはできないけれど、一つ確かなのは、いま一人で泣かずに済んでいるのはあの時彼と再会できたからということだった。

まさか感謝されるとは思ってもみなかったのだろう。諒ちゃんは面食らったように目を丸くしたあと、どこか痛んだみたいに眉根を寄せた。

「知り合いにバレたの、いやじゃなかった？」

「……最初はね。でもしょうがないよ、見つかっちゃったんだから」

「んー、そっか……」

珍しく歯切れ悪そうに、諒ちゃんは天井を仰いだ。その途切れた言葉の続きが聞きたくなって、つい意地悪を口にしてしまう。

「だって結構使ってたんでしょ？」

「何を？」

「デリヘルとか……そういうサービス」

「いや、あれが初めて」

「……ほんとに？　それはちょっと信じられないな……」

「まあ、そうなるよな」

あの日の諒ちゃんの余裕を感じさせる態度からして、とても初めてだったとは思えなかった。それに普段そういう遊びをしていなかったとなると、私たちが遭遇する確率はとてつもなく低かったはずだ。

「でも、だとしたらどうやってCatharsisのこと知ったの？　あのお店は広告も出さないし、ホームページを見つけたとしても、新規のお客さんはメンバーの紹介がないと登録できないのに」

「大樹だよ」

「……え？」

ちょっとした悪戯心が、一瞬にして吹き飛ばされる。諒ちゃんの口から聞く大樹といえば、嶋本くんしか私は知らない。

頭が真っ白になっている私をよそに、彼は瞼に落ちてきた雫を払って繰り返す。

「大樹が俺にあの店を紹介してくれたの」

「……どういうこと？」

「あいつ、ツジが働き始める前からあそこの客なんだよ。前にも言ったろ、大樹にバレてるって」

「……待って。バレてるって……あれは諒ちゃんの性癖の話……じゃ、ないの……?」

記憶を辿ってみれば、確かに再会した日にそんなことを言われたような覚えがあった。でもあんなのは言ったうちに入らない。そんな不服も、自分の迂闊さと重ね合わせれば簡単に相殺されてしまう。

私が知り合いを避けるために確認していた顧客名簿は、その時指名してきた人のものだけだった。他の子たちが会っている相手にまで目を光らせてはいなかったし、ましてや自分が店に入る前からいるメンバーのことなど調べようとも思わなかった。

もしその中に、嶋本くんが含まれていたのだとしたら。そして私がいると分かったうえで、諒ちゃんにCatharsisを紹介したのだとしたら。

「………もしかして諒ちゃん、最初から……」

続く心の声が聞こえでもしたかのように、彼が微笑む。

「うん、知ってた。ツジがいるって。だから俺は、あの店に行ったんだよ」

「しっ――」どもりつつ詰め寄ると、大きく波打った湯がざばっと湯舟からこぼれた。

「知ってたって、じゃあ茜が私なのも会う前から分かってたってこと……⁉」

「ああ。でも実際にこの目で見た時は、軽く衝撃だったけど」

「な……なんで? だって分かってたんでしょ?」

「十年ぶりに顔見たっていうのもあったし……思ったより大人になっててびっくりしたと

いうか」

言いながら諒ちゃんは表情を和らげ、懐かしむような眼差しを私に向けた。再会した夜よりもはるか昔、制服を着ていた頃の面影を見ているみたいだ。

その一方で、私は驚きに震える手の置き場所も定められずにいる。あの再会が偶然ではなかったというのなら、彼はあのホテルの一室で私を待っていたことになる。

いったいなんのために。顔を見るためだけなら、客として現れる必要はなかったはずだ。

「念のため聞くけど……大樹って、あの嶋本くんだよね？　その嶋本くんが……私が入る前からCatharsisのお客さんだった……？」

脳内に散らばったピースを整理しようとしたけれど、少しもうまくいかない。動揺は顔にも表れていたようで、諒ちゃんはまあ落ち着けよとでも言うように、ぴんっと指を弾いて私の鼻に水滴を飛ばした。

「新しく入った子の写真見たら、なーんか見覚えのある顔だったたってさ」

「そ、それだけで？　あの写真……別人みたいに撮れてると思ってたんだけど……」

「いくらしばらく会ってなかったにしても、幼馴染みの目は騙せないだろ。知り合いに見つかったのはツイてないと思うけど、それが大樹でむしろよかったんじゃないの」

言われてみれば、確かにそうかもしれないと思った。間口の狭い世界のことだから、こちらが知り合いを避けてさえいれば誰にも見つかりっこないだろうと、私は高をくくってきた。その結果がこれだ。自分の知らないところで嶋本くんに発見され、名字が変わっていた諒ちゃんのことは見抜けなかった。プロフィールで顔出しはしないという選択肢もあったし、念のため相手の住所まで知りたいとオーナーに頼むこともできたはずなのにだ。誰に知られても別にいいやと心のどこかで思っていたにしても、危ない橋を渡っていたのは間違いない。

——だから〝不用心〟。

再会するなり諒ちゃんから言われた一言が腑に落ちかけたところで、ふと胸に引っかかりを覚えた。

「……あれ、てことは……このあいだ居酒屋で会った時も、嶋本くんは………」

最後まで言えなかった台詞を、諒ちゃんが平然と引き取る。

「そ、全部知ってたってこと。この一年ツジが何をしてたかも、ここ最近俺がしつこくあの店に通ってたことも」

と、いうことは、当然ながら嶋本くんは気づいていただろう。あの日、仕事の話題になった時や、諒ちゃんと顔を突き合わせて喋るたび、私が懸命にぎこちなさを隠そうとしていたことを。軽蔑まではいかなくても、何か思うところはあったはずだ。もちろんそれは、あの場面でも。

「……ト、トイレに嶋本くんが来たのは……？　あれはさすがに本当の偶然だよね？」

「まさか。あれは俺がおかしな真似してないか確かめに来たんだよ。ついでにツジが困ってるところも見たかったんじゃない？」

「そ、そんなの見たって何も楽しくないと思うけど……!?」

「いいや、楽しんでたに決まってる。言っただろ、あいつも同類だって」

嶋本くんがトイレに現れた場面なら、素面の時よりはっきり記憶に残っている。あの時の彼の振る舞いに不自然なところはなかったけれど、事情をすべて知られていたとなれば話は180度変わってくる。

しどろもどろになって弁解する私の姿は、なかなかの見物だったはずだ。諒ちゃんと私とのあいだに起きた出来事だって、具体的に、かつ正確に想像されていたに違いない――と、考えるほど頬が熱くなった。

ひとり何も知らされずにいた恨めしさも多少はあるけれど、うまく周囲を欺けていると安堵していた、その思い上がりがただただ恥ずかしかった。おまけに性癖がらみの痴態まで友達に知られていたなんて。

「うわぁ……もう何それ……恥ずかしすぎる……」

「気持ちは分かるけど……ツジ、たぶん自分が思う以上に変な顔になってるよ」

「しっ、失礼な……！」

笑われるほど微妙になっているらしい顔を手で覆い、穴に入る代わりに口までお湯に潜った。私がブクブクとため息の泡を吐いたのを面白がるように、諒ちゃんがふっと笑みをこぼす。

「隠しごとするのにも向き不向きってもんがあるからなあ」

「……にしたって、二人ともうますぎだよ。全然分からなかった……」

「――二人じゃなくて、三人な」

唐突に訂正されてぽかんとする。諒ちゃんと嶋本くんと、あと一人、誰がどうしたというのだろう。分からずにいると彼はさらりと言った。

「秋津さんが抜けてる」

「……オーナーが、何？　まだなんかあるの……？」

こわごわ訊き返すと、諒ちゃんは後ろ頭を掻いて少しだけ申し訳なさそうにした。

「立て続けにあれこれ聞かされたって混乱するだけかもしれないけど……じつは大樹のやつ、あの店がオープンする前から秋津さんと面識があるんだ」

「オープンする前……ってことは、二年以上も前……？」

「かな。俺もこっちにいなかった時期のことだから、ほとんどが後になって聞いた話だけど、その頃大樹がよく行ってたフェティッシュバーで、秋津さんとは何度か会ったことがあったらしいんだ。その時は顔見知り程度だったみたいだけど、秋津さんがCatharsisを始めてからは大樹もそっちに行くようになって、そのうち意気投合してプライベートでも飲みに行くようになったんだって」

「オーナーと、嶋本くんが……」

そんな話は一度も聞いたことがない。けれど自分にやましさがあるぶん、私もオーナーや美佳さん、そして周りの人たちの私生活には立ち入らないようにしていたから、初耳なのもある意味当然かもしれない。

湯舟の縁に頬杖をつき、諒ちゃんが続ける。

「で、しばらくしてツジが働き始めた。一応擁護しとくと、大樹も初めは気づかなかったことにしようとしてたらしいよ。ツジも知られたくないだろうし、案外すぐに辞めるかもしれないからって。でもツジは辞めなくて、しかも秋津さんから茜をすすめられることもあったみたいで……黙ってられなくなったんだろうな。断るついでに幼馴染みだってことを打ち明けて——」

淀みなく聞こえていた声が急に止まった。見れば、私を向いたまま諒ちゃんが動きを止めていた。まるで閉ざした口の中で、慎重に次の一言を選んでいるみたいだ。

そこから何が飛び出てくるのかと思うと少し怖いけれど、聞かずにもいられなくて小声で促す。

「…………それで？」

「それで……大樹は、秋津さんに俺を紹介した」

「……なんでそこで諒ちゃんが出てくるの？」

丁寧に紡がれていた物語が、大事なところでいきなり端折られたように感じた。幼馴染みを理由に誘いを断りながら、代役に幼馴染みを推すなんて意味不明だ。

話の続きを待っていると、私に焦点を合わせていた視線がするりと斜めに落ちた。

「大樹お得意のお節介だよ。あいつは俺の癖も知ってたし、そのせいで昔から不便な思いしてたことも、俺がこっちの支社に転勤になることも知ってたから、ちょうどいいとでも思ったんじゃない」

「……そうだったんだ」

あいづちを打ちながら、けれど脳裏にはまだ疑問が漂い続けていた。

悩める友達を救うためとはいえ、共通の友達がいるデリヘルを勧めるのは本当にちょうどいい手だろうか。むしろ顔見知りがいない場所でこそ、気兼ねなく遊べるような。にもかかわらず、嶋本くんが諒ちゃんに白羽の矢を立てた理由――。

知りたいけれど、のぼせたように思考が空回りを始めて考えがまとまらない。

「俺が初めて秋津さんに会ったのが三月。実家の片づけとか仕事の引継ぎなんかでこっちに帰ってきた時に、何回か会って許可もらったんだ」

「許可？」

「茜を指名してもいいか。ルール違反だろ。知り合いと分かってて客を通すなんて」

「それはそうだと思うけど……。だったらなんで、そんな無理なお願いを……」

すると諒ちゃんは、意地悪な引っかけ問題でも出すように小首を傾げた。

「なんでだと思う?」

ぐるぐるぐるぐると思考が巡る。手持ちのピースが増えたぶん空白を埋めるのはとても簡単なはずなのに、これだと自信の持てる答えが見つからない。

「……それだけ不便してたとか……どうしようもなく飢えてたとか……手近なところで

いっぺん遊んでみたかった、とか?」

あてずっぽうを口にすると、諒ちゃんは湯気をくゆらせるような息を一つ吐き、「のぼせた」と言って立ち上がった。そして正解も教えてくれぬまま、彼の起こした波に打たれている私に手を伸ばした。

「もう出よっか」

「……うん」

私をお湯から引き上げると、諒ちゃんは一足先にバスルームを出ていった。

洗面台脇の収納から取った白いバスタオルを、ぽん、と一枚手渡される。ふかふかのタオルに顔を埋めながら、私はそろりと上目で諒ちゃんをうかがった。

彼は濡れた黒髪と無駄なく引き締まった体を拭いたあと、背筋にわずかな水滴をつけたまま新しい下着と半袖のTシャツを身に着け始めた。

さっき出された問題が、もう一度話題に上ることはなさそうだった。的外れなことを言ったせいで、失格になったのかもしれない。蒸し返しても煙に巻かれる予感がするし、なんとなく空気が重くて聞きづらい。

のろのろと頭を拭いていると、「あ、ツジの着替えは鞄か」と部屋着のスウェットまで穿き終えた諒ちゃんが振り返り、いまだぽたぽたと水を滴らせている私を見てきょとんとした。

「もしかして拭いてもらえるの待ってる?」

「ち、違うよ。ただちょっと……頭がついてきてないだけ。ほんとにみんな隠しごとがあるんだなぁって」

そそくさと手を動かしながら、ふと彼が以前ホテルで口にしていた台詞を思い出す。誰にでも隠しごとの一つや二つあるもんだと言われていたあれは、オーナーと嶋本くん、そして彼自身のことだったのだろう。

「そんな他人事みたいに言って、ツジにもまだなんかあるんじゃないの」

脚を拭こうと屈んでいると、確信を持ったふうに訊かれた。

「私に？　どうだろう、もうなんにもないと思うけど」

「そうかあ？　ツジは分かりやすいようで案外ガードが堅いからなー」

諒ちゃんはにこやかに笑いながら、それこそずいぶん他人事のように言った。私よりもよっぽど自分のほうが謎めいているくせに、まるで身に覚えのなさそうな物言いがわずかに心を尖らせる。

「そういう諒ちゃんだって……」

一瞬思いとどまって俯いた拍子に、喉につかえていたものがぽろりと出た。

「……本当は彼女がいるくせに」

彼は怪訝そうに「誰からそんなこと」と顔をしかめたあと、心当たりを見つけたように寄せていた眉根をふっと開いた。

「もしかして小川？」

とぼけたほうがいいだろうか。でも一度吐き出したものを再び飲み下せば、きっと前より苦い思いをすることになる。首につけた顎をさらに引いて頷くと、諒ちゃんは少し呆れたふうに口を開いた。

「どう聞いたか知らないけど、それってたぶん小川の情報が古いだけ」

「…………えぇ？」

彼は私からするりとタオルを取り上げると、頭にかぶせて水気を取るようにぽんぽんと撫でた。

「会うのは一年ぶりぐらいだったからな。普段もそんな頻繁に連絡取り合ってたわけじゃないし。だいたいさ、俺が自分の恋愛事情を逐一小川に報告すると思う？」

「…………思わない」

「東とか水城もそうだったんだろ？　わざわざ言うほどのことじゃないと思ってたってやつ。それと一緒。一年前は確かにいたけど、とっくに別れてるよ」

あっけらかんと種明かしをされ、吊り上がっていた肩がすとんと落ちた。諒ちゃんに恋人がいるかもしれないと悩み苦しんだ、あの時間はなんだったのだろう。そう嘆きたくもなるけれど、本人に訊けばすぐ分かることを、知る資格はないからといって確かめずにいたのは私だ。

「じゃあ……今は恋人いないんだ」

思ったままを口にすると、いやに真面目くさった返事があった。

「いませんね。ついでに言っとくと、セフレとか奴隷なんて相手もいません」

「そ、そうですか……」

「気になってた？」

「え？　あー……いや、特には……」

顔を覗き込まれ、咄嗟にしらを切った。ここで「うん」と答えれば、「なんで気になるの」と訊かれるかもしれない。そこでもし「諒ちゃんが好きだから」と答えたら――結果的に私は、彼の気持ちを知ることになる。

会話の行く末を想像した途端、道に迷ったような感覚に襲われた。足を踏み出そうにも、ゴールが見えなくて進むべき方向が分からないような。

「ふうん。気になってない、ねぇ？」

諒ちゃんがまた涼しい笑い交じりに言った。彼が飄々としているのはいつものこと。だというのに高みから見下ろされているみたいに思えて、少し面白くない。

ひょっとしたら諒ちゃんは、何もかもお見通しなのではないだろうか。彼に恋人がいると聞かされた時の私の葛藤も、彼への気持ちも、そしてたった今私が告白の先に待ち受けているものを恐れ、会話をうやむやに終わらせたことも。すべて分かっていて、だからこそこんなにも余裕でいられるのだ。

「なんか諒ちゃん……ちょっとずるい」

「ずるいって、何が」

「諒ちゃんだって、自分のことはあんまり話そうとしないのに。私ばっかりなんでもかんでも知られてるみたいで……ずるい」

違う、私が知ろうとしてこなかったからだ。それなのにそっぽまで向いて、これじゃあ幼稚な八つ当たりだ。そう思い直してすぐ撤回しようとしたけれど、顔を上げた時にはもう、こちらを向く微笑みには薄雲のような翳りが見え始めていた。

「……じゃあ聞くけど、ツジ、覚悟ある？」

ぽとりと墨を落とすように諒ちゃんが言った。

「――覚悟？」

「他人（ひと）と……俺と、真っ向から向き合う、覚悟」

それはとても恐ろしい、呪いじみた言葉に聞こえた。

ひとりぼっちは寂しいくせに、人が怖くて逃げてきた。誰にも嫌われたくなくて、本音はいつも隠してきた。そんな私に覚悟などあるわけがない。現に今も、彼が何を言おうとしているかも分からないうちから、不安の足音が近づいてきている。

私は角の立たない返事を探しに、頭から垂れ下がるバスタオルの奥に顔を引っ込めようとした。と、そこに伸びてきた手が静かにタオルを払いのけた。

「大サービスでヒント追加してあげようか」

「ヒン、ト？」

「俺がなんで、秋津さんに無理なお願いをしたか」

知りたい——でも知りたくない。よろめいた踵が、こつんと壁にぶつかる。

「ルールとか約束とかお行儀よく守ってないで、ツジのこと監禁でもしとけばよかったなー……って、今日ね、本気で思った」

あくまで口調は柔らかく、けれど彼の視線は外れないほど深く私に食い込んでいた。

「どうして俺が無理を言ってまでツジを指名したか、本当に少しも分からない？　違うよな。予想はついても信じられないから、分からないふりしてるだけだろ」

この人は、もしかしたら私を好きなのかもしれない。順序立てて考えれば誰でも思いつきそうな答えから、私は目を逸らしていた。心の底から浮かび上がってきた時には、そんなことはあり得ないと重石をつけて、光も当たらないほど深くに沈めた。

期待するのが怖くて。

「……でも、前に私が訊いた時……諒ちゃん、そんなのじゃないって……」

「そうやって否定した時の言葉だけは信じてくれるんだよな。けどよく思い出してみて。そんなのじゃないって、本当に俺がそう言った？」

何度も指名してくる彼に、私を好きだったことでもあるのかとふざけて訊いたことがある。その時、彼は肯定しなかった。真顔で「そうだったと思う？」と訊き返してきただけだ。そして否定された覚えがあるかといえば——ない。

「言……って、なかったかもしれない、けど……はっきり何か言われたわけでも」

「もしあそこで俺がはっきり肯定してたら、ツジは絶対、軽口で受け流したと思うよ。それどころかそこで一線引かれて、二度と会ってもらえなくなってたかもしれない」

「……やだな、そんなことしないよ。もしもだよ？　もし万が一、そうだったんだとしたら……すごくありがたくて、嬉しい、し」

「それ、俺の目を見てもう一回言える？」

口の減らない子どもを見るように笑って、諒ちゃんは沈みかけていた私の顎をくっと摑み上げた。

「他人は信じない。そのうえ自信もない。だからツジは、ただの褒め言葉ですらまともに受け取ろうとしない」

これでは図星と言っているようなものだと分かっていても、視線が彼から離れていくのを止められなかった。

たとえば今日、私は赤見さんに酷いことをされたけれど、それで傷つきはしても穢されたとは思えずにいる。ついている汚れが一つ増えただけ。もともと綺麗ではないのだ。だから私は諒ちゃんの言うように、誰に何を褒められても真に受けることができない。仮に好意なんてものを向けられたとしたら、私はきっとありふれた感謝の言葉を残して、相手の前から姿を消そうとするだろう。

それは今も同じだった。そこにいるのは好きな人だというのに、前を向くのが怖くてしょうがない。好きだからこそ、諒ちゃんの気持ちが何よりも恐ろしい。

「そうやって自衛してるんだろうけど……そんなツジに本当のことなんか怖くて教えられ

ないよ。俺もそう都合よく欲しがってる答えばっかりあげられるわけじゃないし、言い損になるのだけはごめんだから」

正しいことばかり言ってくる唇。水気を含んでつんつんしている毛先。私たちが映っているだろう鏡は見ず、彼の後ろにある照明のスイッチあたりで目を止める。

ずるいのは、私だった。諒ちゃんの心を知りたがりながら、自分にとって重くも軽くもない、安心できる答えだけを彼に求めていたのだから。

ここで泣けばもっとずるくなる。そう思うのに視界がどんどんぼやけていく。涙を呑むように息継ぎをし、噛んでいた唇を薄く開く。

「なんか、私……気を悪くさせそうだし、やっぱり帰ったほうがいいんじゃ……」

「ほら。ちょっとつついただけなのに、すぐそうやって逃げようとする」

「そんなつもりは……。ただ、諒ちゃんには迷惑かけたくないから……」

「迷惑だなんて俺が一言でも言った？　先回りして人の気持ちを決めつけるなよ」

「ご、ごめんなさ……」

「違う、謝って欲しいんじゃなくて――」

頰を摑んでいた手が、ふと緩む。

「……こっちこそごめん。今日は優しくしようと思ってたのに、うまくできなくて」

悔いるように表情を歪めると、諒ちゃんは感情を封じ込めるように握った手で私の眦を擦った。

「ツジを責めてるわけじゃないんだ。ただ、俺の知らないところでまたツジが傷ついたんだと思ったら……歯痒くて、気に食わなくて」

優しく涙を拭いながら、彼は私の体に残る縄痕を見ていた。

憐れに思われているわけではないのは、すぐに分かった。細められた目の奥には、青白い怒りが燃えていた。その目は胸元にある痕を冷ややかに一瞥し、左肩の上でぴたりと止まった。

「……自分で自分を傷つけるのもやめて欲しくて命令したのに、破ってるし」

「命令……って」

「自分を駄目だと思うな」

視線とともに届いたそれは、前に言われた時と同じずしりとした重みがあった。

胸がつぶれそうなほど苦しくなって、いやいやをするようにかぶりを振る。

「命令でも……聞けないよ。だって無理だもん、そんな難しいこと。できるわけない」

「無理じゃない。さっき自分でも言ってただろ。キスを守れたって。守れてよかったと思ったから言ったんだろ？　なんでそう思ったのか、よく考えてみろよ。そこに守る価値があると思えたからじゃないの」

赤見さんに襲われた時、私は最後の最後までキスを拒み続けた。唇と、そして諒ちゃんに告げたあの言葉さえ守り抜けば、体が犯されたとしても何も損なわれるものはないと信じているみたいに。

「だって、私……諒ちゃんに言ったから……」

「何を？」

「……ご主人様って……茜じゃない時に言ったから。だったらこの体は私のものじゃない……でしょ？　ご主人様のもの、なら……大事にしなきゃ、いけないでしょ？」

――そうだ。私にとって価値があったのは、彼の所有物としての私だ。

こんな考えはおかしい。いくらなんでも引かれたかもしれない。言った端から自信を失くしていると、諒ちゃんは私の頬を両手で包み、ふらつく目線を捕まえるように額を合わせた。

「そうだよ、それでいい――」

「っ、う……」

褒めるように頬を撫でた手が、ゆるりと落ちて首にかかった。まるでさっきの一言を声帯に縫い留めるかのように、右手で作られた首輪は徐々に喉を締め上げていった。

けれど少しも怖くはなかった。十分な呼吸をさせずにいながら、諒ちゃんの手は私を傷つけないよう頸動脈を押しつぶさずにいたのだから。やろうと思えば、声を上げることもできるだろう。

拒む余地を私に残し、彼は言う。

「しばらくはうちに帰すつもりも、部屋から出す気もないから」

こちらを向く目の中に、怒りの火はもう見当たらない。代わりに見えていたのは、小さく映る私の影だった。

どうして今まで気づかなかったのだろう。彼の目は、正確なまでに私を映して揺れていた。どこか心細そうにゆらゆらと、不安に竦む私そっくりに。

諒ちゃんは完全無欠のヒーローみたいに強く、怖いものなど何もないのだろうと私はずっと思ってきた。

でも、それは間違っていたのかもしれない。

躊躇いを感じさせる速度で、ゆっくりと顔が近づいてくる。瞼を下ろすと、私の心を覗こうとするような彼の視線をひしひしと感じた。

冷たくしっとりとした唇は、壊れ物に触れるかのように数秒重なっただけですぐに私から離れていった。

「…………お前は、俺のものだ」

暗闇で聞くその声は、なぜだか少しかすれていた。


カリカリカリ……と何かが引っ掻かれているような音に目を覚ますと、淡いモスグリーンのカーテンから細長く陽が射しているのが見えた。その陽が落ちているのは黒いスチール脚のパソコンデスクと、ノートパソコン。ベッドの足元にはクローゼットらしき折り戸と、部屋のドア。一筆書きできそうなすっきりした形のハンガーラックには、男物のスーツや衣服が掛けられている。

頭を持ち上げたまま、寝ぼけ眼を瞬かせる。そういえば昨日は諒ちゃんの家に泊まったんだった。だとしたらさっきの音は——とドアに目をやると、わずかに開いた隙間からひょこっと猫が現れた。

「えっと……おはよう、ふうちゃん」

昨夜教わった名前を口にすると、彼女はとんっとベッドの上に飛び乗ってきた。聞いていた通り人懐こい。前足は私の腕を踏んでいるし、ビー玉みたいにまんまるな瞳もかなりの至近距離にある。初対面でこそあんた誰？　というような顔をされたけれど、警戒はもう解いてもらえたらしい。

彼女はひとしきり私の匂いを嗅いだあと、まるで承認印を押すように、こつんと頭を手に擦り寄せてきた。やがてゴロゴロと聞こえ始めた喉の音を嬉しく思いながら、私はちっちゃな眉間にある薄茶のはちわれ模様を撫でた。

「諒ちゃんは……もう仕事に行った？」

もちろん返事はなく、彼女は挨拶は終わりとばかりにベッドから降りると、ぐいーっと床を押し出すようにして背中を伸ばした。その気持ちよさそうな様子に、私も背伸びがてら起き上がろうとした。が、その瞬間ぱきっと肩の関節が音を立て、体のあちらこちらから悲鳴が上がった。

「っ、痛……」

まるでゴムで編まれた服を着込んでいるみたいに、体中が怠くて重かった。筋肉痛もひどく、少し体を動かすだけでもつらい。悲嘆しないようにとは思っても、体はまだ正直に昨日の出来事を引きずっているらしい。

こんな状態では、外出する気も起きそうにない。もっとも、たとえその気になったとしても、これがある限り外へは出られないのだけれど。

私は壁際で丸まっていた薄手のブランケットを畳み、ベッドから足を下ろした。つま先がフローリングにつく前に、ちゃりっと硬い金属の音がした。

パジャマとして借りた男物のルームパンツ。その折り上げた裾から伸びる足首には、黒い足枷が巻きついている。さっき床で音を立てたのは、左右の足枷を繋ぐ鎖だ。ご丁寧にも、枷と鎖の連結部分は左右とも小さな南京錠で留められている。つまり鍵がなければ枷は外せない。いつも見る夢とよく似た、囚人みたいな格好。

宙に浮かせた鎖をブランコのように揺らしてみると、ふうちゃんがアンテナみたいに耳を立て、何それ、と言うように瞳孔をふくらませた。

「……ね。まさかほんとにやるとは、だよね」

半分彼女に話しかけながら、ひとりごちる。

昨夜の、あのキスのあと。諒ちゃんは「着替え取ってくる」と言って洗面室を出ると、私のボストンバッグと着替えらしき服、それから衣料品店で商品を受け取る時にもらえるような黒い不織布のバッグを手に戻ってきた。アパートで荷造りをした時、パジャマが入らなくて諦めたので、自分の部屋着を貸してくれるというのだろう。

「これ着て。サイズは合わないだろうけど」

「ありがと……」

服を受け取りながら、私はちらりと彼を盗み見た。彼がいま何を考えているのか、その顔色からは読み取れない。笑顔でもなければ、怒っているふうでもない。けれど、沈黙にはまだ重みが残っているような気がする。

私は冷たくなったバスタオルで体を隠しながら、下着と服に手足を通していった。渡された長袖のTシャツとスウェット地のパンツは思った以上に大きく、裾を折って長さを整えた。袖も、と片手で捲ろうとしたところを、諒ちゃんが手助けしてくれる。二度三度と折って手首が出る丈にすると、彼はふと私の足元にしゃがみ、置いてあった不織布のバッグに手を伸ばした。

「そのまま、ちょっとそこに立っててくれる？」

「………なんで？」

意図を深読みして訊き返す。これはもう条件反射のようなものだ。向こうにも私が過剰に警戒したのが分かったようで、苦笑いで軽くあしらわれた。

「大丈夫だって。何もしないって言っただろ」

そうだけど、と私は心の中だけで返した。じゃあ、さっきのキスは？　いつになく感情的に交わされた会話や、最後の一言は？　どれもこれもみんな、なんでもないことだったとは思えない。かといって追及もできずにいると、彼は無造作にバッグを開いて中身を取り出した。

出てきたのは黒い革のベルトだった。二枚重ねになっていて、腰に巻くには短い――。

「なっ、何それ……」

動揺する私をよそに、何食わぬ顔が見上げてくる。

「あれ、分からない？　足枷ってやつだけど」

「そ……それは分かってますけど。なんでそんなもの持ってるの……」

「野暮なこと訊くなよ。ツジだって要らないものは買わないだろ？」

「ちがう。なんで所持してるかじゃなくて、なんでそれをいま持ち出してきたのかを訊いてるの……！　というか、それってなんにもしないうちに入るの……⁉」

バッグから出されたのは、一対の足枷と一本の鎖。真鍮色の南京錠が二つと、銀色の鍵が二本。何をどう使おうというのかは、おおよそ見当がつく。だからこそ口ごもりながら問い詰めると、彼は聞き取れないほどかすかなため息を漏らした。

「もう……遠慮すんの、やめようと思って」

そしてベルトについた巻き癖を反らし、控えめながらも決然と続ける。

「どうすべきか。どうしたらいいか。そんなことばっかり優先させてたせいで、自分がどうしたいのかがすっぽ抜けてた。これじゃあまた後悔することになる」

「どうしたいか……」

訊くともなく繰り返した時、視線がぶつかった。

諒ちゃんはにこりとだけ笑うと、私のふくらはぎに指を回した。答えはなくとも、彼の望みは見ていれば分かった。

彼は私の足首にベルトを巻くと、コの字になった留め金をもう一端の調節穴に通した。そして逆の足首にも同じことをしたあと、南京錠の動作を確認するように鍵で一度掛け金を開閉させ、留め金と鎖の輪にかけた。

まるで厳かな儀式でも執り行われているみたいに、空気がぴんと張りつめていた。かちっ、と施錠された音が聞こえ、ようやくつま先がぴくりと動く。

「どこも痛くない？」

銀色の鍵が、彼の手の中に消えた。

枷に捕まった足首ではなく、胸が痛みを訴えていた。掻きむしりたいのをこらえながら、手をあて細く息を吐く。

「……痛くない……」

私の返事はさておいて、諒ちゃんはそこに不具合がないかを入念に確かめているようだった。足枷の輪を回したり、鎖を引いたりしながら尋ねてくる。

「腹は空いてきた？」

「……ううん」

「じゃあ、髪乾かしてもう寝ようか」

「…………うん」

「あ、歯ブラシは持って来たんだっけ。なくても買い置きはあったと思うけど」

「持ってきてる……けど……」

くだけた口調での、何気ない会話。なんとなく違和感を覚え、私は注意深くその姿を観察した。つむじに視線を感じたのか、「どうかした？」と彼が見上げてくる。

「なんか諒ちゃん……いつもより優しい気がする」

「俺としては、ツジにはいつも優しくしてるつもりだったんだけど」

「そういう意味じゃ、なくて……」

ちらりともご主人様然としていない彼が、いかにも〝ご主人様〟がしそうなことをしている。彼が私を〝茜〟と呼んだわけでもなく、私は跪いてもいないというのに。

違和感の原因はそれだった。目の前にいるのは——、

「……諒ちゃん」

「ん、何？」

名前を呼んでも、彼は立ち上がっただけだった。合言葉（セーフワード）が無効なのは、きっと今この時がプレイではないから。

「うん、なんでもない……」

「……そう。ほんとにどこも痛くないよな？」

私は声には出さず、小さく頷いた。やたらと胸苦しくて諒ちゃんを直視できないぐらいで、他に困っていることは何もない。

棚からドライヤーを取った彼が、「ツジ」と私を呼んで鏡の前に立たせた。髪を乾かそうというのだろう。「自分でやるよ」と一度は遠慮したけれど、彼は「洗ったのも俺だし、今さらじゃない?」ともっともらしいことを言って、私にはバッグから見つけた歯ブラシのケースを渡してきた。

しぶしぶ歯ブラシを口に咥えると、諒ちゃんは目元に柔らかな笑みを浮かべて私の髪に温風を当て始めた。

こうもかいがいしく世話を焼かれては、くすぐったいというより恐れ多かった。

そういえば、少し前にも誰かが諒ちゃんのことを過保護だと言っていた。学生時代も面倒見のいい人という印象はあったけれど、きっとこれがこの人の素なのだろう。私のことも、今はなんの役割も持たない、ただの私として見られているような気がする。見返りも何も求められていない、いうなれば――。

呼ばれて返事をしたかのように、下からにゃあと鳴き声がした。いつの間にやって来たのか、足元に猫が座っていた。もしかして妬かれているのかと思ったけれど、見上げてくる眼差しはむしろ、同士を見るように温かいような。

お互いの寝支度がととのったあと、寝室へ案内された。けれど歩くたび鎖がフローリングに擦れ、じゃらじゃらと騒々しい音がする。

「……床、傷がついちゃうよ」

「気にしなくていいよ。新築じゃないんだから。それに今はふうもいるし」

「ふう？」

答えるようにして、諒ちゃんが後ろを振り向いた。見ると緩やかにしっぽを立てた猫が、私たちのあとをついてきていた。

「最初拾ってきた時、フーフー怒ってばっかりだったから。安直だけど、メスだしまあいいかと思って。それはそうと――普通に歩けそうだな」

ふいに話題を切り替えて、諒ちゃんは私の足元を見た。

制限された歩みは遅く、鎖を踏みそうになった時にはよろけもした。それでも鎖に肩幅ほどの余裕があるおかげで、歩くのはさほど難しくない。ただ、なんの問題もなくこの状況を受け入れていると思われるのは困る。

「……歩きやすくはないよ」

「歩けてるんだから大丈夫だろ」

「でも、普通に、じゃない」

「はいはい、もう着きましたよ」

冷静でいようとするあまり、可愛げのない皮肉が出てしまう。それを分かっているのかいないのか、諒ちゃんは適当なあいづちで受け流すと、玄関入ってすぐのところにあったドアを開けた。

中に入ると、かすかに男の人の匂いがした。ここが諒ちゃんの部屋なのだろう。角部屋で腰高の窓がある。リビングと似たシンプルなインテリアだけれど、色の温度が低いものばかり置かれているからか、どこか涼しげで無機質な雰囲気だ。

諒ちゃんは部屋の奥に進むと、ベッドにあった枕の位置を横にずらして言った。

「どうぞ、狭苦しいところですが。一応シーツは洗ったばっかり」

「え？　待って、ここ諒ちゃんの部屋でしょ？　ベッドは諒ちゃんが使ってよ。私はどこか別のところでいいから」

「別のところって……たとえばどこ？」

「……そのへんの床とか」

「却下」

「だって諒ちゃんは？　どこで寝るの」

尋ねると、彼は目線でベッドを指した。ぴったりと身を寄せ合えば二人眠れなくもなさそうな、シングルベッド。

「いや、厳しいでしょ。すっごく狭くなっちゃうよ。それにそっちは明日も仕事だよね？　寝不足にさせたら悪いし、私は毛布一枚あれば床でも平気だから――」

申し訳なさからあれこれ言い連ねているあいだ、諒ちゃんは黙って私の話を聞いていた。言葉が出尽くすのを待つように、緩く腕も組んでいる。

「あの……諒ちゃん？」

「……ちなみに、それで何度目か分かってる？」

「何が？」

分からなくて首を傾げた私に、彼は一音一音丁寧に発音するように言った。

「……くちごたえ」

裏の顔をちらつかされた途端、目があさってのほうへ逃げた。何度目かなど知るわけがない。そもそも私は意識さえしていなかったのだから。

これはきっと私の遠慮を解くために、奥の手を出されただけだと思う。埒が明かないから言っているだけで、本気であげつらう気はないはずだ――たぶん。

ちらりと様子をうかがうと、諒ちゃんはふいっと顔を逸らした。ほとんど噛み殺されていたけれど、口の端にはわずかに悪戯っぽい笑みが残されていた。

そのまま彼はベッドに腰を下ろし、ブランケットを捲ってこちらを向いた。

「おいで」

壁側に空けられた、私ぶんのスペース。封じられた口をもごつかせながら、私は悩む足をそちらに向かわせた。

ベッドに上がり、ブランケットで作られた巣穴に体を潜り込ませる。ほどなくしてピッとスイッチの音とともに、部屋の明かりが消された。

諒ちゃんが隣にくると、背中とお尻と踵が彼の肩と腕とふくらはぎに触れた。どうしてもそこに意識がいってしまう。眠れるだろうかと思っていると、後ろからくすくすと笑い声が聞こえてきた。

「ツジはさ、ほんと素直じゃないよな。あの時だけじゃない？　すんなり俺のいうこと聞き入れるのって」

「そんなこ、と——」と、滑りかけた口を急いで閉じた。また性懲りもなく突っぱねそうになっている。

「……スミマセン。なんか、つい……」

「別にいいんだけどね、それがいやってわけじゃないし。でもあんまり意地張ってると、俺も触発されて言うこと聞かせたくなっちゃうかもよ」

「え——」

確かに今はプレイをしていない。けれど諒ちゃんの中に〝ご主人様〟はいる。ひとりおろおろとしていると、からかうような声に追い打ちをかけられた。

「あれ、ここは何も言い返してこないのか」

「いやっ、その……なるべく素直に聞くように、します」

慌てて忠告に従うと、背中にくつくつ笑いが触れた。自分でも空返事だと思ったくらいだ。諒ちゃんにも口先だけと思われたのだろう。

「その感じだと難しそう。こっちの気が変わらないうちに早く寝な」

「う、うん……」

「おやすみ」

「……おやすみなさい」

互いに無言になると、二人ぶんの息遣いがよく聞こえた。私のは浅くてせわしないけれと、背後からのものは静かで深かった。その一定のリズムに耳を傾けているうちに、自然とこちらの呼吸も落ち着いてくる。やがてほたほたと眠気が降り積もるようにして、瞼が重たくなっていった。

そしていつの間にか私は眠っていたようで、そのまま一度も目覚めることなく朝を迎えた。眠っているあいだ足枷が気になるということもなかったし、諒ちゃんがいつ会社に行ったのかも分からなかった。

単調な鎖の動きに飽きたのか、ふうちゃんがトコトコと部屋を出ていった。その後ろ姿を追いかけて、私もリビングに向かう。

歩みを賑やかなものにさせている鎖も、ひとりきりの今は影か楽器みたいなものに思えた。どこにでもついてくるけれど、音がするだけで特に害はない。いくつか難点を挙げるとすれば、正座が難しいことと下を着替えられないこと、それからやはり外出ができないことぐらいだろうか。それでも監禁にしては優しいと思った。確かめてはいないけれど、玄関に外鍵がかけられているとは思えないし、何より手は自由だ。リビングに置いてあった鞄を見ると、入れた時と同じ場所にスマートフォンもあった。

取り出して画面を見る。すると十時からきっかり三十分おきに、三回の着信があったことを知らせる通知があった。一瞬オーナーからかとも思ったけれど、諒ちゃんからのものだった。

かけ直したほうがいいかもしれないが、向こうは仕事中だろう。どうしようかと悩んでいると、頃合いを見計らったように画面に『諒ちゃん』の文字が現れた。

「もしもし」

応答すると、耳に当てたスマートフォンからどこかほっとしたような声が流れてきた。

「やっと出た。よく寝たなー。朝出る時もぐっすりだったもんな」

「ごめん、思いっきり寝ちゃってた。さっきふうちゃんが起こしてくれたよ」

「わるい、起こされた？　部屋のドア閉めてたら開けろってうるさいから、ちょっとだけ開けといたんだ。ツジがいるから中までは行かないと思ってたんだけど」

「枕元まで来て挨拶してくれたよ。今リビングだけど、すぐ近くにいる」

「なんか気に入られたのかもな」

微笑ましそうに言うその声には、屋外にいるような雑音が混じっていた。

「もしかして諒ちゃん、外にいる？」

「ああ、打ち合わせが終わってちょうど昼食べに出てきたところ。午後は客先に行かなきゃだから、今のうちに。ツジも、起きたなら何か食べろよ」

「だけど――」

「人様の家の冷蔵庫を勝手に開けるなんて、とか考えなくていいから」

今まさに思っていたところに先手を打たれ、ぐうの音も出ない。

「パンとか牛乳もあるし、ちょっとは野菜もあるから。肉は冷凍庫。パスタとかインスタントラーメンあたりは棚ね。料理したかったら、フライパンでも調味料でもなんでも好きに使って」

　彼の物言いは、ごくごく普段通りのものだった。そんなことあるはずがないと思いながら、まさかこの足にあるものを忘れてやしないかと確かめたくなる。

「……足枷したままで？」

　ぼそりと呟くと、間を置いて昨夜聞いたのと同じ声がした。日影のようにひんやりとした、揶揄（やゆ）のぶんだけ重い声。

「できない？」

「……と、思ったけど、大丈夫そうだからちゃんと食べます」

「よろしい」

　わざとらしく慇懃に言われると、どうしてだか負けん気がむくりと湧いた。やっぱり、難しい。裏の彼にはすこぶる弱いくせに、諒ちゃんにはうまく素直になれない。どちらも同じ人だというのに。

「……ついでに諒ちゃんの部屋も漁ってやる」

「どうぞご自由に。ちなみにクローゼットの右奥がオススメですよ」

　せめて鼻を明かしてやろうと思って言ったのに、動揺の欠片もない返答があった。しれっとした諒ちゃんの顔が目に浮かぶようだ。やましいものは何一つないというより、見られたところで痛くも痒くもないのだろう。これでは分が悪すぎて、大人しく引き下がるしかなくなる。

「今日は早く帰れそうだから、夕飯はこっちで用意するよ。ふうが何かねだってくるようだったら、キッチンの戸棚にフードとかつお節があるから食べさせてやって。あと、もし本気で困ったことがあったらすぐに連絡。いい？」

「………分かった」

「それじゃあ、ごゆっくり」

客人をもてなすように言って、諒ちゃんからの通話は切れた。

私はテーブルにスマートフォンを置いて、ちらりと足首に目を落とした。

「ごゆっくり、ねえ……」

真新しい黒革が、陽の光にぴかぴかと輝いていた。この足枷が事態を複雑にしているのか、それとも分かりやすくしてくれているのだろうか。

だいたい、これはいつまで私の足にあるのだろう。「しばらくは」と、昨夜諒ちゃんは言っていた。だとすると今日一日で終わるとは思えない。ならば明日か、それとももう少し先か――。

「ほんと……どうするつもりなんだろ」

彼にぶつけたつもりの疑問は、むしろ自分の胸に響いた。この先、私はいったいどうするつもりなのだろう。

諒ちゃんがここに私を留め置こうとする理由を、私はもう知ってしまった。きちんと言葉で告げられたわけではないけれど、昨夜の彼を見ていればさすがに分かる。

嬉しくないわけじゃない。けれど心は上手に踊らない。

怖いのだ、ものすごく。おばけみたいに実体のない、無色透明なものを信じるのが。いつ消えるとも知れないものを、手放しには喜べない。

いま確かなものは一つだけ。ここに私がいることを諒ちゃんは望み、私もそれを選んだ。この足枷が、その証だ。

胸いっぱいに深呼吸をし、緩く背伸びをする。そして私は鎖とふうちゃんを引き連れて、キッチンに向かった。

6.

「そういえば、部屋は漁ってみた？」

と諒ちゃんから切り出されたのは、夕食を終えて一息ついている時だった。

「……ううん、漁ってないよ」

私が淹れたてのコーヒーを一口飲んで答えると、彼もまた湯気の立つマグカップに軽く口をつけた。

「じゃあ今日も退屈だったろ。テレビも観ないんじゃなあ……。なんかいい時間つぶしがあればいいんだけど――」

コーヒー片手に考えを巡らせている彼に、他意は少しも感じられなかった。

この家で過ごす夜もすでに四度目、今日はもう金曜日だ。飲み会を断って早く帰ってきたという彼は、すでに部屋着のTシャツに着替えている。キャットフードを食べ終えたふうちゃんは、ソファーに寝ころんで毛繕いの最中だ。

傍目には、ごく平穏なくつろぎのひと時に見えるだろう。

実際、ここでの毎日は平穏そのものだった。初日は寝過ごしたけれど、二日目からは諒ちゃんとともに起きて朝食をとるようになった。出勤する彼を見送ったあとは、掃除と洗濯。しなくていいと言われているけれど、何もしないというのも申し訳ないのでやらせてもらっている。そしてそれが終わると、途端に時間を持て余した。一人の昼食に手間はからないし、夕食は諒ちゃんが用意してくれるのでなんの準備も要らない。テレビやサブスクの映画を観ようともしたけれど、集中できなくて長続きしなかった。それにここに住んでいた他の家族のことを考えると、本棚を見るのも諒ちゃんの部屋以外のドアを開けるのも憚られる。ふうちゃんも私とは遊び飽きたようで、今日はねこじゃらしへの食いつきも悪かった。

だから退屈しのぎを考えてもらえるのは、とてもありがたいのだけれど——。

「というかさ、これは……いつまで？」

思い切って尋ねると、正面にある顔がきょとんとした。

「これって？」

「……コレですよ」

私がテーブルの下で足を揺らすと、諒ちゃんはじゃらじゃらという音に耳を傾けるかのように頬杖をついた。

「ああ、ソレね」

私の足首には、いまだに足枷がつけられている。ただし枷をされる場所は日によって違う。二日目、諒ちゃんは私から足枷を外すとお風呂に入らせ、湯上りの体に手枷をはめる。

た。三日目はその逆。今日はまだお風呂に入っていないので、私には足枷が巻きついてい

体が傷つかないよう、配慮してくれているのかもしれない。そう思うと、このうえない厚遇を受けているように錯覚しそうになった。

結局のところ、私はここに来てから一歩たりとも家の外に出ていない。日がな一日ふうちゃんを撫でたり空模様を眺めたりしながら、諒ちゃんの帰りだけを待っている。怠惰で、ある意味優雅な生活。正直言ってなんの不都合もないけれど、こんなぬるま湯の日々がいつまでも続くわけがないと、私だけじゃなく彼も分かっているはずだ。

「そうだなあ……ずっと、かな」

そう言いながら、諒ちゃんは夜を映す窓に視線を投げていた。こっちを見ずにいるあたり、おそらく本人もあり得ないことだと思っているのだろう。

じと目を向けると、彼は軽く居住まいを正して私のほうに向き直った。

「冗談だよ。なんか出かけなきゃいけない用でもあるの？」

用があるから言ったわけではないのだけれど、と思いかけた時、一つ大事な約束があったことを思い出す。

「そうだ、お店に行かなきゃいけないんだった」

「手続きが残ってるんだっけ」

「うん。オーナーの奥さんがいる時に来るよう言われてるんだけど……でもオーナーにも

挨拶したいから、二人ともいる時がいいかな。金曜日とか……」

「だったら、次の金曜の朝までね」

「え？　何が？」

「コレですよ」

テーブルの下で、諒ちゃんの足がちょんちょんと私の足に触れた。

――あと、一週間……。

急に現れたゴールにかすかな戸惑いを覚えていると、彼が飲み終えたマグカップをコトンとテーブルに置いた。

「それより、これからどうする？」

「………どうするって？」

「明日は休みだし、せっかく早く帰ってきたんだから何かしようよ。あ、そうだ。一人でできないんだったら、部屋漁るの俺が手伝ってあげようか」

なんの思惑もなさそうな、見事なまでに平然とした態度。けれど今、確かに妖しい匂いが鼻先をかすめた。

「えー……っと、遠慮しときます」

「なんで。言い出したのはツジだろ。ちょうど見せたいものがあったんだよな」

悪だくみを教えるようににんまり笑うと、諒ちゃんは席を立って私のマグカップをひょいと取り上げた。

「ちょ、ちょっと待って！」と慌てて両手を突き出したけれど、その手を彼に掴まれた。そのまま力強く引っぱられ、リビングから連れ出される。

「み、見せたいものって何……っ⁉　なんかいやな予感がするんですけど……！」

「警戒しすぎだよ。定番の卒業アルバムが出てくるだけかもしれないだろ？」

「全部同じの持ってるし！」

「あ、確かに」

声を立てて笑いながら、それでも諒ちゃんの足は止まらなかった。行き着いたのは思った通り彼の部屋で、中に入ると背中を押すようにしてクローゼットの前まで進まされた。肩にのせられた手に座るよう促され、観念して膝を折る。何か起こる気がしてならないけれど、本当に懐かしのアルバムを見せようというなら、あまり疑ってかかるのも失礼だろう。

諒ちゃんはクローゼットの折り戸を開けたあと、さらに右端にある衣類ケースの三段組の引き出しを開けた。手前には冬物の衣類が収納されていて、ニットやマフラーなどが見えている。その奥から、黒い何かが取り出される。しっかりとしたつくりの不織布のバッグだ。

もうちょっと小さいサイズのものをどこかでも見た、と既視感を覚えた時にはすでに、それは私の前で逆さまにひっくり返されていた。

ごろごろと転がり出てきたものが、床の上に山を作った。つややかな黒。口紅を思わせる深紅。ところどころに金属の輝きも混じっている。斜面を転がり私の膝にぶつかって止まったのは、穴ぼこだらけの黒い球と同色のベルトでできたボールギャグ——ぶわっと汗が噴き出してきて、私はすぐさまあさっての方向に顔を振った。

「やっぱりいやな予感当たってるじゃない……！」

「古いやつだけどＤＶＤなんかもあるよ。大昔に大樹がくれたの。ツジも好きなんじゃないかな。あ、これとかも」

「み、見ないぞ。見ないからね……」

そこにあるものがどういう類のものかなんて、確かめなくても明白だ。かたく目を閉ざしていると、いやにご機嫌な声が耳朶をくすぐった。

「なんで？　こういうのお嫌いでしたっけ」

「きっ、嫌いとか、そういう話じゃ——」と言いかけたところに顎を持たれ、ぐいっと正面を向かされた。

「ほら、見てよ」

背後からの声は限りなく穏やかだったけれど、行動が少しも伴っていない。

「このヘンタイ、キチク、ケダモノ……！」

「ひどい言われようだなあ。ちょっとはしゃいでるだけなのに。こういうの、引かれる心配もなく誰かに見せるのって初めてなんだよな」

「初めて……？」

うっかり乙女心をくすぐられて目を開け、すぐに早まったと後悔した。私の前にあったのは、やはり淫らなおもちゃや拘束具の数々だった。透明なプラスチックケースに入っているのは、さっき話に出てきたＤＶＤだろう。なんの印字もされていないところがまた、怪しさを助長している。

「……こんなもの集めるなんて、いい趣味してますね……」

小声で毒づくと、彼は私の背中越しに手を伸ばして何かを拾った。短めの黒いベルトに、鎖が連なっている。昨日、私の手首にあった手枷だ。

「しょうがないだろ、こういうのが好きなんだから。ちなみにどれも新品ですよ。必要かと思って用意したの」

「ひ、必要って……」

なんでもなさそうに言いながら、彼は私の頬にぴったりと手を添えたままでいた。もし顔を背けようものなら、すぐにでも向き直させるというように。おかげで動悸がひどい。彼に呆れたふりのため息で、乱れそうな呼吸を整える。

「……あんなに可愛らしくて爽やかだった男の子が……こんな卑猥(ひわい)な大人になってるなんて、思ってもみなかったよ」

なけなしの反撃をしながら思い起こしたのは、十代そこそこの諒ちゃんだ。ひなたの匂いがしそうな、笑顔の眩しい少年。するとあの頃を彷彿とさせるような、屈託のないくすくす笑いが聞こえた。

「残念ながら、小中学生の頃から中身はほとんど変わってないよ。性癖というやつも」

「……そんなに昔から？」

「ちゃんと自覚してたわけじゃないけどな。ツジにはなかった？　まだほんの子どもだった頃、なぜか無性に惹かれたもの」

質問は抽象的だったけれど、彼の言わんとしていることには覚えがあった。

放課後、一人で観ていたアニメで、悪と戦うヒロインが魔王に捕まった時のことだ。体が、どうしてだかそわそわとして落ち着きを失った。画面の中のヒロインが絶体絶命のピンチを切り抜けたあとも、私の頭の中の彼女は檻に囚われたままだった。誰の助けも来ない、正義のヒロイン。いったい彼女はどんな酷い目に遭わされるのだろう——そんなほの暗い物語を妄想しながら、幼い私はお腹の奥をむず痒くさせていた。それが欲情とは知らずに。

「……あった」

ぼそっと答えると、共感を得られたことを喜ぶような微笑みを返される。

「だろ？　俺も一緒だよ。テレビで誰かを捕まえたり痛めつけたりするシーンを観た時、なんか知らないけどぞくぞくしてた。学校で泣いてる女子がいた時も、慰めながらもっと泣かせる方法を想像したりして。もちろん、よくないことなのは分かってたから隠すようにはしてたよ。でも高一の時かな。いろいろあって……それが性癖ってやつなんだってはっきり自覚した」

「……いろいろ、って？」

途中言葉を濁されたのが気になって振り返ってみると、諒ちゃんの顔は見たことがないほど決まり悪そうなものになっていた。

「まあ……その頃に付き合ってた子と、ちょっと」

「……ちょっと、って？」

好奇心半分に追及を重ねると、彼の表情はますます困ったようなものに変化していった。まるで忘れていた傷にうっかり触れてしまったような、複雑な顔だ。

「言いかたは悪いけど……試しに、ちょっと。縛ったり、スパンキングしたり、トイレに行きたがってるの気づかないふりして……おもらしさせたり？」

「なに疑問形で誤魔化してんの……？」

思わず声が刺々しくなった。それはたぶん〝ちょっと〟では済まされない。「まさか同意もなしに……」と私が疑いの眼差しを向けると、彼の表情はさらに曇った。

「あったよ。けど……あれはなかったようなもん。何してもいいよ、なんて台詞、真に受けちゃ駄目なのは分かってたのに、我慢できなくて挑発にのったんだから」

そこに罪の意識でも残っているのか、もう十年以上前の話だというのに、聞こえてくる言葉には少しも美化された形跡がなかった。

高校一年生の時といえば、確か諒ちゃんは隣のクラスの子に告白をされて付き合っていたはずだ。くりっとした目が愛らしい、お人形さんみたいな女の子。

記憶違いでなければ、二人は半年ほど続いたあと諒ちゃんが振られる形で別れていた。彼女に好きな人ができたという噂もあれば、諒ちゃんが二股をかけていたという噂もあったけれど、その理由は結局分からずじまいだった。誰にどれだけ訊かれても、諒ちゃんがけして口を割ろうとしなかったからだ。両極端な噂話しか聞こえてこなかったということは、彼女もまた本当のところを周りに話さなかったのかもしれない。

その時の真相が、さっき聞いた通りなのだとしたら。

「……何も言えないわけだわ……」

妙に納得する。そんなことがあったのでは、当事者二人が揃って口を噤むのも無理はない。呆れながら、けれど淡い同情も覚えていると、まるで良心が痛んだかのように諒ちゃんが屈んだ背を丸くした。

「付き合ってるあいだ、よく冷たいって文句言われてた。その時も、普通にしたあとになんか壁がある感じがして寂しいって、不機嫌になられたんだ。悪い癖が出ないよう我慢してるせいだとは思ったけど、言えなくて謝るしかできずにいたら……私にだったら何してもいいんだよ。だって諒くんのこと大好きだもん、って——だから試した。結果は……知っての通り。相手を傷つけて、自分は虚しくなっただけだった。反省したし、自己嫌悪にも陥ったし、学習もした。これは相手を選ぶものなんだって。それでますます隠すようになったけど……中身は結局、あの頃から何も変わってないよ。今でも普通にするのはそんなに好きじゃないし」

「……気持ちよくなれない？」

「というより……興奮しきれない感じかな。相手にしてみれば失礼な話だと思うけど、衝動から意識逸らしてるせいで、なんか演技してるみたいに思えてくるんだよ」

――演技。

打ち明けられたその一言に、ほろ苦い気分を味わう。私も婚約者の彼と抱き合う時そうだった。本当の自分を見て欲しいと願いながら、嫌われるのが怖くていい顔ばかりしていた。

同じ痛みを知る仲間を慰めるように、ぽんぽんと諒ちゃんの膝を叩く。

「……ちっとも気づかなかった。知らないところで諒ちゃんも苦労してたんだね」

元気づけるつもりで明るく言うと、予想外に渋い顔をされた。

「なに自分のことは棚に上げて。そっちこそ、人知れずこじらせてたんじゃないの。東にも水城にも、誰にも気づかれずにいたわけだろ？」

「……それは、まぁ……」

「俺だって思いもしなかったよ。見るからに純真そうだったあの女の子が、マゾだの奴隷だの言われて悦ぶ変態だったなんて――な、ツジ」

それが意趣返しだと気づくのに、そう時間はかからなかった。いやらしいほど晴れやかな笑みが、まっすぐ私を見つめていた。

これはまずい。風向きが変わっている。今の今まで立ち位置は対等か、私のほうが上かという流れだったのに。

「もー、何言ってんの。別に……そんなので悦んだりしないって」

私は笑顔を作りながら、すみやかに彼の膝から手を避難させようとした——が、引っ込めようとした手がガシャン！　と何かにぶつかった。

革と金属の山が崩れ、小さな南京錠が床を滑っていった。実験器具みたいな金属製のクリップも見えた。犬を散歩させるのにちょうどよさそうな革紐もあって、それと繋がる首輪は、ルーレットの針みたいに私を指したところで止まった。

ことん、とバイブが立てた慎ましやかな音を最後に、あたりには再び静寂が戻った。

沈黙の行方を握っているような気がして、宙に浮かせたままの手を動かせない。空気を揺らさぬよう、そっ……と顔を伏せると、前触れもなく諒ちゃんが言った。

「ツジってさ、すぐそうやって見ないふりするよな。性癖だっていまだになかなか認めようとしないし」

ちくりと言われたように聞こえたのは、空耳だろうか。彼の表情に不機嫌さはなく、むしろどこか憂えているようにも見えるのに、咎められたみたいに感じる。

「それは、ただ……胸を張って言うことでもないと思ってるだけで」

「じゃあ、これは俺の気のせいかな。俺にはツジが、性癖もひっくるめて自分のことを全部嫌ってるように見えるんだけど」

揺るぎない瞳に見据えられると、丸裸にされたみたいで居心地が悪かった。そっぽを向いてしまいたいのを耐える。いま違うと言えば、それは負け惜しみになるだろう。

「ちゃんと認めてるよ。自分が……Mだってことも」

「それも口だけに聞こえるんだよな。言いやすい言葉で誤魔化してるだけっていうか。ちゃんと認めてるなら、可愛い子ぶらずにマゾって言えば?」

「………どーせ私は、ヘンタイマゾドレーですよ」

苦言をやり過ごしたくて投げやりに答える。と、諒ちゃんはかすかに鼻で笑い、私の両足にかかる鎖をくいっと引いた。

「なっ——ちょっ、と……っ!」

しゃがんでいる格好から、バランスを崩して尻もちをついた。すぐに体勢を立て直そうとしたけれど、伸びてきた手に阻まれた。手首を摑む彼の手が、私を起き上がらせまいとしている。

「それじゃあ奴隷とは言えないなあ。服従する意思もなさそうだし。どっちかっていうと、おもちゃかな」

「おも、ちゃ……?」

「使う人が楽しむためのもの。遊ぶのも、壊すのも、その人の自由」

口ずさむように言い残し、諒ちゃんはへたり込む私を跨いで立ち上がった。

真上から見下ろされた途端、体の奥底がさわさわとささめいた。子どもの頃、わけも分からないまま落ち着きを失っていたのと同じ場所。むず痒くてたまらないのに、自分では絶対そこには手が届かないと大人になった今はもう知っている。だからこそどうしたらいいか分からなくて、途方に暮れる。

固く身を縮こまらせていると、不思議そうに訊かれる。

「どうしたの、動けない？」

「……そりゃあ……そうでしょ……。諒ちゃんが跨ってるんだから……」

「踏みつけてるわけじゃないんだから、気にせず起き上がればいいのに。いやって言われれば俺もどくよ。——ああ、にしても楽しいな」

「……何が」

「めちゃくちゃ狼狽えてるくせに隠そうとして強がってるところ、見てると楽しい」

「かっ、からかわないでよ……！」

図星なだけに頬が熱くなる。そのまま勢いをつけて体を起こそうとした時、私を跨いだままで諒ちゃんが腰を落とした。

体重はかけられていないので重くはないけれど、圧迫感がひどくて喘ぎそうになる。向こうから見れば、きっと私は彼の影に飲み込まれていることだろう。

逆光に表情を暗くした彼が、顔を覗き込んでくる。

「からかってなんかないよ。ツジにはこういうことが必要だって、知ってもらいたいんだよ。だってそこ否定してたら、いつまでもしんどいだけだろ。そういう性なんだからしょうがないのに。それに綺麗ごとを抜きにすれば……俺にも必要だし」

ばくばくと心臓がうるさいのはその言葉を喜んでいるからか、それともこの先に待ち受けているだろう何かを期待しているからだろうか。

考えても答えは出てこない。こうも簡単に揺さぶられてしまう自分にうんざりする。けれど私の目は、一点を見つめたまま動こうとしない。

あの唇は、次になんと言うだろう――。

「ツジは……こんなふうにいじめられるの、いや?」

諒ちゃんは場違いに思うほど、柔らかな口調で言った。これは、確認だ。私の意思を、そして同意があるかを確かめられている。

「………し、知らないよそんなの。分からない……」

拗ねたみたいになったけれど、紛れもない本心でもあった。この人に迫られると、いつも頭がぼうっとしてしまう。情けないとは思っても、おろおろとして顔色をうかがうしかできなくなる。

「自分のことなのに分からないの?　よく考えて」

頬に手のひらが触れた。肌にはぬくもりを感じるのに、危機感にも似たひりつきばかりが募っていく。

「だ、だったら……先にそこ……どいてよ……」

「そんな答えじゃあ、どけない。俺が質問したのは、いやかどうか」

にべもなく言われ、私はまた困り果てる。自分がいま嫌悪しているかどうかぐらい、考えなくても分かっている。

「い……いやじゃ、ないけど――」

答えた瞬間、ぱんっと弾けるような音がして頬に痛みが広がった。

「ァ……！」

「――けど、何？」

ちりちりと皮膚に残る痺れが、頬を打たれたのだと教えてくれた。

衝撃に眩暈を覚えながらも、私は答えを探し続ける。

「いっ、いきなり、だった、から………っ」

「から？」と頬を撫でる手に、本心を引きずり出される。

「ど……どうしたらいいか、分からなくて……」

「じゃあもう一回だけ訊いてあげる。ツジはこうやって打たれたり責められたりするの、いや？」

さも慈悲深そうに、彼は痛みの薄れつつある頬に手のひらを重ねた。

こんなことは期待していなかった。望んだつもりもなかった。抱き締められたわけでもなければ、愛を囁かれたわけでもない、のに。

「……いや……じゃ――ッ！」

「もっとはっきり」

小気味いい音とともに、再び頬に火花が散った。

――熱い。打たれた頬よりも胸が。じりじりと痛みに炙られて、欲望の輪郭が浮かび上がってくる。

もっと追い詰めて。私が何も誤魔化せなくなるまで。

「いや、じゃ……ない…………。いじめられるのも、責められるのも――」

いやじゃないです、と涙に霞んだ声で告げると、彼は普段よりよっぽど優しく微笑んで、ぱんっとまた私の頬を叩いた。

「俺は嬉しいよ、お前がマゾで。お前といる時だけは、本当の自分でいられる」

じぃん、じぃん、と波みたいな悦びが体の中心に打ち寄せていた。これがどこから来たものかなんて、もう考えたって意味がないと思った。望もうが望むまいが、私の体は退路を断たれてこんなにも嬉しそうに震えているのだから。

「立って」と指示され、私はふらふらと立ち上がった。反対に彼は私の足元に屈み、鎖だけを足枷から外して言った。

「着てるもの脱いで、全部」

下から届く命令には、どことなくいつもの諒ちゃんの口調が残されているように感じた。ホテルで耳にしていたものよりも、少しだけ声の温度が高い。Tシャツの裾を握り締めたまま動けずにいると、私の手にあった穿つような視線が顔に来た。

「返事は?」

「…………は、はい……」

できることならシャワーを浴びたい。裸になるのは恥ずかしい。そんな当たり前の躊躇いが、ほろほろと音も立てずに崩れていった。

借り物のシャツを脱ぎ、ルームパンツを脱ぎ、体温の残るブラジャーを床に置く。

私がこの命令に従わなければならない理由なんて、はっきり言って一つもない。相手はもう客ではなく、拒んだところで誰にも迷惑はかからないのだ。それなのに手を止めるだけの理由もまた、一つとして見つからない。

ショーツを飾るレースの上で彷徨わせていた指を、サイドの布地に引っかけ足首まで一息に下ろす。

「ベッドに上がって。あと、背中をこっちに」

ひとり全裸でいる心許なさを引きずりながら、私は枷のベルトだけがついた足を進めた。膝でマットレスに窪みを作り、中央あたりに腰を下ろす。そのまま黙って白い壁紙だけを見つめていると、今度こそはっきりとした叱責が背中に飛んできた。

「言うこと聞いてもらえるのは嬉しいんだけど、返事ぐらいしてくれる?」

「あッ――」

言うなりぐっと肩を押され、上半身をベッドに倒された。謝らなくてはと思っているうちに、浮いた尻を平手でパンッと叩かれる。一度、二度、

「ほら、今も」

三度。

「ああ――ッ、ご、ごめんなさい……っ！」

痛みのあるところに、彼の手の感触が焼きついているようだった。きっとそこだけ花が咲いたみたいに赤く染まっているだろう。

「そのまま両腕を後ろに」と言われ、私はかすれ声で「はい」と答えて両手を腰に置いた。

彼の手に促され、左右の腕を軽く相互に摑む。だんだん呼吸が苦しくなってきているのは、ベッドに顔が埋もれているせいだけじゃない。

私はきっと、今から自由を奪われる。縄で、だろうか。もしかしたらさっき見た手枷を使われるのかもしれない。

淫らな予想を先走らせていると、ビッと何かを剝がすような音が聞こえてきた。

ちらりと肩越しにうかがうと、彼はガムテープによく似た、けれどありふれた茶色のものとは違う、光沢のある真っ黒なテープを持っていた。ボンデージテープと呼ばれるそれがどういった使われ方をするのかは、訊かなくても知っていた。

右手の指先に巻き始めが触れた。名前にテープとついているけれど、粘着力はないので貼りつく感じはしない。まるで幅広のフィルムで梱包されていくような、奇妙な感覚。手首と、そこに添えた反対の手のひらとがひとくくりにされていく。

薄いビニールの膜は破れやすそうに見えて、何重にもされると驚くほど頑丈になるようだった。指先を動かそうとしてみたけれど、触れている腕と一体となったかのようにびくともしない。密封された手のひらに、じっとりと汗がにじむ。

「は……っ」と蒸れた吐息をシーツに吹きかけていると、肩を持って上半身を起こされた。けれど体の芯は早くも失われかけているようで、酩酊した時みたいに上体がふらふらと揺れた。

そんな私をまっすぐに座り直させながら、後ろでふっと彼が笑ったような気配がした。

「腕だけでこれだっていうのに……ほんと、なんで気づけなかったんだろうな」

「……気づく？」

「お前がマゾだって見抜けなかった自分に呆れてるの。高校の頃なんて、しょっちゅう一緒にいたのに」

振り向いた先で、諒ちゃんが弱々しいほど小さな苦笑いをこぼしていた。

垣間見えたその素顔に、思わず声をかける。

「ね……いま、どっち？　……諒ちゃん？　それとも……ご主人様？」

「……さあ。どっちがいい？」

普段の彼は諒ちゃんで、プレイの時はご主人様。そうやって私は彼を二つに分けて考えることで、自分自身を守ってきた。区別した相手に合わせてさえいれば、自分の立場を間違えることもない。身のほどを弁えるために、上手に割り切れる自分を演じるために。そんな茜の時には必要だった境界線が、今日は――。

「どっちが……」

口の中で呟いたきり答えを出せずにいると、彼は「まあいいよ」と話を切り上げて、今度は私の胴体にテープを巻き始めた。

右腕から、胸の上側を通って反対の腕へ。ぐるりと背中に回り、また右腕に。何度か繰り返されたあと胸の下側も同じように巻かれると、ギプスで固められたように腕を胴から離せなくなった。そしてその黒い平行線のあいだでは、行き場を失くしたふくらみがつんと先端を上向かせていた。

巻き終わりをハサミで切ったあと、彼は胸像を抱えるようにして私を自分のほうに向かせた。

「楓」

ふいに呼ばれ、おかしなほどぎくりとする。

私の名前を呼んだその人は、続けて諭すように言った。

「俺のことはどっちだと思っててもいいけど、一つだけ。今日のこれは仕事じゃない。それだけは覚えておいて」

「…………はい」

白々と濁りゆく脳内に、見慣れた映像が浮かんでくる。鉄格子の檻。開いた扉。その中に、今日は茜を閉じ込める。

「次は、口」

「……くち」

「そう。開けて」

言葉まで失うのかと思ったら、甘ったるい絶望感に胸が焼けそうになった。

はい、と返事をしたあとできるだけ大きく口を開けると、ボールギャグの黒い球が押し込まれた。頭の後ろでベルトを留められると、口内の異物感はより強くなった。舌をどう動かしても、味のないプラスチックの球体だけが同じ位置に居座ったままになっている。くらりと傾きかけた体を懸命に伸ばしていると、再び彼がボンデージテープを手にするのが見えた。

「そういえば、ちゃんと覚えてる？　喋れない時のセーフワード」

覚えている。彼の名前を三回。不明瞭な声でも、それなら伝わるだろうと自分で決めた。あい、と子音の抜けた声で頷くと、手幅ほどに伸ばされたテープが顔めがけて近づいてきた。反射的に仰け反ろうとしたけれど、動揺の声ごと口をテープに塞がれた。

頰の位置にある丸い金具が、押しつけられるようにして肌に密着した。ボールを咥えた唇とテープのあいだには、情けのぶんだけと言わんばかりの隙間が少しだけ残されている。いつも通りの呼吸なら、何も慌てることはない。けれど今は。

「ふッ、ふゥ……ッ！」

苦しさを訴えようにも、まともな声にならなかった。口からはほとんど息ができなくて、鼻から空気を取り込もうとする。けれど取り乱すほど脈も速まり、まるで溺れているみたいに苦しくなっていく。

——諒ちゃん、諒ちゃん！

そう聞こえるか聞こえないかという呻きを漏らした時、彼がふと目を細めた。

「ああ、いい顔になった」

涙を流し、みっともなく鼻息を荒くする私を見て、彼は隠すことなく声に欲情をにじませた。

三度目の〝諒ちゃん〟を、ボールの奥に溜まった唾液とともに飲み込んだ。ごきゅっと変な音がしたのはあちらの耳まで届いたようで、彼はより満足そうに目を三日月にして微笑んだ。

「怖い？」

「うう……！」

ベッド脇に立つ彼を見上げながらかくかくと何度も頷いた。腕の自由、言葉、呼吸——一つ、また一つと体の機能が奪われていく。そして奪い去った張本人は、ボンデージテープの丸い芯で指を遊ばせながら悠々と私を見下ろして言った。

「でも、怖いだけじゃない？」

「っ、う……」

答えを知っているように訊かれ、私はますます溺れそうになった。

言い当てられてはいても、ただ頷くだけで表せるような感情でもなかった。怖くて、不安で、どうしようもなく涙が溢れてくるのに、胸が鳴りやまない。自分でもわけが分からない。苦しくなればなるほど、体が溶けてゆくなんて。

言葉は見つからず、けれど頷くこともできずにふるふると首を動かし続けていると、膝を折って座る太腿のあいだに、トンと彼の指先が落ちてきた。

「こんだけシーツを汚しといて、怖いだけってことはないだろ」

彼が指したところには、私からじわりと広がる染みがあった。

ぷんと雌の匂いがしそうなその跡が、あまりに恥ずかしくてまた首を振った。涙とともに落ちかけた洟をすすり、弁明するように目を上げる。と、彼が独り言のようにぽつりと呟いた。

「優しく訊いたんじゃ駄目か」

意味を図りかねているうちに、彼はふいとベッドを離れて机にあったノートパソコンを取った。そしてこちらに戻りがてら、落ちていた白いＤＶＤを拾って光学ドライブのトレーにセットした。

読み込みを始めた端末をぽんとベッドに置いて、彼は呆れたような笑みを私に向けた。

「こんな醜い内側を見せ合ってるっていうのに、まだ知らないとか分からないとか言うんだもんな。そんな甘えがいつまでも許されると思う？」

彼は涙に濡れた私の頰をつ、と撫でたあと、無線のイヤホンを私の耳に装着した。

イヤホンからはなんの音もせず、ただ私だけが世界から切り離されたみたいに周りの音が遠くなった。聞こえているのは、自分の内側からの音だけだ。胸が破れそうなほどの心音と、呼吸音。そこに重なる呻き声と、ボールに邪魔されながら唾液を喉に落とす時のつぶれた音。

縋りつくように見上げた私を一瞥し、彼は再びボンデージテープの端を伸ばした。

水平に張られたテープが眼前に迫り、くぐもった声が耳に冷たく響く。

「そうやって逃げようとするのを……俺が許すと思う？」

「ふ……ッ、ふゥ……！」

塞がれたのは視界だった。初めはわずかに感じられていた光も、彼の手が離れていく頃には消えてなくなり、瞼の裏まで真っ暗になった。部屋の明かりが落とされたのかもしれないけれど、私に確かめるすべはなかった。

ほどなく耳元で、ぶつっと音声が切り替わるような音がした。ＤＶＤが再生されたのだろう。もの悲しいメロディーが流れてくると、彼の気配も私自身の音も、掻き消されて何も聞こえなくなった。

まるで自分まで闇夜に溶けて消えていくような、底知れぬ恐ろしさ。それでも——また一つ自由を奪われて、体はぶるりと歓喜に震えた。

呼吸を落ち着かせようとしているところに、コツ、コツ、と硬い靴音が聞こえてくる。続けてカララ……と棒で鉄柵をなぞるような音に、

『……お願い、ここから出して……』

何かに怯えているような、切なげな女性の声。

映像を見ていなくても分かる。そのＤＶＤはやはり卑猥なものらしい。私も好きだろうという諒ちゃんの一言を思えば、内容もだいたい想像がついた。

おそらく声の女性は、靴音の主に捕らえられている。きぃ、と蝶番が立てるような錆ついた音もしたから、もしかしたら檻に入れられているのかもしれない。

お願い、許して。そう何度も許しを乞う涙声が、こちらの感情に絡みついてくる。

「うぅ……」

私はテープに塞がれた目で、諒ちゃんの行方を探した。声も上げてみたけれど、なんの反応もなかった。

いや、もしかしたらあったのかも知れないけれど、私の耳には聞こえない。

ひとりぼっちの暗闇が寂しく思えてもう一度小さく呻き声を上げた時、イヤホンから女性の『あっ』と息を飲む音がした。

たぶん靴音の主が彼女に触れたのだろう。途切れ途切れに聞こえてくる吐息は、次第に色を帯びていった。

ふいにベッドが揺れて、はっと現実に引き戻された。

近づいてくる気配に身を固くしていると、諒ちゃんは私の首に何かを巻きつけ始めた。

少しだけ冷たくて、硬い何か。きっと床に転がりながら私を指していた首輪だ。

目が見えないせいか、それは鮮明なスローモーションとなって瞼に映った。首にあてがわれたベルトが、喉のところで一周した。一コマ、一コマ、徐々に圧迫感が増していき、やがて円が結ばれる。

肌からはわずかに浮いているので苦しくはないはずなのに、尾錠が留められた瞬間、息ができなくなったように感じた。その高ぶりからどんなに意識を逸らそうとしても、首輪が許してはくれなかった。革に触れる脈は、どくんどくんと乱れたものに変わってきている。心臓が鼓動を刻むたび、延々と興奮のほどを突きつけられているような気分になった。

諒ちゃんの手は次に、崩した正座でいた私の両脚をまっすぐに伸ばした。そして肩幅ほどに広げさせたあとで、足枷に何かを取りつけているようだった。

『——いやっ！　やっぱり出たくない……！　やだ、やめて……！』

声だけの彼女もまた、窮地に追い詰められているようだった。

彼女はまるで外に怖いものがあると悟った子どもみたいに、『やだ、やだ』と必死に抵抗していた。よほどそこから出たくない理由があるのだろう。それでも彼女と同じ空間にいるはずの誰かは、一切口をきかずにいる。粛々とことが進められているのを思うと、彼女はもう逃れられない運命なのだと思えた。

『こんなのいや……！　外してよ……っ』

ぐずついた声。金具同士が擦れ合うような、がしゃがしゃと騒々しい音。いくらもがいても動けない時の音には、私も覚えがあった。手枷だろうか。それとも磔にされている？

妄想を掻き立てられているうちに足首にあった諒ちゃんの手は離れ、気づけば私の両脚は広げたまま閉じられなくなっていた。今の自分の姿を、経験から思い描く。たぶん足枷に金属のバーを繋がれたのだ。バーの両端に足枷を留められれば、脚はおのずと開いたままになる。

　せめてもと膝を擦り合わせようとした時、今度は『いやあっ！』と悲痛な叫びが耳をつんざいた。同時に聞こえた布を裂く音は、きっと彼女の服が鳴らした音だろう。

　不吉な兆しにこちらまで脈を速くしていると、突然体をうつ伏せに返された。

「ウゥ……ッ」

　シーツの感触を頰に感じた直後、腰を摑んで持ち上げられた。

　どうやら足枷に繫がるバーを押さえつけられているようで、膝立ちになった脚を伸ばすことはできなかった。しかもヘッドボードに頭がぶつかっているせいで、上にも体を逃せない。四つん這いのお尻だけを高く突き上げた、あられもない格好。

　彼の気配は、私のすぐ背後にあった。バーに広げられた両脚のあいだ。

　その目は今、何を捉えているだろう。

「フ……！」

　彼の指が、私のお尻の谷間に落ちてきた。驚きの息を漏らした拍子に、テープの隙間から涎が垂れた。胸元に枕をあてがわれているので、顔を横にしていれば呼吸はできる。けれど口内のボールに邪魔されて、涎を嚥下しきれない。

　谷をなぞる彼の指は、なぜかひどくぬるぬるとしていた。自分のせいかとも思ったけれど、それにしては量が多く、心なしか冷たい――。

「――ンゥ……ッ！」

つぷ、と菊花に指先を埋められた。さっきのぬるつきは潤滑剤だったのだと、分かったところであまり意味はなかった。指は、粟肌立つ私の中に遠慮なく進んできた。何も見えない不安で体をよじらせたけれど、彼はもう片方の手で丘を開きながらそこに潤滑剤を塗り込めていった。まるで蕾の花びら一枚一枚を破らず開いていくように、潤いを足しては何度も縁を押し広げてくる。

やがて頃合いとみたのか、根元まで指を埋められる。

「ウウー……！」

たらり――また涎がこぼれた。

肉に残った緊張を取るよう丁寧にこねられ、柔らかくなったところに指を追加された。締めつけの強くなったところに同じことをされて、また一本増やされる。

その苦しさに喘ぎながら、けれど私の体は少なからず劣情をもよおしているようだった。秘部が充血して腫れぼったい。そしてほぐされていたそこ自体もひどい熱を持ち始めた頃、指ではないものがぴたりと触れた。

「ンッ……‼」

綻んだ菊花の中心に、何かが頭を潜らせようとしていた。三本の指よりは細そうだと安心したのもつかの間、それは進むほど直径を太らせていった。丸みのある円錐形をしているのか、どんどん圧迫感がひどくなっていく。

そのうち筋肉がぎちぎちと引き伸ばされ、すぼまりが異物の侵入を拒み始めた。

「ンゥ！　ンンっ‼」

これ以上は無理、入らない。訴えるように腰を揺らしたけれど、手は少しもそこから退こうとはしなかった。

押し込んで、引いて、また押し込んで。繰り返されるたび、鈍い衝撃が体の中心を突き抜けていった。ずしん、ずしん――。いくら甲高い呻きを漏らしても、異物は諦めず蕾を犯そうと進んでくる。コルクを回して栓をするように、何度も、何度も。

気がつけば、さっき無理だと思ったところより少し先まで侵入を許してしまっているような気がした。裂けるような痛みはなく、ただお腹が苦しかった。もし、この重苦しさを体の中に迎え入れたら――抜けなくなってしまうだろうか。拡がったそこが元に戻らなかったらどうしよう。そんなどこにも後戻りできないような、破滅めいた不安に胸が騒いだ。ざわざわとして、ぞくぞくする――。

「フ、ゥ……、ウゥー……ッ‼」

細く降伏の息を吐ききった瞬間、異物はその全部を私の中にめり込ませた。

最大径を丸飲みしたご褒美に、体が快楽を与えてくれた。続けざまにバイブらしきものを秘裂に挿し込まれると、真っ暗なはずの視界にひとすじ閃光が走った。

『あああァッ……‼』

イヤホンから聞こえてきた嬌声はあまりにタイミングがよく、私はそれを自分の声だと勘違いしそうになった。

しばらく意識の外にあるあいだに、彼女は鞭か何かに打たれているようだった。どうしてそうなったのか、考える余裕は私にもない。ひゅっと風を切る音の直後、パンッ！と軽やかな音が弾ける。彼女が痛みに喚く中、私は悦楽に震えている。そして呻いてばかりの私に代わるようにして、彼女が涙声で喘ぐ。

どろどろと意識を濁らせているうちに、私はまたベッドに座らされていた。背中には壁があり、脚は開いたまま緩く伸びている。体に埋められたものは、座っているせいでどちらも抜けそうにない。バイブは根元で枝分かれしているらしく、ふくれた花芯にも何かが当たっているような感触があった。

前も、後ろも、ぎっちりと栓をされているせいで少しもひくつきが収まらない。うっかり締めつけてしまえば気持ちよさに体が反応し、反射で靡肉がきゅうと収縮する――そしてまた体が反応する。重みのある快感が、常に下半身に喰らいついて離れずにいた。まるで止まることのない永久機関に組み込まれたみたいに思っていると、胸の先にひやりとしたものが触れた。

わずかに尖りを感じさせるもの。明らかに指ではない硬さ。待って、とはもちろん言えないまま、その何かは私の乳首を齧った。

「ウゥウーッ……！」

左胸に強烈な痛みが走ったあと、右の乳首にも同じ痛みがあった。たぶんボディークリップだろう。あまりの痛みに背を丸めると、前屈みの体に押されてバイブが深く刺さった。仰け反れば壁に頭がぶつかる。それでも胸の痛みは離れていかず、どこまでも私についてくる。

『いたい、あ、あああァッ…………』

その声に共鳴したみたいに、塞がれた目から涙が溢れた。

痛い。苦しい。怖い。でも――。

絶えず聞こえてくる彼女の声には、どこか恐怖と痛み以外の音が混じっていた。痛がりながらねだっているような、もっと堕(お)として媚びているような、暗く、けれど甘やかな響き。気のせいとは思えない。それと同じ響きが、自分の中からも聞こえてくるのだから。

痛いのに苦しいのに怖いのに、今だけは悲しくも寂しくもない。だから――もっと。

耳の奥でごうごうと炎が燃えるような音がする。陶酔をのせた血潮が、全身を駆けずり巡っている。酸素欲しさに大きく息を吸う。と、鼻先をふわりと煙の匂いがかすめた。

諒ちゃんの、煙草の匂い。

――見られてる。

絡みついてくる香りは、視線だった。どこからかは分からないけれど、彼は悠然と眺めているのだろう。股を広げ、つけ根に異物を咥え込んでいるこの姿を。自由のない体で快楽を貪る、浅ましい私を。

「ふ…………ッ」

その瞬間、痛みはどろりと変質し、狂おしいほど甘い蜜になった。

ベッドが揺れ、煙草の匂いが強くなった。諒ちゃんが近くに来たのだと思ったら、体内にあるバイブが動き始めた。

「ンゥゥゥ――‼」

単調なうねりが内奥を、小刻みな振動が花芯を震わせた。後ろにある栓のせいで、あいだに立たされた膣壁がもみくちゃになっている。声を上げるという感覚もすでにない。ただ刺激に声帯が反応しているだけ。どこもかしこも塞がれた体の内側で、苦痛と快楽が出口を探して暴れ回っているようだった。

息をするたび紫煙が香った。鼻腔を燻し、脳を焼きながら、私に諒ちゃんの視線を伝えてくる。

『いく、もう、いっちゃう……っ！』

どうして彼女が達しそうになっているかは知らない。ただ、やっぱり私と同じだと思った。痛みに彩られた快感は、とうに限界を迎えようとしていた。

私は全身をこわばらせながら、足の指で空を摑み諒ちゃんに訴えた。もう――。

『――あっ、ぁ……』

その時、突然彼女が声を詰まらせた。

『……それ……いたい？』

妙にあどけなく彼女が尋ねると、相手はかちゃかちゃと細かな音を立てながら答えた。

『刺せば、痛いだろうね』

『あぁ……っ、……さ、す……の？』

『大丈夫だよ。こんなに細い針なんだから』

男がたいして答えになっていない返事をした。彼女には、彼のしようとしていることがすべて分かっているようだった。身に迫る危機を理解しながら、それでも彼女は喘ぎを溶かしたような泣き声をこぼした。

『こわい、あぁ……だめ、だめぇ…………』

そう言いながら、きっと彼女は男の手を凝視していると思った。拒むそぶりをみせながら、その瞬間を待ち望んでいるに違いない。

胸元に迫り来る男の手を想像していると、ふいに弾かれたような痛みが胸に走った。先端にあるクリップを、こつっ……こつっ……と爪弾かれている。まるで合図を送るかのように――。

『あ……あぁ……っ』

途端に彼女の怯えが伝染する。

――まさか、私も彼女と同じことをされようとしている？

全身がふるふると小刻みに震えた。けれど絶頂へと駆けていた体は、止まり方を知らなかった。それどころか身の竦む思いにさえ背中を押され、私も彼女と同じところに堕ちようとしていた。

『あっ』

幼くも感じる声に私も息を止めた。そして奇妙な静寂が訪れ、

『い、ぁあああ――ッ‼』

裂けるような痛みが胸の先を貫き、続けて反対側の乳首も激痛に襲われた。

脚を引き攣らせ首を仰け反らせながら、それでも私はその時、確かな絶頂に打ち震えていた。

頭の中には、絶えず自我を失くしたような嬌声が響き渡っていた。その惚けた声は、もはや私のものになっていた。

急に抱き寄せられたかと思ったら、左肩にひどく柔らかなものが触れた。肌に吐息を感じ、それが唇だと分かる。彼はぬるりと傷痕を舐めたあと、そのまま私の肩に噛みついた。冷たい刃しか知らなかったそこに、ずぐりと犬歯が突き刺さる。鈍く、それでいて焼けるような痛みに体が逃げようとすると、背を抱く腕に力がこもった。

そんなに許せないというのか、その傷が。私が自分で自分を傷つけていたことが。

吐息が頬をくすぐり、こつんと額同士がぶつかった。鼻が触れ合ったあと、テープに覆われた口に優しいキスを感じた。

「ふ……っ」

私はちかちかと光る暗闇に向けて、精一杯、目を見開いた。何も見えないのがひどくもどかしかった。彼がどんな目で私を見ているのか、今こそ確かめたいのに。

フィルムの向こうには、火傷しそうに熱い唇があった。舌が触れているのも分かって、私は口に押し込められたプラスチックの球を必死になって舐った。たとえ体温を持たなくても、私にはこの口枷が彼の唇で、舌だと思えた。体に埋まるものは彼自身で、全身の拘束は両腕で、首輪はきっと彼の心だ。そうやって彼は、弱く醜い私をあますところなく抱き締めてくれていた。

頭を掻き抱かれた瞬間、ひときわ大きな悦びに襲われた。苦痛混じりの激しい絶頂は、けれど不思議と温かく、あやすように背を撫でられながら私はすべてを赦されたような安堵を感じていた。

ゆるゆると絶頂の大波が引いていくと、イヤホンから聞こえていた音声もまたフェードアウトしていき、信号の切れる音を最後に無音になった。体を横にされたあとは、スイッチの切られたバイブとともに後ろの異物も抜き去られた。そして足枷に続いて、首輪の尾錠が外される。

ベルトが首から離れた瞬間、まるで生皮を剝がされたような痛みを覚えた。

――ああ、彼女はこれを知りたくなかったのかもしれない。

ふとそんなことを思った。檻から出されようとしていたあの時、声の彼女が本当に恐れたのは、これだったんじゃないだろうか。もちろんあれはフィクションで、現実と混同すべきではないと分かってはいるけれど、それでも私はいま首が寂しくて震えそうになっている。

何も知らずにいられた檻の中は、よっぽど平穏だったはずだ。ひとたび本当の自分を自覚してしまえば、耐えられなくなるに決まっている。貪欲というこの本性は、餓えるばかりで満たされるということを知らないのだから。

首が寒くてたまらなかった。いっそ枷も外さないで、自由になんてしないで欲しかった。諒ちゃんの抱擁も、心も、離れたそばからもう恋しい。

背中側でハサミが入れられたのか、急に胸苦しさが消えて肺に空気が入った。顔を覆っていたテープも剝がされ、口枷とイヤホンも外された。

久しぶりの光が、まるで生まれて初めて見たもののように眩しく感じた。

赤くなった手首の近くには抜け殻みたいにくしゃくしゃになった黒いテープが転がっていて、目の前では諒ちゃんが、私の顔に残る涙や涎の跡をタオルで拭ってくれていた。その手に身を委ねていると、自分が雛鳥にでもなったような気持ちになってくる。黒い殻を破って初めて見たのが彼ならば、胸に無償の信頼が湧いてくるのもしょうがないことのように思えた。

「……ね、ちくび…………あな、あいた……？」

まだ据わりの悪い口で訊くと、諒ちゃんはふ、と穏やかに微笑み、ベッドに転がっていたボディークリップを私に見せた。

「開いてないよ。これで挟んだまま引き剝がしただけだから」

「………なんだ、そっか」

ほっとしながら、私はわずかに落胆してもいた。その二重音声に気づいたかのように、鋭利な視線を向けられる。

「ちょっとは自分のことが分かった？」

正直になるための間を置いて、こくっと頷く。

身をもって自分の欲深さを思い知らされた。それから、彼の想いも。

私の体には、その証が無数に残されていた。腕や胸に刻まれたテープの痕。穴はないと言われたけれど、乳首は真っ赤でずきずきと痛い。肩の噛み傷は、彼の激情を物語るように血がにじんでいる。きっとかさぶたになるだけじゃなく、痣にもなるだろう。

綺麗に残ったその歯型に指を這わせていると、諒ちゃんがテープの残骸をまとめてベッドから腰を上げようとした。

「待ってて。いま傷薬と飲み物持ってくるから」

「……え？　諒ちゃん、は？」

立ち上がりかけた背中に思わず尋ねると、彼は私の肩に目を落としてぽつりと答えた。

「俺はいい」

「………どうして？」

ここまで諒ちゃんに与えてもらってばかりだったのだから、ここからは私が彼に何かを与える番だと思っていたのに。それに今はもう、制限時間も禁止事項もない。

けれど彼はそんな私の心を読んだように、柔らかく目を細めて言った。

「射精するのもセックスするのも簡単だけど、俺が欲しいものは……そういうのじゃないから」

そして「まあ、つまんない意地張ってるだけだけどね」と自嘲気味に笑い、ぽんと私の頭に手を置いた。

「ともかく、今日はもうおしまい。気持ちだけもらっとくよ」

彼が部屋を出て行くと、入れ替わるようにしてふうちゃんがドアの隙間から入ってきた。私はベッドから彼女に手を伸ばしかけ、けれどあまりの気怠さに力尽きてぱたんと腕を落とした。

体の内側には、まだどろどろとした熱が残っている。なのにぐっしょりかいた汗が冷えたせいか、表面だけがひどく寒い。

やっとの思いでブランケットを手繰り寄せ、もぞもぞと体を潜り込ませる。

ふうちゃんの幅だけ開いたままになっているドアの向こうからは、キッチンからの物音がかすかに聞こえてきていた。冷蔵庫を開け閉めする音、コップを出しているような音、それから諒ちゃんの足音も。

その音に耳を澄ませながら、彼の置いていった一言に思いを巡らせる。

——俺が欲しいもの。

それはきっと快楽とは別のものなのだろう。体を重ねることでもないらしい。いつかは我慢強くないと言っていた彼が、ここへ来てもまだ立ち止まろうとする理由。ヒントのない、なぞなぞ――。

やがて目を開けているのもつらくなり、睡魔に引きずられるようにして瞼が落ちた。

夢うつつの境で、私はたなびく思考の糸を手繰り続ける。

諒ちゃんが欲しいと願うもの。もらってばかりいる自分にできること。その答えを、私は絶対に見つけなきゃいけない。

7.

夢を見ているのだとすぐに分かった。

眠りのさなか何度も訪れた荒野には、いつもと同じからっぽな風景が広がっていた。乾いた大地に、ぽつぽつと立ち枯れた木の影。鈍色の雲に蓋をされたかのように、あたりはしんとしていて風もない。現実ではないと頭のどこかでは確かに思っているはずなのに、心細さに押しつぶされそうになる。

誰か――。声を上げようとしたその時、地面についた手の横を人影がよぎった。

そこにいるのがかつての恋人だということは、見るまでもなく知っていた。そしてこのままだと、自分が置き去りにされてしまうことも。

私は彼に立ち止まってもらおうと、歩を運ぶ足を摑もうとした。けれど枷に封じられた手は思うように動かせない。足にも鎖が絡みつき、一歩も前に進めない。

焦る気持ちとは裏腹に、彼は迷いのない足取りで歩みを進める。待って、と喉元まで出かかった時、ぱたっと手の甲に雨粒が落ちてきた。

ぱたたっ、ぱたたた。驟雨（しゅうう）に降られた彼の足はより速まり、やがて小さく見えていた赤い傘に駆け込んでいった。

彼が彼女の肩を抱く。その横顔にあるのは、絵に描いたように幸せそうな微笑み。

――また結末を変えられなかった。

私はいつものようにわんわん泣いた。膝に砂粒が食い込んで痛かった。降りしきる雨が拳を濡らしていた。そうしてふと手元に目をやった時、あるべきものが欠けているような違和感を覚えた。

手枷から覗くコの字の留め金。そこに南京錠が見当たらない。ベルトが外れないよう左右の手にかかる鎖が噛まされてはいるけれど、その端もただ留め金に通されているだけで、どこにも繋がってはいなかった。

半信半疑になりながら、私は右手で左の鎖を引いた。すると鎖はコの字の輪をすり抜けて、しゃらんと地面に垂れ落ちた。おそるおそるベルトの端を引けば、枷はあっさり手首から外れた。そして反対側の手枷も。

まさか、と足枷を見れば、そこにある鎖もまた留め金に通されているだけだった。引きずるほど長い鎖を抜くと、足枷はいとも容易く足首から離れた。

枷と鎖とを置いて、私は立ち上がった。

「……歩ける――」

＊　＊　＊

顔の近くに気配を感じて瞼を開けると、琥珀色の瞳と目が合った。枕元に来たふうちゃんが、ふすふすと鼻を鳴らしながら私の匂いを嗅いでいる。アップになった三角耳の向こうには、諒ちゃんの姿もあった。

彼は私が目を覚ましたのに気づくと、心配そうな顔でこちらに手を伸ばした。

「ようやく起きたな。調子はどう？」

そう言って額にのせられた手は、ひんやりとしていて気持ちがよかった。それに比べて私の体は熱く、節々には重い痛みもあった。痛みなら左肩にもあるけれど、それとは明らかに種類が違う。喉はいがらっぽくて、ともすれば咳込みそうになりながら私は声を絞り出した。

「よくなったと……思いたい」

「うん、駄目そうだな」

苦笑いで渡された体温計を、のろのろと腋に挟んだ。

私が熱を出したのは昨夜、拘束を解かれてしばらく経った頃だった。お風呂でじっくり体を温めたあとだったというのに、体の芯から寒気がした。それを伝えると諒ちゃんは訝りながら私の額に手をあて、すぐに「熱い」と慌てた様子で体温計を探し始めた。

その時の体温は38・5℃。一応風邪薬を飲み、柔らかい氷枕に頭をのせて眠りについたけれど、熱が下がっている感じはあまりしない。

重ね着したトレーナーの襟を引っぱりながら、なかなか鳴らない体温計を眺めていると彼が言った。

「わるかった。無理させて」

無理、というのが何を指しているかを考えると、口元がもにょもにょとして落ち着かなくなった。事後、ベッドに転がっていたバイブやアナルプラグの映像がよぎりかけて頭を振る。

「ううん。その、なんていうか……こっちこそ熱なんか出しちゃってごめんなさい。ベッドも占領しちゃったし……」

「いいんだよ、病人はそんなこと気にしなくて」

諒ちゃんは笑うように言ったけれど、その面持ちは今にも頭を下げそうなほど沈んでいた。私としては知恵熱か、溜まっていた疲れが出た程度にしか思っていない。しかし彼としてはおおいに責任を感じるようで、昨夜からずっとこの調子でいる。

ピピピピッと鳴った体温計を渡すと、予想通り彼の顔はますます難しいものになった。渡す前、ちらっと見た数値は38・4℃。

「やっぱり病院に行こう。ただの風邪だとしてもいっぺん診てもらったほうがいい」

「……もうちょっと寝てれば治ると思うんだけど」

「そう言って昨夜から全然下がってないだろ」と返しながら、諒ちゃんは早くもスマートフォンで休日診療をしている病院を探し始めたようだった。駐車場があるかも調べているところをみると、連れて行ってくれるつもりなのだろう。

「でも諒ちゃん、今日はお休みで大丈夫なの？　仕事、忙しいんじゃ……」

以前のんちゃんから聞いた話では、彼の仕事は休日出勤も多いということだったはずだ。それによく考えてみれば、平日のあいだも彼はそう遅くない時間に帰宅していた。何か無理をさせていたのではと今さらながら心配になっていると、

「大丈夫、もともと今日は行かなくていいようにしてあったから。それよりさっきお粥作ったんだけど、食べられそう？」

答えつつ諒ちゃんはすでにベッドから腰を上げていて、仕事のことを気にしている様子もなかった。

パソコンデスクに置いてあるデジタル時計は、すでに十時過ぎを示していた。空腹は感じられないけれど、お粥くらいなら口にできそうだ。

「うん、食べられると思う」

私が答えると諒ちゃんは、ふうちゃんとともに部屋を出ていった。しばらくして彼一人だけが、食器をのせたトレイを手に戻ってくる。

ベッドに半身を起こし、お椀と木のスプーンを受け取る。

お粥はよく炊かれた白粥で、こんな家庭的なものを諒ちゃんが作ったのだと思ったら、うっかり笑ってしまいそうになった。

「いただきます」と手を合わせて口に運べば、ほんのり塩の効いたとろみが内から口元を

綻ばせた。味覚が正常に働いているかは怪しいけれど、とても優しい味がする。

デスクチェアに腰を下ろし、こちらを見ていた諒ちゃんが味を気にする。

「塩足りてる？　梅干しとかさつまいもとか、具になるもんがなんにもなかったんだよな。卵もちょうど切れてて」

「これだけでも美味しいよ。さつまいもが入ってるのは、甘くて好きだけど」

「ああ、ツジは好きそう。俺は苦手だな、米が甘いのって。おはぎとか、桜でんぶかけたやつとか」

「桜でんぶって……懐かしいなあ。それ、いつの話？」

「小学校ん時の遠足とか。一回、弁当のご飯が真っピンクだったことがあったんだけど、冷や飯に砂糖が染み込んでて……。そこからどうも苦手なんだよな」

「真っピンクになってたの？」

「そう、お花畑色」

「それは……甘そうだねえ」

ピンクの花畑とは無縁そうな彼が言うのがおかしくて、ついくすくすと笑っていると、つられたように諒ちゃんも表情を緩めた。

もしかしたら体調が悪いせいで、気が弱っているのかもしれない。他愛もないお喋りと熱々のお粥がやけに心にしみる。あの夢から覚めたあとひとりぼっちじゃなかったのも笑っていられたのも初めてだと思ったら、目頭まで熱くなってきた。

こっそり涙を引っ込めようとしたけれど、鼻をすんと鳴らした瞬間、気遣わしげな目がこちらを向いた。

「どうした？　気分悪い？」

「ううん、大丈夫。ちょっと……さっき見た夢のこと思い出しただけ」

「悪い夢？」

そう言われてみれば、さっきの夢はいつも見るものとは違っていた。もし途中で目覚めなければ、結末もいつもとは変わっていたはずだ。できれば最後まで見てみたかったと、そんなふうに思えたのも初めてのことだった。

湯気の立つお粥を混ぜながら、吹きかける息に呟きを紛れさせる。

「じつは私ね……こっちに戻ってくる前に婚約者がいたんだ。その人と駄目になっちゃった時の夢……だったんだけど」

情けなくて言いづらくはあったけれど、今さら諒ちゃん相手に格好つけてもしょうがないし、何よりも彼にはもう洗いざらい話してしまいたかった。それでも顔は見られず俯いてしまっていると、からりとした返事がある。

「婚約者がいたって話なら聞いてる」

お粥を混ぜていた手が止まる。

「……のんちゃんたちから？」

「いや、秋津さん。といっても、ひどい失恋したらしいって程度にだけ。理由も詳しくは聞いてないよ。ただ秋津さんがえらく相手の男に腹立ててる感じがしたから、よっぽどタチの悪いやつだったんだろうなとは思ってたけど」

「オーナーは……いつだって味方でいようとしてくれるから」

その優しさが嬉しくもあり、胸をちくりと刺しもする。

「――でも本当は自業自得なんだ。私ね、あとちょっとで結納って時に彼に言っちゃったの。……私を縛って、愛して――って」

それが親や親友には言えなかった、婚約破棄のもう一つの理由だった。

意外に思ったのか、諒ちゃんがわずかに目を見開く。

「……ストレートだなぁ、ずいぶんと」

「やっぱり？　でもどうしても不安なことがあって……我慢できなかったんだ」

あの時を思い出すと、いまだにしょっぱい気持ちになる。

彼との関係は、結婚の話が具体的になるにつれ変化していった。二人で過ごす時間からは張りが失われ、会うのはほとんどが私の家になっていた。一人では見きれないほどぶ厚い結婚情報誌を彼が捲った形跡はなく、式場の下見も、私の好きなところにしていいよとだけ言われていた。

男の人はそんなものだろうと思っていた温度差を、はっきりとしたひずみに感じ始めたのは、互いの両親と顔合わせをしたあたりから。

ぼうっとすることの増えた彼の瞳に、私が映っていないような気がした。彼の言葉の端々に、自分が誰かと比べられているような気配も感じられるようになった。

——来週の土曜は、俺ちょっと予定があるから会えないよ。

そう彼から言われた時、私は返す言葉を失った。やっと候補を絞って予約した式場の見学日だということを、彼は完璧に忘れているようだった。

この人の中にいる私はもう、陽炎みたいにぼやけているんじゃないだろうか。跡形もなく消えたとしても、ちっともおかしくないような。そう思った瞬間、体の深いところからどろりとした不安が湧いた。

もし彼が私を要らなくなったらどうしよう。ようやく安寧が手に入ると思ったのに。誰かに愛されている自分に、やっとなれたと思っていたのに。

湧き続ける不安を肥やしにしたかのように、胸に秘めていた願望の芽は日ごと大きく育っていった。私の心いっぱいに枝葉を伸ばし、深く根を張り巡らせ、やがて些細なきっかけで彼が不機嫌になった夜、ついに私を破って外に出た。

——あのさ……私のこと、縛ってみてくれないかな……。

——は？　何……どういうこと？

——ＳＭ……っぽい感じっていうか。縛られ、て……愛されて、みたいなあって……。

ただでさえ淡白な彼にそんな願望をぶつければどうなるか、試すまでもなく分かっていたはずなのに。それでも私は欲しかったのだ。手で触れ目に見える形の安心が、愛が、欲しくて欲しくてたまらなかった。

その時の彼の顔を、私は今でもはっきりと覚えている。一瞬、引き攣れた笑みを浮かべたあと、彼は感情の色味を失くした白い目で私を見た。

それから彼は、婚約者としての務めを果たすように一度だけ私を縛って抱いた。後ろに回した私の手首に巻かれたのはただのタオルで、している最中何度も解けそうになるのを、私は自分の体で押さえ続けた。こんなのが好きだったの？　と彼が口にした一言は、混ざりもののない本物の蔑みだった。念願叶って惨めな自分を詰られているというのに、体はいつまでも冷たく虚しさばかりを募らせた。

彼から正式に別れを告げられたのは、その数日後のことだった。

「――結局、理解できないって振られた。まあ、それ以前に好きな人ができてたみたいだったから、どのみち駄目になってたんだろうけど」

別れ話の最後、それに好きな人もできたんだと打ち明けてきた彼の目は、私のいない未来を映して輝いていた。自分の願いがかろうじて踏みとどまっていた彼の背中を押したのだと、私はその時になって知った。

「なるほどね、それでこっちに帰ってきたってわけか」

諒ちゃんが背をもたれると、デスクチェアがぎっと鳴った。

「……そういうこと。とにかく会社に居づらくて、辞めて実家に戻ったんだけど……今度は親とうまくいかなくなっちゃって。小言はやまないわ、仕事は全然見つからないわで、もう何もかもいやになって私、友達の家に泊まってくるって嘘ついて、初めて一人でバーに行ってやけ酒したの。お金のことも終電のこともなんっにも考えずにがばがば飲んでたら、隣の席にいた人が、何かあったんですかって気にして話しかけてきてくれたんだ。それがオーナーと美佳さんだったの」

初めて行く場所という緊張もあってか、あの夜はいつになく酔いが回るのが早かった。オーナーが声をかけてくれたのも、半泣きになりながら杯を重ねていたのが心配だったからだとあとになって聞いた。

いっぺんに話したせいか喉がいがいがとして、軽い咳払いを一つ挟む。

「……お店に誘われたのも、その時」

静かに耳を傾けてくれていた諒ちゃんが、ここにきて初めて顔をしかめる。

「それってつまり、初対面でいきさつ全部を話したってこと?」

「……そうだと思う。じつは途中から記憶が曖昧で……。気づいた時にはもう朝で、事務所に泊まらせてもらってたんだよね。酔いつぶれたのを二人が介抱してくれたらしいんだけど……正直それもあんまり覚えてない」

「危なっかしいなあ。よかったよ、居合わせたのが秋津さんで」

「ほんとにね」

呆れたように言われるのも無理はない。私も見覚えのない部屋で朝日を拝みながら、心底自分にげんなりしたくらいだ。初めて会った相手にくだを巻き、あまつさえ失恋の次第を——性癖のことまでも、すべてを語り尽くしただなんて。もし相手がオーナーたちではなかったら、理解されることもなく無駄に傷を増やしていただろう。

ぬるくなったお粥を口に運んでいると、腹落ちしたように諒ちゃんが言った。

「やけに秋津さんに懐いてる感じがしてたのは、それでか」

「うん。オーナーには弱ってるところを拾ってもらったから」

もし興味があれば——そう言ってオーナーから別れ際に渡された名刺を、私はそれこそ三日三晩、穴が開くほど見続けた。

一日でも早く家を出なければ、家族が駄目になるか私が駄目になるかのどちらかだと思っていた。そのためにはすぐにでも仕事を見つける必要があったし、オーナーと美佳さんに改めて介抱のお詫びとお礼をしに行かなければとも思った。

そうして私はもっともらしい理由を携えて、彼らのもとを訪ねた。

本当は私がただ気が狂いそうなほど人恋しくてやって来たのだと、オーナーも美佳さんも分かっていたんじゃないかと思う。それでも彼らは私を快く迎え入れてくれた。たとえそこに損得勘定があったのだとしても、私の存在が損ではないと判断してもらえただけで、当時の私にとっては十分だった。

とんでもない世界に足を踏み入れたように思う瞬間は何度もあった。けれど逃げ道と居場所を同時に得られたような気がして、あの時の私は間違いなく救われたのだ。

「ごちそうさまでした」と空になったお椀にスプーンを置くと、腕組みを外した諒ちゃんが食器を下げつつ私に訊いた。

「その失恋が、今でもまだ泣くほどつらい？」

「え？」

どうやら、さっき私が涙ぐんでいたことを言われているらしい。

いまだに夢に見るぐらいだから、心の底から立ち直れているとはいえないかもしれない。それでも今は、あれはどこにでも転がっているただの失恋だったと思える。本音も明かせず愛情をせびるしかできなかった時点で、彼との歯車はずれていた。

「違うの、さっきのはただ――」

涙のわけはとても単純なもので、口にした途端、安っぽくならないかが心配だった。

「……目が覚めた時に諒ちゃんがいて、ほっとしただけ」

答えると奇妙な間が空いた。いい加減沈黙が気恥ずかしくなってきた頃になって、彼がほろりと相好を崩した。

「泣くほど？」

「……それは……熱で涙腺がおかしくなってたんじゃないかな」

「その熱だって俺のせいなのに。なんか健気だな」

「ほ、ほんとにね。こんなずたぼろにされたっていうのに」

「おい、なんて人聞きの悪いことを」

「だって体中痛いし、だるいし――ッ、ゴホッ……！」

照れ隠しに茶化していたところで、発作的に咳が込み上げてきた。

激しく上下する背中を、諒ちゃんがとんとんと叩いてくれる。

「ああもう、大丈夫か？　ほらお茶飲んで」

「ご、ごめ……っ」

そう言って差し出されたマグカップを受け取った時だった。デスクにあった諒ちゃんのスマートフォンが、着信音を鳴らし始めた。

彼は画面を見るなり「わるい、会社からだ」と断りを入れて通話を始めた。

「お疲れさまです。今ですか？　家にいますけど」と仕事向けの挨拶を交わす背中を、私は喉を潤しつつ盗み見る。当たり前のこととはいえ、諒ちゃんが敬語を使っている姿が新鮮だ。

彼は電話口でスケジュールを確認されたようで、ビジネスバッグから出した手帳を持って廊下に出ていった。それでも閉まりきっていないドアの隙間からは、話し声が漏れていた。プレゼンの資料がどうとか、レビューの日時がいつだとか、クライアントの名前もちらほらと聞こえてくる。

立派に働いてるんだなあ、と親戚のおばちゃんみたいなことを思っていると、

「え、風邪？」

少し驚いたように彼が言った。

「どうりで声がおかしいと思った。熱は？　――いや、そんなにあるなら休まないと駄目でしょ。月曜の打ち合わせにはいてもらわないと――分かりました。じゃあ資料は俺が」

その台詞に思わず反応しそうになる。もし私がふうちゃんだったら、耳が動いてしまっていただろう。少しして戻ってきた諒ちゃんの曇り顔を見れば、次に言われることの察しはついた。

「ツジ、ごめん。やっぱり今日は会社に行ってくる。今の連絡、同じチームの先輩からだったんだけど、誰かさんと一緒で風邪引いたんだって」

流行ってんのかね、と困ったようにつけ足して、諒ちゃんはベッドにどさっと腰を下ろした。話によれば、その先輩はとてもお人好しな反面、少しばかりうっかりさんなのだという。それを笑いながら話しているあたり、慕っている先輩なのだろう。

「月曜までに用意しなきゃいけない資料を、この土日で仕上げるつもりだったらしいんだ。助けてくれたら、お礼にお姉ちゃんのいるお店に連れて行ってあげるってさ」

「……それで手を打った、と」

「いや、今回のはツケときますって言っといた。今度休みたい時に代わってもらうよ」

そして諒ちゃんはぱたんと手帳を閉じ、私に向き直った。

「というわけで、病院に行ったあと家まで送るよ」

すぐには意味が分からなくて、とぼけたような声になる。

「……家って？」

「もちろん実家に決まってるだろ。熱もあるのに一人にはさせられない。今夜は遅くなると思うし、たぶん明日も行くことになるから」

いま口にすべきなのは、分かったという一言だけだ。頭では納得できている。それなのに唇は正直で、開いては閉じてを繰り返しながら子どもじみた異を唱えようとしている。

——でも諒ちゃん、来週の金曜までって言ったじゃない。

けれど今、私の手足に枷はされていない。昨夜発熱したせいだ。硬い革も冷たい鎖も巻きついていない足は、すっきりとしていて軽い。その心許ないほどの軽さは、さっき夢の中で感じたものとよく似ていた。

どこにも繋がれていない体ならばどこへ行くのも自由で、だからこそどこへ向かえばいいのか分からなくて不安になる。

「ツジ?」

底の見えているマグカップを覗き込んでいると、諒ちゃんの声が思考を遮った。

「ゆっくりでいいから、出かける準備して。あと家に連絡。誰かはいるんだろ?」

「……うん。いると思う」

視界の端では諒ちゃんが、すでに身支度を始めていた。病院が終わったらすぐ会社に行くつもりのようで、ハンガーラックから選ばれているのはスーツだ。

私は布団を捲り、熱で感覚のぼやけた足をフローリングに下ろした。枷のない裸足に夢の続きを見ている気持ちになりながら、ふらつく一歩を踏み出す。トレイの横に見つけたスマートフォンを拾い、メッセージアプリを表示させる。父はどうだか分からないが、母は家にいるだろう。自分の部屋で寝ているだけなら、向こうが仕事をしていたとしてもそれほど邪魔にはならないはずだ。

履歴を遡り、母とのやり取りを見つける。アカウント名『y.t』――辻上葉子(ようこ)のイニシャルだけが添えられた、猫の写真のアイコンに触れて再び諒ちゃんの背中を見る。

「……本当にもう帰っちゃっていいの？」

当てつけを言うつもりもなければ、引き留めてもらいたいわけでもない。ただ、それを諒ちゃんがどう思っているのかだけは、一人になる前に知っておきたかった。

シャツに袖を通していた彼が、ぴくりとして顔だけを振り返らせる。

「状況が状況だから。おあずけだよ」

「おあずけって……どっちの？」

なんとはなしに訊いたつもりが、彼には違って聞こえたらしい。意表を突かれたような顔をして、すぐにまた背中を向けられた。

「まあ……俺だろうなあ」

間延びしたその言葉尻は、苦笑いで揺れていた。

診察を受けた病院で、老医師から風邪だと断言されたからだろうか。家に着く頃には熱が上がったようで、車から降りた途端に軽く眩暈がした。

ドアフレームに摑まり少し落ち着くのを待っていると、助手席の向こうから諒ちゃんの気遣いが届く。

「玄関まで一人で歩ける？」

確かに足元は怪しいけれど、路上にそう長く停車させておくわけにもいかない。それにもう家は目の前だ。万が一、倒れたとしてもなんとかなるだろう。

「大丈夫だよ。送ってくれてありがとう。あと、病院も」

「送迎しかしてないけどね。もらった薬、ちゃんと飲めよ。また連絡するから」

「……うん、分かった」

頷いてドアを閉めると、車はハザードランプを消して動き始めた。リアガラス越しに見えた手を振るシルエットに手を振り返し、後続車をやり過ごしたあと道路を渡る。

玄関の引戸には、午後の陽が射していた。縦格子の隙間は黒く、磨りガラスの向こうの様子はうかがえない。重たい手を持ち上げ、引手に指をかける。が――。

「……あれ？」

戸は鍵がかかっているようで、何度引いても開かなかった。インターフォンにも応答はない。病院に行く前、母に連絡した時には家にいると返事があったのに、まさか出かけてしまったのだろうか。時間までは伝えられなかったけれど、昼頃には帰ると言っておいたはずなのに。

肩に食い込んでいたボストンバッグを、汚れるのも構わず足元に下ろす。夢に勇気づけられた気になって帰ってきたはいいけれど、この展開は予想していなかった。

立っているのがつらくなり、しゃがんでバッグから合鍵を探す。すると、後ろから声がした。

「どうしたの」

「あ……お母さん」

振り返った先にいたのは母だった。手には鞄とスーパーの袋を提げている。急に私が来ることになって、食材を買い足しに行ったのかもしれない。申し訳なさがそう見せるのか、その目元には少し険があるように感じた。

「鍵が閉まってたから……」と私が口ごもりながら見つけた合鍵を出すと、母は小さなため息をついた。

「なかなか帰ってこないからまだかかると思ったのよ。連絡もなかったし」

「……ごめんなさい。お仕事してるかと思って」

「できるわけないでしょう。あなたが風邪引いたなら」

鍵をきゅっと握り、もう一度ごめんなさいと小声で詫びると、背中越しにまたため息が聞こえた。

「ひどい声だけど、ただの風邪だったのよね？」

「……うん。薬飲んで休んでいれば治るだろうって」

答えながら鍵を差し込もうとした時、手が滑ってキーホルダーを落とした。もたついているうちに、母が痺れを切らしたかのように自分の鍵で玄関を開ける。そして提げていた袋をいったん中に入れたあと、私の荷物も運び入れてくれた。

そのあいだ会話はなく、私は早くもここじゃないどこかに帰りたくなった。このままでは後ろ向きな考えに憑りつかれて、治るものも治らなくなりそうだ。とりあえず今は、この場を退散するしかない。

そう思いながら玄関に上がった足をまっすぐ洗面室に向かわせていると、

「ちょっと、お昼ご飯はどうするの」

背中で聞く声は、分かりやすく不機嫌になっていた。

「……軽く食べてきたから大丈夫。薬も、お昼のぶんはもう病院で飲んできたから」

私は母の返事も聞かずに洗面室に入り、手洗いとうがいをして二階に上がった。チェストからパジャマになりそうな服を引っ張りだして着替える。薬が効いているのかいないのか、ベッドから見上げる天井はぐねぐねと渦を巻いていた。

いがらっぽさを追い払いたくてした咳は最後、自然とため息に変わった。

やっぱり突然帰ってきたのは迷惑だったかもしれない。しかも風邪まで引いている。うつらないとも限らないし、今からでもアパートに帰ろうか。いや、でも。

眠気と倦怠感にのしかかられ、体も思考も重たくなっていく。寝返りを打って目を閉じると、チッ……チッ……と壁時計の音がやけに大きく聞こえた。

布団の中、涼しい足を擦り寄せる。

諒ちゃんは今頃、会社に向かっているところだろう。いったん車を置いてから、電車で行くと言っていた。こちらに手間をかけさせてしまったぶん、せめて仕事は問題なく終わればいいけれど。それに彼は別れ際、また連絡するとも言っていた。それを私はただ待っているだけでいいんだろうか――。

次第に時を刻む音は遠のき、いつの間にか私は眠りに落ちたようだった。

目を開けた時には、部屋の中は真っ暗になっていた。

窓の外も暗く、時計の文字盤も見えない。一瞬、日を跨いでしまったかとも思ったけれど、スマートフォンの日付はまだ変わっていない。時刻は十九時を少し過ぎた頃だ。

何時間も眠っていたにしては、まだ泥のような眠気が残っていた。体温計や飲み物を部屋に持って上がらなかったことを悔やんでいると、ドアの向こうからかすかに階段を上がってくる足音が聞こえた。

足音は部屋の前で止まり、静かにドアが開いた。

廊下の明かりとともに黒い人影が入ってくる。

「……おかあさん……？」

霞む目を擦りつつ声をかけると、影はカチャンと音を立てて動きを止めた。

「――何、起きてたの。具合はどうなの？」

「うん……ちょっとは熱も下がったと思う」

コンマ1℃くらいは、と心の中だけで呟いて体を起こす。

暗くてよく見えないけれど、母は何かを運んできたようだった。もしかして夕食を持って来てくれたのかと尋ねかけた時、向こうが先に口を開いた。

「楓、あなたここにはいつまでいるつもりなの？」

そう言いながら母は、お盆らしきものをベッド脇の学習机に置いた。

廊下からの明かりだけでは母の表情も見えなくて、答えは探り探りなものになる。

「え……っと、できれば風邪が治るまでいさせてもらえたら嬉しいんだけど……」

「治るまでって……それじゃあお仕事は？　いつまでも休むわけにはいかないでしょう。まさかここから通うつもり？」

今の私に行くべき仕事はないのだと、正直に告げれば母はどう思うだろう。有給休暇が残っているとでも言って誤魔化すほうが簡単だし、波風も立てずに済む。けれど一度でも偽れば、また嘘を重ねることになる。

「辞めたの」

それだけを言うと、はっとしたような間のあと返事があった。

「――そう」

それきりお互い口を閉ざしたせいで、なんともいえない空気が流れた。私は無職の負い目に言葉を奪われている。片や母の影は気まずそうに腕をさすり、またしても出戻ろうとしている娘へかける言葉に困っているようにも見えた。

「……これ、」影から伸びた人差し指が、机の上を指した。「食べたら、ちゃんと薬飲みなさいよ」

「……あ……うん」

それきり母は何も言わず、ぱたんとドアを閉めて出ていった。

今のはなんだったのだろう。長居を迷惑がられているのかと思ったけれど、少し様子が違っていた気もする。

ベッドから手を伸ばし、デスクライトのスイッチを入れる。

勉強向けの真っ白いライトに映し出されて、さつまいもの入ったお粥がほかほかと湯気を立てていた。


しばらく微熱続きだった体温が平熱に戻ったのは、週のなかばを過ぎた頃だった。

父も母もまだ仕事から帰ってきていないので、家の中は静まり返っている。

私は出窓から西日の入るリビングを通り過ぎ、そのまま台所に足を向けた。作り置きされていたお粥は昼食で全部食べきってしまったし、食欲が戻ったのか少し小腹も空いている。それに熱が下がったのに家事をせずにいるのも気が咎めて、夕食の準備をしようと思い立ったのだ。

軽く食べられるものがないか物色しがてら、食材を探す。

冷蔵庫には昨夜の残りらしき肉じゃがや酢の物の小鉢があったけれど、再び食卓に出すには忍びない量だった。野菜室には、萎びた大葉や使いかけの玉ねぎ、人参などがあった。一番下の冷凍庫では、凍った鶏肉や鯖（さば）、それにシーフードミックスを見つける。鯖の味噌（みそ）煮も悪くないけれど、和食続きになるのを思うとシチューあたりがいいかもしれない。もう一度冷蔵庫を確かめてみると、ルーもあった。

あとはじゃがいもか、と流し下の戸棚に向かいかけた時、ちょうど持っていたスマートフォンが着信を知らせた。——諒ちゃんからだ。

通話に切り替えると、朗らかさのある彼の声がスピーカーから流れてきた。

「久しぶり。調子はどう?」

たかだか数日ぶりというだけなのに、耳が聞こえてきた声をずいぶんと懐かしがった。体調を尋ねるメッセージはたびたび届いていたけれど、例の休日出勤以降、仕事が立て込んでいるらしく話せずにいたのだ。

「おかげさまで。もう平熱だよ」

「それならよかった。連絡、なかなかできなくてごめんな。ちょっとバタついてて」

そう言った彼に仕事はもう終わったのかと訊くと、休憩で喫煙室にいるだけとのことだった。ちょうど他に人がいなかったらしい。少しお疲れ気味のようで、ふうと煙を吐く音はため息に似た音になっていた。

「それで、実家はどうなの」

「何それ……どういう意味?」

「このあいだ帰りたくなさそうだったから、うまくやれてるかなーと思って」

諒ちゃんが意地悪なのも勘が鋭いのも今に始まったことではないけれど、不意を打たれれば返事にも詰まる。

私が仕事を辞めたと伝えたあの日から、母は一切その話題に触れなくなった。私が病人だったからかもしれないけれど、今後についても尋ねてこない。しかもどうしたわけか父までも、気味が悪いくらいに沈黙している。洗面室やリビングで出くわした時にはむすっとした顔をされるから、事情は聞いているのだと思う。それでも何も言ってこない理由は分からないけれど、私も私で藪蛇をつつかないよう黙っているせいで、このところ妙な膠着状態が続いている。

「まあ……それなりにうまくやってますよ」

濁して答えると、分かっているふうの笑い声とともに返された。

「ならいいけど――あ、それで思い出したけど、このあいだ俺ツジのお母さん見かけたよ」

「え、いつ？」

「ツジを家に送ったあと。一瞬すれ違っただけだけど間違いないと思う。モノトーンな色味の格好してて、髪は後ろでひとくくり。あと買い物袋も持ってたな」

「……母さんだわ」

タイミング的に、家の前で別れてすぐのことだろう。

「よく気づいたね」

流し下の戸棚を開けながら言うと、諒ちゃんは微笑むように口調を柔らかくした。

「あれだけ似てればな。少しクールな感じはしたけど、顔のつくりがそっくりだった」

「……そんなに言うほど似てないって」

「そうかな。なんとなく性格も似てそうに思ったけど」

「全然違うよ」

そう否定しかけた時、かごに入った玉ねぎと、芽の出始めたじゃがいもを見つけた。手を伸ばそうとして、奥にもう一つビニール袋があるのに気づく。

持ち上げてみると、中にさつまいもが入っていた。それほど使われていないのか、ずんぐりとした芋がまだ二本も残っている。萎びてもいなければ芽も出てきていない。おそらくつい最近買われたもの——。

「そういえば、秋津さんのところには予定通り行くの？」

「え？　あぁ、うん。熱も下がったことだし、金曜に行くつもりでいるけど」

体調次第だったけれどもう大丈夫だろう。オーナーにも前に言っていた通り行けそうだと、あとで連絡しようと思っていたところだ。

「それがどうかした？」

「……いや、別に。——っと、わるい。そろそろ仕事に戻るわ」

喫煙室に誰かやって来たようで、彼の後ろから小さく人の話し声が聞こえた。

「分かった。連絡くれてありがとう」

「ああ、またな。ぶり返さないように気をつけろよ」

私は通話を終えると、戸棚の奥からさつまいもの袋を取り出した。両手に一本ずつ持って、家族三人で食べるのに頃合いの献立を考える。——もちろん、お粥以外で。

「……天ぷらとか？」

病み上がりに揚げ物は胃もたれしそうに思ったけれど、腹の虫がくうと鳴った。天ぷらなら、明日にも駄目になりそうな大葉も使える。甘いものが大嫌いな父には、シーフードミックスを使ったかき揚げでも出せばいいだろう。

それにたくさん作って余らせれば、あれが食べられるかもしれない。さつまいもの天ぷらを、しみしみになるまで甘辛いだし醤油で煮込んだ料理。ご飯にのせれば天丼みたいな味になって、子どもの頃大好きだった。天ぷらの翌日の、定番のお楽しみ。自分で作った時には、なぜか美味しくできなかったことを思い出す。

もし食べたいと私がねだったら、お母さんは作ってくれるだろうか。

約束の金曜日。私は電車に乗って街に出た。

日の高いうちに歩く歓楽街は、人通りも少なく閑散としていた。時刻は十五時前。途中、手土産を買うためデパートに寄ったけれど、余裕を持って間に合いそうだ。

歓楽街を突っ切る通りの先で、交差点の赤信号にぶつかる。

ここを右に曲がって行けば、ものの十分で一人暮らしのアパートに着く。

部屋にはまだ、身の回りのほとんどのものが置きっぱなしになっている。生活するのに最低限必要なものは諒ちゃんの家に避難する時に持ち出しているけれど、冷蔵庫の中身はそのままだし、通帳や印鑑もクローゼットの奥にある。

——近いうちに取りに行かなきゃ。

そう自然に思ったということは、私はもうあの部屋で暮らす気はないのだろう。

風に巻き上げられた髪を耳にかけ、青信号にまっすぐ歩を進める。

事務所ではオーナーと美佳さんが、変わらない笑顔で私を出迎えてくれた。

「久しぶりだね、楓ちゃん。風邪はもう大丈夫かい？」

「はい、もうすっかり」

営業時間前とあって、リビングにいるのは私たちだけだ。持参した焼き菓子の紙袋を手渡すと、美佳さんは「コーヒーでいいかしら？」と目を輝かせながらお茶の準備をし始めた。

座るようオーナーに促され、ダイニングテーブルの椅子を引く。南向きの窓辺は日当たりがよく、おやつどきの陽光でぽかぽかとしていた。

私は一度お尻の下に寄ったスカートを直し、挨拶もそこそこに正面に座るオーナーに頭を下げた。

「先日は急に辞めたいだなんて言いだして、申し訳ありませんでした。お二人には本当によくしていただいたのに、最後にご迷惑をおかけして……」

「いいんだよ、そんなのはもう。むしろ僕たちこそ助けられてきたんだから。ねえ？」

オーナーが水を向けると、カウンターキッチンの中で美佳さんが頷いた。

「そうよ。しかもうちで働いて欲しいなんて我儘を最初に言ったのは私たちだもの。それに楓ちゃんは応えてくれた。おまけに辞めることになっても、こうして顔を見せに来てくれるんだから。それだけで十分よ」

「そういうこと。だから気にしないで」

「ありがとうございます」

顔を綻ばせながら礼をし、けれど私は下げた頭をなかなか戻すことができなかった。オーナーにはもう一つ謝りたいことがあるというのに、うまい切り口が見つからない。こぽぽぽと沸きたての湯をドリッパーに落とす音がして、かぐわしいコーヒーの香りが漂ってくる。

「あと、それから……このあいだのことも。ご面倒をおかけしてしまって――」

「待って」

最後まで言う前に、オーナーに手で制された。

「それは僕が謝ることだ」

無意識に主語をぼかしても、会話は正しく成立していた。赤見さんに襲われ、オーナーと諒ちゃんに助けられた時のことだ。

オーナーはまっすぐこちらを見ると、ガラステーブルに額がつきそうなほど深く頭を下げた。

「本当に申し訳なかった。謝って済むことではないけれど、謝らせて欲しい」

「いえっ、そんな、やめてください……！　オーナーは助けに来てくださったじゃないですか。だから私もこうして今ぴんぴんしていられるのに」

「楓ちゃんがどう思ってくれたとしても、落ち度は完全にこっちにある。少なくとも楓ちゃんが謝ることじゃない」

「でも、もとはといえば私がうまく立ち回れなかったから――」

「でもは禁止。きみは何も悪くない」

ぐっと込み上げてきたものが目から溢れないよう我慢していると、横からそっと美佳さんがコーヒーを出してきた。「お茶にしましょう」

「……いただきます」

ソーサーにのせられていた、ブラウンシュガーとミルクをコーヒーに入れる。一口飲むと、くしゃくしゃになりかけた喉が少しだけ柔らかさを取り戻した。

美佳さんの白い指先が、化粧箱にかけられたリボンをしゅるんと解く。

「……ちなみに……あの人は」

ぼそりと私が訊くと、オーナーはカップを置いた手を顎の下で緩く組んだ。

「二度と楓ちゃんの前には姿を見せないよう、約束を取りつけてあるよ。安心して、と僕の口から聞いたって不安かもしれないけど、できる限りのことはしたから。スマホはデータを消して破棄したし、クラウドのバックアップも消去した。それから知り合いの女王様にも協力してもらってね。今もお仕置きは継続中だよ」

「……お、おしおき?」

「うんときついやつを、主に下半身に対して。今後一切悪いことができないよう、物理的に僕たちの管理下にあるって感じかな。本音を言えば、いっそ切り落としてやりたいところだけれど――」

談笑する温度で語られてはいるけれど、ブラックコーヒーに落とされた目は少しも笑ってはいなかった。美佳さんを見れば彼女もまた「ほんとうよね」とふさふさ睫毛の瞳に物騒な光を灯していて、ほんのりと背筋が寒くなった。

そんな私の様子に気づいてか、オーナーが普段通りのからりとした口調で言う。

「大丈夫。流血沙汰にはしてないよ。ただちょっと……お仕置きがうまくいきすぎちゃってね。そう遠くないうちにM転しちゃうんじゃないかな」

「え」

いったい何をどうすれば、あの赤見さんがマゾになるというのだろう。唖然としているとオーナーが、「生ぬるいかな」とまるで裁可を仰ぐように訊いてきた。

私は手元に目を落とし、小さく首を振る。

「そんなことは……。それにこれ以上、お手を煩わせるわけにもいきませんし」

「体面なんて気にする必要はないよ。先にルールを破ったのは向こうなんだから」

確かに私も、罰はあってしかるべきだと少しは思う。けれどその一方で、どうしても彼に制裁を加えて欲しいとは思えずにいる。

「本当にもういいんです。起きちゃったことは、どうやっても無かったことにはできませんから。それに私……正直に言うと、あの時ちょっとだけ赤見さんの気持ちが分かる気がしたんですよね。誰にも自分を受け入れてもらえなくて、絶望しちゃう気持ち。自暴自棄になって、自分でも誰でもいいから傷つけたくなるような気持ちには……なんとなく覚えがあったというか。あ、だからって綺麗さっぱり水に流せるわけじゃないですよ。でも赤見さんが今、どういう形であれ独りじゃないんだったら……よかったなって思うから」

これは偽善かもしれない。それでも、誰もが自分の居場所を見つけられたらいいと、願いを込めてそう思う。

「……優しいな。救われたくなるわけだ」

「え?」

意味の読めない呟きを一つ残して、オーナーはサイドボードに置いてあった鞄に手を伸ばした。そして中から何かを取り出すと、すっと私の前に寄せた。

それは白い無地の封筒だった。

「これね、楓ちゃんが来た時に渡して欲しいって、ある人から預かってたものなんだけど」

「……ある人?」封筒に手を触れながら、首を傾げる。

「いよいよ体面を気にしていられなくなった人、かな。このごろ忙しいみたいだね。これを預かった時も、仕事帰りに近くまで行きますって言って真夜中に来たもんね」

封筒は、底のほうに重みがあった。封のされていない口を手のひらに傾けると、一本の鍵が転がり出てきた。クレーターみたいな穴が開いた、家の鍵としてよく見るタイプのものだ。

「いつでも使ってくれていいってさ。でも重たいよねえ、こんなもの渡されても。ちなみに必要なければ返却も可能だそうだよ」

そうやってことづけを口にしながら、オーナーは微笑ましげに目尻を下げていた。

思えばこれまでにも何度となく、それと同じ表情を見た覚えがあった。

彼らが裏で繫がっていたと知った今になってみれば、その笑顔に温かみがあることに気づく。まるで雛鳥たちの巣立ちを見守る、親鳥のような。

「差出人は分かった？」

「……念のためヒントもらってもいいですか」

「そうだな。彼、最近楓ちゃんに何かした？　やりすぎたとか自重しなきゃいけないとか言って、ずいぶん反省してる様子だったけど」

左肩にある治りかけの傷が、名指しされたみたいにむずむずとした。

私が鍵を封筒に戻し、その封筒が鞄へと消えていくのを見届けたあと、オーナーは弧を描かせていた唇を再び開いた。

「それでね、じつはもう一つ預かってる用件があるんだ。そっちは嶋本くんから。楓ちゃんが来たら知らせるよう頼まれてるんだけど、いいかな」

「……嶋本くんが？」

いったい私になんの用だろう。人づてなのも気になりながら頷くと、オーナーはスマートフォンを取って何やらメッセージを打ち始めた。

アソートになった焼き菓子の中から、迷った末にキャラメルナッツのタルトを選んだところで折り返しの着信があった。

短いやり取りが交わされたあと、通話状態のスマートフォンを渡される。耳に当てるとすぐ、屋外にいるようなざわめきとともに声がした。

「ツジ？　俺――嶋本だけど」

それは間違いなく私も知る嶋本くんの声だった。ただその声は、彼の大きな体に反して縮こまっている。どうしたの、と言いかけた時、先に向こうが切り出した。

「あのさ、その……あの……ごめん！」

「えっ？　……ごめんって、何が？」

謝られる覚えがなくて訊き返すと、彼は思慮深そうな間を挟みつつ話を続けた。

「俺が――全部知ってるってこと、ずっと隠しててごめん。最初秋津さんのところでツジを見つけた時……これは胸に仕舞っとくべきだと思ったんだ。ツジも知られたくないだろうし、俺が黙ってるのが一番だって。でもだんだん……見て見ぬふりするのが本当に一番いいことなのか分からなくなって……。もう聞いてるだろうけど、諒が店に行ったのはそのせい。いつか謝りたいと思ってたんだけど、プライベートでそんな連絡するのも悪い気がしてタイミングに悩んでたんだ」

ごめんな、と律義に謝られ、ますます返答に困った。

そもそも私は、身元がバレた原因は警戒心の足りなかった自分にあると思っている。嶋本くんに秘密を暴かれたとも、周りに吹聴されたとも思っていない。しかもそれが元で起きたトラブルは、結局のところ一つもないのだ。

「確かに全部知られてたのにはびっくりしたけど……別に怒ってはないよ。だいたい人に知られて困るようなことをしてたのは私だもん。なのにそこまで気遣ってもらって、むしろありがたいくらいだよ」

「そう言ってもらえると助かるけど……でもなあ、勝手に自分のこと話されたんじゃ、やっぱりいい気はしなかっただろう？　諒なら絶対わるいようにはしないって分かってたにしても、そんなのツジにしてみれば関係ない話だし……」

「それはまあ……ちょびっとはね。でもそれだけ諒ちゃんを信用して話したっていうなら、やっぱり私に言える文句はないかな」

「え？　いや、信用っていうか――、…………あれ？」

「うん？」

通信が切れたのかと思うほどの間があったあと、呆然(ぼうぜん)とした声が聞こえてきた。

「まさかとは思うけど、あいつが店に行った理由、まだ聞かされてない？」

「それはー……、もう教えてもらったような、もらってないような……？」

諒ちゃんが私の前に現れた理由なら、おおよそは聞いていると思う。好意を持ってくれているからという認識で、たぶん間違いないだろう。でもはっきりとした言葉で告げられたわけではないし、私からも確かめてはいない。ちょうどいま自分で口にしたような、ふわっとした曖昧な状態だ。

すると嶋本くんが、ぷっと吹きだして笑い始めた。

「なんだそれ。諒のやつ、人には偉そうな口叩くくせに」

そしてひとしきり笑ったあと、「じゃあ、さ」と思わせぶりな前振りをして悪戯っぽく声を潜めた。

「ツジの秘密バラしちゃったお詫びに、いいこと教えてあげるよ――」

地元駅で電車を降りた時にはもう、夕日は山の端に沈もうとしていた。

自宅のある方向ではなく、商店街のほうに足を向ける。自転車に乗った買い物客とすれ違いながら通りを抜け、平坦な道のりをしばらく歩いた。

やがて景色は緑が多くなっていき、子どもたちのはしゃぎ声が聞こえ始めた。

前回来た時には真っ暗だった校庭では、小さな人影が走り回っていた。きっと学童保育の子たちだろう。ボールを蹴飛ばして遊んでいた彼らは、私が小学校の裏手まで回っているあいだに先生に呼ばれ、みんな建物の中に入っていった。

ほどなくして到着した裏門は、まだ開いているようだった。

ひと気のある中フェンスはよじ登れないと思ってここまで来たものの、門扉に伸ばす手が怯んだ。前は共犯者の数だけ罪の意識も薄れていたけれど、今日は一人だ。そのうえ酒の勢いもない。

でも、早く行かないと日が暮れてしまう。手元が暗くなる前に行かなくては。もし見咎められた時は誠心誠意謝ろうと、私は腹をくくって敷地内に足を踏み入れた。おろおろとすれば逆に目立つかもしれない。何食わぬ顔を作って堂々と、けれど大きめの歩幅で目的地を目指す。

赤や白、青のペンキで塗られたタイヤの埋まる小高い山。青葉の茂るイチョウの大木。その脇に立つ、恐竜のあばら骨のような遊具。ちらりと見た校庭は青く翳り始めていて、子どもたちの姿もない。

ふう、と緊張を吐き出して、私は梯子の桟に手をかけた。スカートなのが厄介だけれど、今はそんなことどうでもいい。少しヒールのある靴で登りにくくもあるけれど、いざとなれば脱ぎ捨てればいい。靴裏が滑らないよう気をつけながら、一段目の桟に足をかける。続けて二段目。そして前回リタイアした三段目で、桟を握る手に力を入れ直した。

怖くなりそうだから後ろは見ず、上だけを見てもう一段。

ようやくてっぺんまで登りきると、水面から顔を出した時のような息が出た。

下は見ないようにしたままで、そろりそろりと梁によじ登る。

三メートルほどの長い梁は両手で摑んでも余るほど太く、跨って顔を近づけると、薄茶けた木の表面に細かな傷が無数についているのが見えた。自然とついたものだけじゃない。目を凝らせば、文字として判読できるものがいくつもある。

これが嶋本くんの教えてくれた、〝いいこと〟だ――。

「相合傘を書くんだよ」

電話口で嶋本くんは、内緒話をするように言った。

「このあいだ小学校に行った時、梯子の遊具の前で諒とジンクスの話してただろう?」

言われてみれば確かに、そんな話をした覚えがあった。つまりあの時、私たちの声は嶋本くんのところにまで届いていて、あえて聞こえないふりをされていたということか。恥ずかしく思う私をよそに、彼は話を続ける。

「あのてっぺんに相合傘を書けば好きな人と両想いになれる、っていうのが当時流行ったジンクス。それを高二の夏休みに小川が思い出してさ、みんなで書きに行こうって誘ってきたんだ。木下さんと付き合えるようになったのはいいけど、本当に両想いかが不安だからって。俺らもそんな幼稚な神頼みに縋りたくなってる小川の気持ち考えたら、断れなくて。それで夜、みんなで小学校に忍び込んだんだ。小川も付き合わせて悪いと思ったんだろうな。手持ちの花火に酒まで持って来て……でもあいつ、照れてちっとも書きに行こうとしないんだよ。そのうち佐久間が酔って帰っちゃって、それでもまだうじうじしてるもんだから、俺と諒とでせっついて三人で登ることになったんだ。そのあともまぁじれったかったんだけど、なんとか小川が書き終えて、じゃあ帰るかって話になった時に……小川が使ったあとのカッターナイフ持って、ひとり妙な動きしてるやつがいてさ――」

その時聞こえてきた嶋本くんの忍び笑いを思い出しながら、私は梁の表面を端から端まで舐めるように確かめていった。

いよいよ先がなくなったところで、あるものが目に飛び込んでくる。

それは手のひらにすっぽり収まるくらいの、小さな矢印でできていた。角ばった傷は明らかに時が経ったもので、切り口はもう他の場所と同じ煤けた色になっていた。

私はそこに『カエデ』の三文字を見つけた。矢印から下に伸びた直線の左側には、そっけなく『オレ』とだけ書いてあった。

ふっ、と笑いが込み上げてきて、同時に目の奥がじんとした。オレって誰だよと心の中でつっこみながら、かくかくとした文字を指でなぞる。

叶ってもいいけれど叶わなくてもいい。そんなどっちつかずな願いがそこに込められているような気がした。この傷が今この時まで残ってくれていたことは、他でもない奇跡だと思えた。ずいぶん長いあいだここで宙ぶらりんになっていたのだろうオレが、なんだか愛おしくてたまらなかった。

肩にかけていた鞄を開き、電話をしようとスマートフォンを出す。——と、十件以上の着信通知が画面に表示されていた。電車でマナーモードにしたままだったので、気づかなかったらしい。すべて父からのもので、伝言メッセージまで残されていた。

何事だろうかと、慌ててメッセージを再生する。

『もしもし。今どこにいる。……気づいたらすぐに連絡しなさい』

『さっきのメッセージは聞いたのか。どこにいるのかだけでも教えなさい』

『…………仕事のことならもう何も言うつもりはないから、帰ってきなさい』

——しまった。私より先に父が帰宅することはないだろうと、何も知らせずに出かけたせいだ。しかもこの感じではおそらく私が家出をしたと勘違いされている。着替えや荷物はもちろん実家に置いたままだけれど、むしろそれがよくなかったのかもしれない。着の身着のまま行方をくらませれば、それはもう失踪だ。

急いで電話をかけ直すと、父はワンコールですぐに出た。

「楓か⁉　何してるんだ、何度も電話したんだぞ」

「ご……ごめんなさい。電車に乗ってて気づかなかったの。用事があって出かけてただけなんだけど……」

そう私が言うと、父は肩透かしを食らったことに改めて腹を立てたらしい。

「いい歳して書き置きの一つもできないのか。出かけるなら一言あるのが普通だろう」

「……はい、ごめんなさい。次からは気をつけます」

「で？　今はどこにいるんだ」

無断で小学校に侵入して遊具の上に登っている、などとはもちろん言えず、

「もう家の近くまで帰ってきてるんだけど……ちょっと別の用事ができて、今そっちに向かおうとしてたところ」

「こんな時間からいったいなんの用だ。もういいから今日は帰ってきなさい。葉子もそろそろ帰ってくるだろうから——」

「あの、お父さん」

思わず父の言葉を遮る。きゅっと力の入った指先に、木のざらつきを感じた。

私は日が暮れて見えづらくなってきた文字を、そっと指の腹でなぞった。きっと今カエデに触れた。少し横にずらせばオレがいる。

「私、まだ行かなきゃいけないところがあるの。遅くなるかもしれないけど、終わったらちゃんと家に帰るから」

ちゃんと、に力を込めて言うと、父はしばらく黙ったあと、

「遅くなるなら、その前に一度連絡をしなさい。……あんまり心配かけるな」

と、やっぱり不機嫌そうに言って電話を切った。

スマートフォンを持つ手が、ぽとんと耳元から落ちる。

あれを心配と素直に受け取れる人が、いったいどれだけいるだろう。ひっきりなしの着信といい、ドスの効いた留守電といい、借金の取り立てに近いものがあった気がするけれど——そう思いながら、自然と苦笑いが出た。

それでも本人の言葉通り、私は心配されているのだろう。オーナーや美佳さんやのんちゃんやミズキ、周りにいる人達が、これまでずっとどこかで私を気にかけてくれていたのと同じように。そして父だけではなく、きっと母も。

大量にさつまいもの天ぷらを作った翌日、私があの料理をねだると、母はなんでそんなものをと言って形のいい眉を歪ませた。

――懐かしいし、あれ、大好きだったから。

――あんな手抜き料理が好きなんて……嫌味ね。知らないわよ、お腹壊しても。

そうぶつくさ言いながら母が作ってくれたあの料理は、頰が痛くなるほど美味しかった。何回も味見をして、砂糖を足してくれていたからだろう。

そうやって私は、これまでも見えにくい形で愛されてきたのだと思った。もしできることなら、もっと分かりやすい愛がよかった。もっと優しくして、もっと抱き締めて欲しかった。衣食住だけでは足りない自分を恩知らずだと責めて、育ててもらえているのだからと薄く納得する癖とは無縁の自分でいたかった。

けれど今なら分かる。あの寂しさや虚しさもまた、今の私を形作っている。

私は再びスマートフォンを開き、迷わず諒ちゃんに電話をかけた。

まだ仕事中で出てもらえなかったとしても、いずれ折り返しがあればいい。そう期待せずにいたけれど、思いがけずコール音はすぐに途切れた。

「もしもし、ツジ？　珍しいな、そっちからかけてくるなんて」

「ごめん、いきなり電話なんかして。もう仕事は終わったの？」

「いや、休憩中。一段落ついたから、コンビニに軽く食べられるもの買いに来てたところ。それより、どうかした？」

「……鍵、オーナーから受け取ったよ」

ぎゅっと鞄を握りながら切り出すと、やや間があって「そう」とだけ返事があった。

沈黙に負けてしまわないよう、勇気を振り絞って続ける。

「これって……どういう意味？」

「まあ……いつでもうちを避難所代わりに使ってくださいって意味かな。またやけ酒しなくても済むように」

「……ほんとにいつでもいいの？」

「いいよ。といっても、俺はいないことのほうが多いけど」

諒ちゃんの乾き気味な笑い声を聞きながら、私は喉を塞ごうとする緊張をごくんと飲み込んだ。つっかえそうになるのをこらえながら、望みを口にする。

「だったら、今夜」

「え？」

「今夜、会って話さない？」

「……話？」

「諒ちゃんには必要ない？　私には……必要だけど」

答えを待つあいだ、スマートフォンを持つ手がかすかに震えた。

「……遅くなるけど、待っててもらえるなら」

「うん。ふうちゃんと待ってる」

通話を終えると、今頃になって心臓がどきどきと脈を速めた。

ゆっくりと息を吸い込んで、宵の空を見上げる。一羽のはぐれ鳥が、鳴きながら家路を急いでいる。その小さな影が飛んでいく先に、ぽつんと一つだけ浮かぶ星明りがあった。

ここよりもずっと神様に近い、金色の一番星に願いをかける。

——次は、私の番。


受け取った鍵でドアを開けると、リビングに続く廊下の向こうからふうちゃんがこちらをうかがっていた。前は玄関まで出迎えに来てくれていたけれど、あれは音で諒ちゃんかどうかを聞き分けていたのだろう。それでもドアを閉めながら「ふうちゃん」と呼ぶと、耳と尾をぴんっと立てて私のところまで来てくれた。

膝に頬をすり寄せてくる彼女と一緒に、諒ちゃんの部屋に向かう。

明かりを点けると、寝起きの気配がそのまま残されているベッドが見えた。このごろ忙しいみたいだねというオーナーの言葉を思い出しながら、マットレスを背もたれにして床に座る。

諒ちゃんがいつ帰ってくるかは分からないけれど、いつまでだって待つつもりだ。そのあいだふうちゃんと遊んでいようか、それとも気分ではないけれどテレビでも観ていようか。考えながら室内を見渡した時、ふとクローゼットの扉が目に留まった。以前彼にオススメされたのは、その中の右奥だ。

折り戸を開けると、右側の足元に半透明の衣装ケースがあった。諒ちゃんがそこを開けた時のことを思い出しながら、三段目の引き出しを開ける。冬服の奥にあったのは、あの黒いバッグだ。取り出そうとしたところで、その下にまだ何かがあるのに気づく。いったんバッグを出してみると、そこには外箱に入れられた卒業アルバムが重ねて収められていた。

一番上にあった一冊は、高校時代のものだった。自分も同じものを持っているので見てもつまらないかと思いきや、ページを捲るほど懐かしさが湧いた。学年全体の集合写真に続いて、クラスごと全員の顔写真。自分の写真は軽く見るだけにして、次のクラスのページに進む。

名字に因幡とあるその顔は、五十音順で並ぶ写真の先頭で笑っていた。写真からでも愛想のよさが伝わってくる笑顔は、思っていたよりずっと幼く見えた。当時は大人びていた印象があったけれど、その大人になった目で見ると年相応に思える。嫌味のない爽やかさがあって、よく笑うところは今も変わっていない。まさかこの笑顔の裏に人には言えない影があるなんて、あの頃は考えたこともなかった。

脇に置いていた黒いバッグを、人差し指で小さく開ける。

輪になった黒い首輪が、すぐそこに見えていた。このあいだ私の首にされたものだろう。あの時はほとんどの時間拘束されていたので、こうして手に取るのは初めてだ。

明かりにかざすと、漆黒の革が光を反射させた。裏地に刻印はなく、リベットなどの飾りもついていない。あるのはサイズを調節するための尾錠と、南京錠をかけるための留め金、それからリードを繋ぐための小さなリングくらいだ。話にあった通り新品のようで手触りは硬く、こっくりとした濃い匂いがする。獣の匂いを感じてかふうちゃんも鼻をひくひくさせながら寄ってきて、けれどひと嗅ぎするなりいやな顔をして後ずさっていった。

首輪にぶら下がっている南京錠は、鍵が刺さったまま施錠されていた。試しに鍵を回してみると、かしゃっと軽い音とともに逆U字の掛け金が持ち上がった。

南京錠が外れてベルトの姿になった首輪には、まるで抱きつく相手を探しているような緩い巻き癖がついていた。それを手に握ったまま、ぼすんとベッドに頬を埋める。

必要かと思って用意した──と彼は言っていた。だとしたらこれは、私を相手にと用意されたものなのだろうか。首輪なんてものを、いったいどんな思いで？

南京錠の掛け金を押し込んでは開けてと繰り返しているうちに、このベッドで見た夢のことも思い出す。

そういえば、あの夢では枷に南京錠がついていなかった。うんざりするほど同じ夢を見てきて、展開が違ったのもあの時が初めてだった。

夢の中の南京錠は、誰かが外してくれたのだろうか。それとも私があるものだと思い込んでいただけで、最初からついてはいなかったのだろうか。

諒ちゃんが帰るまでの時間つぶしにと、私はあの夢の続きを想像してみる。

あそこはいつだって寂しい場所だったけれど、きっとあの雨が乾きを癒してくれたはずだ。やがて雲間から太陽が顔を覗かせる。そうすれば土にうずもれていた種が、日の光に呼ばれて芽を出すかもしれない──でも、私はもう二度とあの夢を見ないような気がする。あくまでなんとなく、そんな予感がするだけだけど。

おそるおそるこちらに戻ってきたふうちゃんを撫でていると、突然彼女は目を真っ黒にして部屋の外に走っていった。

間を置かず鍵の音がして、玄関から誰かが入ってくる。心なしかテンポの速い足音が聞こえてすぐ、半開きになっていたドアが大きく開かれた。

私の顔を見るなり諒ちゃんは、はあっ、と肩で息をした。前触れもなく来ておいて言うことではないけれど、不思議に思うくらい慌てた様子だ。

「どうしたの？　息なんか切らして……」

「だって、おまえ……今日の今日来るとは思わないだろ、ふつう」

そう言って彼は自分を落ち着かせるように深呼吸をして、ハンガーラックの足元に鞄を置いた。どうやら急いで帰ってきてくれたらしい。

「ごめん。でも早かったね」

「ああ、このあいだ風邪引いた先輩と出勤代わっただろ？　あの人に、あとのこと全部任せてきた」

「大丈夫なの、それ。私は遅くても待ってるつもりだったのに」

「大丈夫だよ。あの人にはたんまり貸しがあるから。それに待たせてるのに仕事なんて、落ち着かなくてしょうがないし」

諒ちゃんは脱いだジャケットをハンガーにかけると、ネクタイを緩めながらこちらを向いた。

「それで、話って――」

その途端、彼はぴたっと動きを止めた。

私が握っているものに、無言の視線が貼りついていた。

「暇だったもんだから、部屋漁っちゃった」

そう言って私は、手にしていた首輪を自分の首に巻きつけた。これは私のために用意されたものだと強気の解釈をして、喉元で尾錠まで留める。

「……似合う？」

もしかしたら彼を見上げる笑顔は、弱々しいものになっていたかもしれない。

ほんのりと息が苦しかった。首輪をした時はいつだって胸がいっぱいになるけれど、今日は興奮より緊張のほうが多く詰まっている。おどおどしそうになるのを隠し、冗談っぽく言うので精一杯だ。

だというのに諒ちゃんは、なんの反応もくれなかった。まばたきもせずじっと見られると、何か間違えてしまったかと不安になった。

「な……なんか言ってよ……」

すると諒ちゃんは、忘れていた呼吸を思い出したかのような深い息を吐いて目を細めた。

「……よく似合ってる。ちょっとした夢が叶った気分」

「夢……？」

なかなか返事はもらえず、「教えてよ」と重ねて尋ねると、言い渋るようなそぶりを見せながらようやく彼が口を割った。

「…………高校の時……ツジに首輪、つけさせたかったから」

そんなことを考えていたのかと、今度は私が言葉を失くした。気まずそうに頭を掻くだけでちっともこちらを見ようとしない彼に、しどろもどろの軽口を返す。

「これといって特に好きとかでもなかった、みたいに言われた覚えがありますけど」

「……潔癖なお年頃だったんだよ。そんなねじ曲がった感情、好きなんて言葉じゃ片づけられなかった」

「……それなのに……相合傘は書いてくれたんだ」

かまをかけるつもりはなくとも、探るような口調にはなった。すぐに諒ちゃんは何のことを言われているか察したらしい。同時に密告者にも思い至ったようで、「大樹か」と笑いつつ顔をしかめた。

降参するように私の前に腰を落として、彼はしらばっくれるように言った。

「誰だろうな、そんな初々しいことしたのは」

「……嘘つき」

それが照れ隠しだということくらい、私でもすぐに分かった。うな垂れた彼の耳たぶが、紅葉したみたいに赤い。

「大樹のやつ、なんて言ってた？　その、落書きのこと」

「高二の夏休みに、みんなで小学校に忍び込んで書いたって。それで私……気になって見てきたんだよね」

「何を」

彼はぱっと顔を上げ、まさか、と同じ口調で言った。

「実物。夕方の電話、小学校からかけてたの。……見つけた時はびっくりした。思ったよりくっきり残ってて……」

諒ちゃんもまた、脳裏にあのぶっきらぼうな相合傘を浮かべたのだろう。青臭さを嗅いだようなしかめっ面になりながら、けれど彼は微笑んでいた。

「——俺も。このあいだあれ見た時びっくりした。絶対消えてると思ってたから。案外……簡単には消えないものだったんだなって」

遠くを見ながらの一言には、あの相合傘が残っていたこととはまた別の意味が込められているように感じた。

「名前がないんじゃ……神様も困ったんじゃない？」

相合傘の左側。半分欠けた願いごと。訊くともなく真相を訊くと、彼は伏し目がちにぽつりぽつりと告白を続けた。

「叶わないほうがいいと思ってたからな。ツジが永野に片想いしてた時だって、うまくいくよう本心から応援してたよ。まあ……見る目ないなとは思ってたけど。それでも普通の恋愛をするのがツジにとっては幸せだって信じてたし、卒業してからも、どこかで穏やかに暮らしてるならそれでいいと思ってた。でも」

過去へと傾けられていた視線が、私のところに戻ってくる。その双眸には哀しい影が落ちていて、見ているこっちの胸が痛んだ。

「大樹からツジのこと聞かされた時……俺ね、初めて後悔したんだ。なんであのとき何もせずに諦めたんだろうって。かっこつけずに、遠慮せずに、怖がらずにぶつかっていくべきだった。それができてたら、俺はきっと本当のツジにも気づけてた。もし気づいていれば、身を引くような真似は絶対にしなかった。離れずにいれば、ツジも本当の俺を見つけてくれてたかもしれないのに——って、十年分のタラレバから抜け出せなくなって思い知ったよ。ああ、こんなにも求めてたんだって」

あまりに真摯な眼差しに耐えかねて俯こうとすると、顎がこつんと首輪に当たった。まっすぐ前だけを見ていろと、まるで首輪が支えてくれているような気がする。

「あの、さ……諒ちゃん。諒ちゃんは…………私のことが、要るの？」

何を当たり前のことをとでも言うように、寸分の迷いもない答えがある。

「ああ、要るよ」

「…………じゃあ、私の……ご主人様にも、なりたい……の？」

勇気を持って踏み込むと、勢い余って大胆な台詞になった。さすがに諒ちゃんも少し笑っていたけれど、細められた眦には切なげな色が浮かんでいた。

「そうだよ。そんな方法でしか満たされないいんだから、ほんとどうしようもないよな」

とくとくと胸が共鳴する。私にとっても諒ちゃんは、間違いなく大切な人だ。

彼は私を救ってくれた。そのままの自分でいいと思うきっかけまで与えてくれた。何より私は彼が好きだ。人として、一人の男性として。けれどそれをどう言葉に尽くそうと、彼の心深くにまでは届かないだろう。そしてそれは私も同じだ。

好きだけでは少しも足りない。言葉なんか信じられない。そうしていつまでも残る隙間(さみしさ)を埋めたくて、私たちはこれを求めるのだ。

私は南京錠を手に取ると、震える指先で掛け金を留め具に通した。

「うん。本当に……どうしようもない、ね」

――かちり。施錠の音はとても小さなものだったけれど、これだけ静かならば諒ちゃんにも届いただろう。この首輪が私ではもう外せないことも、その意味も。

これから先、嬉しいことばかりが待っているとは限らない。悲しいこともあれば、二人でいることに傷つき、苦しむこともきっとある。それは私が私でいる以上、簡単に変わることではないはずだ。それでも私は彼といたい。笑える日も、涙する日も、彼と共にありたいと思う。

だからどうかあなたには、弱い私を赦して欲しい。そして私のつく嘘は、けして許さないで欲しい。

「これはきちんと自分の意志で決めたことだよ。もちろん、いろいろ助けてくれた諒ちゃんに恩返ししたい気持ちもある。もしかしたら、私が流されてるだけなんじゃないかって

思われるかもしれない。けど、本当に……」

「分かってる」

そう言って彼は刻みつけるように、それが欲しかった、と呟いた。

首輪に指をかけ、ぐっと強く引き寄せられる。

「楓」

かすかに震える低音で、彼は私の名前を呼んだ。

それは合図――私が偽りのない私になるために必要なもの。それがどれだけ滑稽なことかは分かっている。これはプレイ、ただのお遊びだ。けれど見えないものが怖い私たちは、こうして心の手触りを確かめ合っている。

眉根を寄せた顔が近づき唇が触れた。涙にかすむ目で私は彼を見つめ続けた。

私を収めた瞳を見ていたかった。私の想いが彼の心を震わせる瞬間を、一瞬たりとも見逃したくはなかった。もしかしたら彼も、キスをする時こんな気持ちだったのかもしれない。

声には出さず、心でご主人様と呼んでみる。

首輪をなぞっていた彼の指が、鈴を転がすように南京錠を揺らした。

（了）

あとがき

初めまして、もしくはお久しぶりです。このたびは数あるＴＬ作品の中から本作をお手に取っていただき、ありがとうございました。

あとがきを書く時はいつも何を書けばいいか悩むのですが、今回は特にうまく言葉が思いつきません。このお話には、いわゆるセンシティブな内容が含まれていると思います。人によっては目を逸らしたいもので、おまけにＴＬという枠からもちょっとはみ出しているような……。にもかかわらず刊行してくださった蜜夢文庫さんに、まずはお礼を申し上げたいと思います。それから諒と楓の二人を色っぽく、かつ魅力的な人物に描いてくださった逆月先生にも。そして何よりここまで読んでくださった皆様にも、心から感謝申し上げます。本当にありがとうございました。

自己肯定感というのは厄介なものだと、いい大人になった今でも思います。自分一人では作れないパーツのくせに、自立して歩いていくのになくてはならない軸みたいなものというか。その軸が歪んでいたら、真っ直ぐ歩けないかもしれない。転ぶことも多くて、擦りむいた膝を見るたび自分を責めて、ますます軸を歪めてしまったり。

そうした時に、たった一人でも「そんなあなたでもいいんだよ」と言ってくれる誰かがいてくれたら、どれだけ救われるだろう。そんなことを思って書いたのがこのお話でした。

いつにも増してＳＭ要素強め、表面上はハードに見える部分があるかもしれませんが、そこに愛情があることだけは胸を張りたいと思います。そして読んでくださった方の中に、少しでも優しい何かが残るお話になっていれば嬉しいです。

それでは――またいつか、どこかでお会いできますように。

二〇二二年八月吉日

かのこ

本書は、電子書籍レーベル「らぶドロップス」より発売された電子書籍『嘘つきたちの遊戯　息もできないほどの愛をください』を元に、加筆・修正したものです。

★著者・イラストレーターへのファンレターやプレゼントにつきまして★
著者・イラストレーターへのファンレターやプレゼントは、下記の住所にお送りください。いただいたお手紙やプレゼントは、できるだけ早く著作者にお送りしておりますが、状況によって時間が掛かる場合があります。生ものや賞味期限の短い食べ物をご送付いただきますと著者様にお届けできない場合がございますので、何卒ご理解ください。
送り先
〒160-0004　東京都新宿区四谷3-14-1　UUR四谷三丁目ビル2階
（株）パブリッシングリンク　蜜夢文庫 編集部
○○（著者・イラストレーターのお名前）様

嘘つきたちの遊戯
息もできないほどの愛をください

２０２２年９月２９日　初版第一刷発行

著……かのこ
画……逆月酒乱
編集……株式会社パブリッシングリンク
ブックデザイン……おおの蛍
（ムシカゴグラフィクス）
本文ＤＴＰ……ＩＤＲ

発行人……後藤明信
発行……株式会社竹書房
〒102-0075　東京都千代田区三番町８－１
三番町東急ビル６Ｆ
email：info@takeshobo.co.jp
http://www.takeshobo.co.jp
印刷・製本……中央精版印刷株式会社